Für Stephan – für gute Jahre

Die alte Sennerin Mare sitzt auf ihrem Stuhl und lauscht in die Stille. Im Herd zuckt die letzte Flamme, dann wird es finster im Raum. Ist schon die Nacht hereingebrochen? Mare weiß es nicht genau. Ihr ist auch egal, ob es Tag oder Nacht, Nacht oder Tag ist.

Der Berggeist huscht durch den Kamin herein und setzt sich ihr gegenüber. Mare fühlt es. »Jetza hock ma da«, sagt sie. »Ist Bettzeit oder net?« Der Geist bleibt stumm. »Ist dir kalt?«, fragt sie. »Musst dir was Warmes anziehn.« Sie zieht die Ärmel ihrer Jacke über die klammen Finger. »Feuer is aus, muss Holz sparn.« Eisiger Lufthauch strömt ihr ins Gesicht. »Weck mir die Hennen net auf«, flüstert Mare. Ihre Hand tastet quer über den Tisch, eine Schnapsflasche fällt um und kracht auf den Boden. »Pass doch auf!«, schreit Mare den Geist an. Dann sucht sie weiter. Ihre Hand tappt in ein Schälchen Katzenfutter. Sie leckt die Finger ab, sie schmecken nach Thunfisch. »Hast schon zu Abend gessen? Essen is wichtig, sonst verhungerst«, murmelt sie, zieht das Schälchen zu sich heran und fischt die Brocken heraus, bis es leer ist. Ihre Zunge schleckt den Rest Gelee aus. Dann stellt sie das Schälchen wieder auf den Tisch und wartet auf die Müdigkeit.

Draußen rieselt der Schnee. Die Adler haben sich in die Wipfel der Bäume verzogen, und der Wind peitscht die Wolken den dunklen Himmel entlang.

Für einen Moment erscheint der Mond über dem Berg, taucht ihn in milchiges Licht, die Kristalle der Schneedecke glitzern im Bergkessel. Dann wird es wieder finstere Nacht.

Ein Fuchs umschleicht die Hütte, seine Spur verweht der Wind.

Mare löst ihre samtene Schleife aus dem Haar. »Bist noch da? Frierst net?« Schweigen in der Stube. Mare schüttelt den Kopf. »Herrje«, sagt sie, zieht ihre Jacke aus und schleudert sie auf die andere Seite des Tisches. »Zieh dir endlich was Warmes an, kriegst an Schnupfen.« Sie schält sich aus ihrer Lammfellweste und wirft sie in die Ecke. Eine Katze jault und springt von der Bank. »Miez, gib a Ruah«, schimpft Mare, »weckst mir die Hennen auf.«

Die Alte stöhnt leise, zieht die Schublade des Tisches auf und legt die Schleife hinein. Dann erhebt sie sich schwerfällig. »Muss die Taschenlampe suchn, nach dem Rechten schaun«, sagt sie. Mare tastet sich langsam durch die Stube rüber zum Bett. Sie sucht unter dem Kopfkissen und unter der Federdecke. Sie sucht auf dem Küchenboard zwischen all den Flaschen, sie wühlt im alten Butterkübel, in den Schubladen der Anrichte und in der Küchenschürze, die neben dem Herd hängt. »Gstohln habt ihr sie mir, ihr Gauner«, brummt sie. »Aber ihr werd's schon sehn, ihr werd's mi net unterkriegn, werd's schon sehn.« Niemand antwortet, aber Mare weiß, dass sie in der Nähe sind. Alle, die ihr Böses wollen. Sie warten draußen vor der Hütte, dass Mare die Tür öffnet. Sie hocken vorne vor dem Gatter hinter einem Busch. Die Alte lächelt, setzt sich wieder auf die Bank und zieht die Schublade des Tisches auf. Die Schleife ist noch da. Mare nimmt ihre weißen Haare zwischen die Finger und bindet sie wieder mit dem samtenen Teil zusammen. Falls die Bösen doch noch in die Stube eindringen, will Mare fesch aussehen. Wenigstens das.

Die Sennerin schleppt sich zum Fenster, ihr Rücken schmerzt. Vor ein paar Tagen ist sie von der Leiter gestürzt und einen halben Tag auf dem Boden liegen geblieben, bis ihr die Zähigkeit wieder hochhalf. Ist es Tag oder Nacht? Die Bösen kommen nur nachts, die alten Feiglinge.

Mare entfernt all das Zeugs vom Fenster, das sie dort zur Sicherung angebracht hat. Aufeinandergestapelte Holzscheite, drei Pappendeckel, eine kleine Holzplatte. Sie legt alles sorgsam auf die Bank. »Is scho Nacht?«, fragt sie in die Stille und öffnet vorschichtig das Fenster ein paar Zentimeter. In der Stube bleibt es dunkel, eisige Luft weht herein. Die Sennerin zieht ihr Messer aus der Hosentasche. »Weißt, i stech sie alle ab, wenn sie kemman«, zischt sie dem Berggeist über die Schulter hinweg zu. Die Katze springt auf das Fensterbrett und reibt ihren Kopf an Mares Arm. »Lass mi«, sagt die Sennerin und versetzt ihr einen Schubs. Dann schiebt die Alte ihre Hand vorsichtig durch den Fensterspalt, bis sie im Schnee stecken bleibt.

Es ist ein harter Winter, droben am Geigelstein. Die Flocken fallen so heftig und dicht wie schon lange nicht mehr. Am Himmel leuchten keine Sterne, und der Mond ist hinter den schweren Wolken verschwunden. Die Tiere haben sich längst verkrochen, liegen irgendwo zusammengerollt unter den Tannen. Auch der Fuchs hat sich getrollt. Einsamkeit fällt über den Berg. Stillstand der Wildnis.

Nur der Wind weht. Er lässt die Flocken tanzen und zaubert Muster auf den Schneeteppich.

Mares Hände tasten sich durch den Fensterspalt, tauchen in die Tiefe des dichten Weißes. »Eingschneit samma wieder. Herrgott, wie soll man da wissen, ob Tag oder Nacht is?«, murrt sie, schließt das Fenster wieder, schiebt das

Holzbrett davor, dann die Pappe und befestigt alles mit den Holzscheiten. Die Sennerin beginnt zu zittern. Auf der Suche nach ihrer Jacke tappt sie durch die Finsternis. Eine Henne flattert gackernd über den Boden, nachdem Mares Fuß sie gestreift hat. »Pass doch auf«, schimpft die Alte. Dann lässt sie sich wieder auf der Bank nieder und stützt die Ellbogen auf dem Tisch auf. »I glaub, es is Nacht«, sagt sie zum Geist. »I leg mi nieder, der Schlaf werd scho kemma. Pass auf, dass mi neamand erschießt, wach über mi.« Sie schleppt sich rüber zum Feldbett, kriecht unter ihre Decke und rückt das Kopfkissen zurecht. »Kimm Miez, is so kalt heut Nacht.« Mit der Katze im Arm schließt sie ihre Augen, hofft auf Wärme und einen schönen Traum. Der Wind pfeift durch den Schornstein und bläst kalte Luft über Mares Gesicht. »Bist heut aber recht frisch«, sagt sie zum Geist. Es sind ihre letzten Worte in dieser unheilvollen Nacht.

Die Sennerin ist in ihrer alten Hütte schon längst hinweggedämmert, als über ihr, oben am Kamm des Bergkessels, der Wind sein wildes Spiel beginnt. Er stößt den Schnee mal hier-, mal dorthin, formt kleine Bälle und lässt sie in die Tiefe rollen. Sie hüpfen und tanzen wie Derwische, werden immer mehr und mehr. Auf ihrem Weg nach unten zu Mares Hütte sammeln sie auf, was sie fassen können, werden größer und schneller. Bald haben sie sich zu einer rasenden Walze gen Tal vereint.

Als die Lawine mit lautem Getöse über die Oberkaseralm hinwegdonnert und alles unter sich verbirgt, was von der Hütte noch zu sehen ist, träumt die Sennerin, der Krieg sei über ihre Heimat gekommen. So wie damals, als sie noch ein junges Mädchen war. Sie hört die Bomben, das Krachen und all das Zerstören. Sie sieht die Hungernden, die Bettelnden, die vielen Toten unter Schutt und Mauerwerk. Die Männer aus ihrer Samerberger Heimat verschwinden nach und nach. Nur wenige von ihnen kehren zurück. Das Elend ist wieder da. Mare träumt, wie sie einst beschloss, dass dies nicht mehr ihre Heimat sei. Sie sieht, wie sie ihren Rucksack packt, mehrere Hennen in Holzkäfige steckt, in einen weiteren zwei kleine Kätzchen. Dann macht sie sich zusammen mit ihnen und zwölf Kühen, drei Kälbern, vier Schafen und zwei Mulis auf den Weg, hoch zur Alm am Geigelstein. Und kehrt nie wieder zurück.

Als das junge Mädchen aufwachte, war ihm kalt unter der dünnen Wolldecke. Die klammen Hände lagen zusammengefaltet auf dem Bauch, als hätten sie nachts zu Gott gebetet, er möge die Schwester aus dem gemeinsamen Bett zaubern. Gott könne zaubern, er sei der größte Zauberer der Welt, sagte Großvater immer. »Musst nur an ihn glaubn, dann werd scho ois wern.« Mare drehte ihren Kopf nach links. Diana hatte ihr den Rücken zugewandt und schlief noch, die einzige dicke Bettdecke, die sie beide gegen die Kälte hatten, fest um sich geschlungen. »Diana, i frier«, flüsterte Mare und zupfte am langen Zopf der Schwester. Draußen war es noch dunkel, dennoch hatte der Tag auf dem Schadhubhof schon begonnen. Der Hahn krähte, Mare hörte die Stalltür knarzen und Eimer scheppern. Knecht und Magd waren bereits unterwegs zu den Kühen, zum Melken. Vor dem Fenster rieselte der Schnee, wie schon am Abend davor, wie auch am Vortag und den letzten vergangenen Wochen. 1938 war der Winter auf dem Samerberg lang und hart wie immer. Die Menschen kannten es nicht anders in der kargen Hochtalregion. Dort setzten sich Nebel und Wolken zwischen den Bergen fest, der Samerberg war die Heimat des Regens und des Schnees, sobald die Kälte über ihn fiel.

Mare schlang die Hände um den Oberkörper und winkelte die Beine an, der kalte Morgen war erbarmungslos. Bald würde sie eine eigene dicke Decke bekommen, wie Diana eine besaß. Doch für die mussten die Federn und Daunen erst noch zusammenkommen. Nach so manch eisiger Nacht fasste sich Mare morgens an Nase und Ohren, um zu spüren, ob noch alles dran war. Ihrem Vater nämlich hatte die hartherzige Kälte Finger und Zehen geraubt, während er als junger Soldat in den Dolomiten das deutsche Vaterland verteidigte. Nach Kriegsende und seiner Rückkehr auf den Samerberg blieb er zehn Jahre auf dem Schadhubhof und bekam mit ihrer Mutter Edith drei Kinder: Franz, Diana, Mare. Er arbeitete hart, auch wenn ihn seine verstümmelten Füße nur mühsam trugen und ihn jede Bewegung Überwindung kostete. Eines Winters, als auf dem Samerberg der Schnee meterdick lag und fast bis zum ersten Stock des Hofes hinaufreichte, verließ der Vater das Haus. Ohne Stiefel, ohne Jacke, ohne Abschied. Am nächsten Morgen hatten sich seine Spuren im Schnee verloren, seine Leiche wurde erst im späten Frühjahr nach der Schmelze gefunden.

Es lag ein Jahrzehnt zurück, Mare war damals gerade einmal vier geworden, als man ihren Vater beerdigte. Sie war zu jung gewesen, um das Sterben zu begreifen, und so verblassten ihre Erinnerungen an ihn schnell.

Langsam kroch die Morgendämmerung durchs Fenster, an dem Eisblumen klebten. Mare hörte, wie nebenan der Dielenboden knarzte, ihr Bruder Franz war aufgestanden. Gestern hatte der Großvater mit ihm gestritten, weil er auf dem Hof einfach nicht zu gebrauchen war. Sie saßen alle zusammen in der Küche um den großen Tisch herum und sprachen über die Dinge, die auf der Welt gerade geschahen. Großvater Wiesbeck, ihm gegenüber Edith, die Wiesbecktochter, eine schmucke Frau, die stets eine gebügelte Bluse und blitzsaubere Schürze trug. Die dunklen Haare hatte sie zu einem schönen Kranz geflochten. Mare und Diana,

Ediths junge Töchter, saßen an der linken Seite über Eck. Diana, die kräftige, wohlgeformte, mit blonden Locken und strahlenden Augen. Mare, schlank und hochgewachsen mit aufrechtem Oberkörper, das dichte, braune Haar zu Affenschaukeln gebunden.

Franz, der Bruder mit dem weichen Gesicht und den scheuen Augen hockte neben Edith und blickte auf seine Hände, die ein Buch hielten. »So was wia du will Bauer wern. Schau di an, nix als Lesen im Kopf«, schimpfte Großvater. »So weit werd's eh net kemma, Großvater, weil bald ois aus und vorbei is bei uns in der Heimat, wenn's so weitergeht«, antwortete Franz leise. Großvater schüttelte den Kopf. »Was redst? Es bleibt ois, wia's is und wia's war. Nix, gar nix, werd anders!« Und dann zeigte er auf die alte Anrichte. »War immer da, seit meinem Vater und meinem Großvater.« Der Finger des alten Wiesbecks wanderte weiter durch den Raum, hin zum eisernen Herd, auf dem ein Kessel Wasser stand. »Den Ofen, mei Bub, den kenn i, seit i klein bin, den hat mein Vater einbaut. Und der Kessel do, is so oid wia i. Der Tisch drüben in der Stube, die Kommode und der Webstuhl, ois von der Oma, oids Erbe, des woaßt doch selbst. Bub, es werd so bleibn hier am Schadhubhof«, sagte der alte Wiesbeck streng.

Franz legte das Buch beiseite. »Mei Großvater, deine Welt is net die jetzige Welt, es is a oide Welt, die vorbei is«, sagte Franz, wandte sich zum Radio und schaltete es ein. Eine schnarrend blecherne Stimme ertönte. Bevor sie den ersten Satz beenden konnte, donnerte Großvaters Faust so heftig auf den Tisch, dass alle zusammenzuckten. »Ausmachen, den Dreckskasten, diesen depperten Volksempfänger. Hier in meinem Haus sitzen koane Volksempfänger net!«, brüllte er. Franz stand auf, wortlos verließ er die Stube.

Herrschaft Franzerl, net den Großvater ärgern, dachte Mare. Sie liebte ihren Bruder, der zwei Jahre vor ihr auf die Samerberger Welt gekommen war, hier auf dem Schadhubhof, so wie alle Nachkommen der Familie Wiesbeck. Er war der beste Bruder, den sie sich vorstellen konnte, immer lieb und sorgsam war er. Nie brüllte er oder tat ihr oder Diana etwas Unrechtes. Franz war nicht so wie viele andere Burschen im Ort, nicht so ungestüm, eher still, fast schüchtern.

War schon Zeit zum Aufstehen? Die Schwester atmete ruhig, Mutter Edith klapperte in der Küche mit den Töpfen. Mare schlüpfte aus dem Bett. Als sie ans Fenster trat, sah sie Großvater und Franz die Milcheimer ins Haus schleppen. Die Schwärze der Nacht verzog sich langsam, matt lag der Schnee zwischen den Hügeln.

Mare zündete eine Kerze an und kramte in der hölzernen Truhe nach Kleidungsstücken. Sie suchte nach den dicken Socken, die sie selbst gestrickt hatte, nach ihrem blauen Wollpulli und dem langen Rock. Dann blies sie die Kerze wieder aus und versicherte sich mit einem langen Blick, dass Diana schlief. Mare, die langsam vom Mädchen zur Frau reifte und Scham verspürte, weil ihre Brüste wuchsen, wollte ihr Nachtgewand im Schutz der Dunkelheit abstreifen. Einen kurzen Moment stand sie, wie Gott sie erschaffen hatte, vor dem Spiegel und fragte sich, ob Xaver sie jemals so entblößt sehen würde.

Eine knappe Stunde später stapften die Schwestern auf einem kleinen Weg ins benachbarte Dorf, wo die Schule lag. Links und rechts neben ihnen türmten sich die Schneemassen zu kalten Wänden auf. Unter den Stiefeln der jungen Wiesbeckmädchen knarzte es bei jedem Schritt. Als

Mare das Schulhaus im Dämmerlicht auftauchen sah, begann ihr Herz zu hüpfen, weil sie Xaver an der Eingangstür stehen sah. Sie wagte nicht zu hoffen, dass er auf sie wartete.

Als Mare an ihm vorbeiging, begegneten sich ihre Blicke einen Wimpernschlag lang. Xaver, der Bursche vom Mooshof, hatte die schönsten Augen, die Mare jemals gesehen hatte, dunkel und glänzend wie der Schwarzsee. Der Sohn des Moosbauern war ein paar Jahre älter als Mare, groß und stark gewachsen, mit schwarzen Locken und stets einem strahlenden Lächeln im Gesicht. Er war der fescheste und begehrteste Kerl weit und breit, alle Mädchen bekamen leuchtende Augen, sobald sie ihm begegneten. Wenn Mare in der Gegend unterwegs war, im Dorf beim Einkaufen, in der Kirche oder bei einem der zahlreichen Vereinsfeste, die es auf dem Samerberg gab, traf sie Xaver stets in Begleitung irgendeines anderen Mädchens aus der Gegend, und im Gesicht eines jeden las Mare Stolz und Glück. Xaver, unstet und untreu, wie er schien, ließ die Mädchen nie lange an seiner Seite verweilen, und hatte er die eine für die andere verlassen, kam es unter den jungen Samberbergerinnen zum Gerede, wer wohl die Nächste sein dürfte.

Mare, die Bauerstochter vom Samerberg, hatte gerade ihren vierzehnten Geburtstag erlebt, als sie ihre erste Liebe spürte. Das war im Jahr 1938, in einer Zeit, in der sich alles im Wandel befand, draußen in der weiten Welt wie auch droben auf dem Samerberg und tief drinnen in Mares Herz.

Zur Winterszeit gibt es Tage auf dem Geigelstein, da verschwindet alles, was die Menschen dort geschaffen haben, unter einem großen weißen Teppich, und der Berg ruht still und mächtig wie ehedem. Kaum etwas erinnert daran, dass dort ein paar Almen stehen, einzig deren Schornsteine lugen wie steinerne Pilze aus der dichten Schneeschicht hervor.

Als die alte Frau aus ihrem Traum erwacht, umfängt sie Stille. In der Stube ist es immer noch so dunkel, als wäre finstere Nacht. Eine Weile liegt Mare in ihrem Bett und denkt nach, ob es der Herrgott heute gar nicht mehr Tag werden lässt. Es ist stickig, Mare klebt die Zunge am Gaumen vor Durst. Langsam erhebt sie sich und setzt sich aufrecht hin. Leichtes Schwindelgefühl überkommt sie, als sie ihre nackten Füße auf den Steinboden stellt und sich an der Wand nach oben schiebt. »Brauch a Luft.« Sie geht ein paar Schritte in die Richtung, in der sie die Eingangstüre vermutet. Sie hat die Orientierung verloren. Sie ertastet die Gefriertruhe, schlägt mit der Faust auf den Deckel. »Saublödes Stück, i brauch di net«, flucht sie. Als sie irgendwann die Spüle erreicht, dreht sie den Hahn auf und lässt sich kaltes Wasser in den Mund laufen. »Ahhh«, sagt sie und wischt sich die Lippen ab. Dann schleppt sie sich quer durch die kleine Stube, lässt sich auf der Bank nieder und wartet auf das, was geschehen könnte. Sie lauscht in die Stille. Es ist niemand da. »Ha«, sagt Mare und grinst stolz, »seid's net einikemma in derer Nacht, ihr Terroristn.«

Der Tag soll endlich kommen und ihr Licht machen. Die

Sonne soll scheinen und sie im kalten Winter wärmen. Mare zittert am ganzen Leib, und die Blase drückt. Die alte Sennerin umkreist den Tisch, zieht die Pyjamahose herunter, hockt sich in die Ecke unter dem Herrgottswinkel nieder und lässt es laufen. »Sauerei«, murrt sie, als Warmes die Füße entlangrinnt, und erhebt sich wieder. »Feuer machn, Tee kochn«, flüstert sie. »Muss die Kerzen findn, Herrschaft, haben's die mir wieder klaut?« Sie öffnet alle Schubladen, die sie ertasten kann. Mehr als eine Kerze fällt ihr nicht in die Hände. Mare sucht weiter nach den Zündhölzern. Sie schlägt sich an jeder Ecke und Kante ihre Gliedmaßen an, es schmerzt. Endlich findet sie, was sie braucht, auf dem hinteren Eck des Herdes. Sie zündet ein Hölzchen an und sieht sich in der Stube um. Die Hennen hocken unter der Bank und schauen sie mit schief gelegten Köpfen an. Miez ist weg, der Deckel der Tiefkühltruhe zu, die Tür verrammelt, auch die Holzscheite, die sie vor das Fenster geschichtet hat, liegen unverändert an ihrem Platz. Dann wird es wieder dunkel. Mare zündet ein zweites Hölzchen an, schlurft zurück an den Tisch und hält das Feuer an den Docht der Kerze. Sie lächelt, als die Flamme aufflackert. Nachdem sie sich einen Fleecepulli übergezogen und gegen die Kälte eine alte Plastikfolie um Nieren und Bauch gebunden hat, packt sie den Weidenkorb, öffnet die hintere Stubentür und tastet sich durch den kurzen Gang nach hinten in den Stall. Dort setzt sie sich auf den Holzblock, der links am Eingang steht, und blickt in die schwarze Leere. Seit Jahren schon ist der Stall verwaist, riecht aber noch immer so gut nach all den Tieren, die er einst beherbergt hat. Die Sennerin schlingt die Jacke eng um sich und schließt die Augen. Sie kann ihre Viecher vor sich sehen, wie sie in Reih und Glied dastehen, an den Ketten ziehen und darauf warten, dass Mare sie endlich ins Freie lässt. Sie stampfen mit den Füßen und schnauben ungeduldig, links vorne Kathie und Berta, die alten Milchkühe, die Mare erst melken muss, bevor sie die Ketten löst, die Stalltür öffnet und alle Tiere nacheineinander auf die Almwiesen treibt. Immer wenn Mare mit geschlossenen Augen auf dem Holzblock sitzt, kehrt das alte Leben in den Stall zurück. Es duftet nach Heu, Milch und Mist, ist warm und vertraut, auch jetzt, da sie am ganzen Leib schlottert. Die Sennerin legt ein paar Scheite in den Korb. »Is Winterzeit, gibt koa Gras draußn, müsst drinnenbleibn, bei mir«, murmelt sie und kehrt zurück in die Stube, wo sie den Korb neben den Ofen stellt. »Heit is gar so kalt und gar so still.« Mare ist immer noch durstig und zu ungeduldig, um darauf zu warten, bis das Feuer brennt und das Teewasser kocht, und so zieht sie aus einem Kasten, der auf dem Boden steht, eine Flasche Bier. Es zischt, als Mare den Klappbügel öffnet. Da fällt ihr plötzlich das Geld ein. Ist es noch da? Sie nestelt an der Innenseite ihrer Jacke herum, findet die drei Sicherheitsnadeln, mit denen sie im Stoff eine Art kleine Tasche zusammengesteckt hat. Vorsichtig öffnet sie eine Nadel nach der anderen, bis sie die Geldscheine spürt. »Ois no da.« Mare ist beruhigt. Mit klammen Fingern breitet sie die Scheine vor sich auf dem Tisch aus und zählt: einhundert, zweihundert, dreihundert, vierhundert, fünfhundert. Des werd erst mal reichn, denkt sie. Damit kann sie jeden bezahlen, der sie noch besuchen kommt und ihr Kleidung, Getränke oder etwas zu essen mitbringt.

Eine Maus huscht über den Boden, Mare packt die Kerze und schleudert sie nach ihr. »Weg da«, flucht sie. Und wieder ist es dunkel in der Stube, die Sennerin horcht angestrengt. Sind die Terroristen da? Bestimmt! Hastig sammelt sie das Geld vom Tisch, stopft es zurück in die Jacke und sucht nach den Sicherheitsnadeln, um alles zu befestigen. »Mei, was für a Tag, so a stiller und finsterer.« Die Katze springt ihr auf den Schoß und rollt sich schnurrend ein. »Miez«, sagt Mare leise, »warum sagst mir net, ob's die Terroristn da draußn hast umanander gehn sehn. Weißt, die wolln mi erschießn und di und die Hennen auch. An jeden von uns wolln's erschießn, damit wir endlich weg san von da herobn.« Dann schweigt die Alte, nimmt noch einen Schluck Bier und wischt sich den Mund ab.

»Di wern's auch erschießn«, sagt sie schließlich zum Berggeist. »Wer will scho so einen in der Hütte haben? Bist dann a toter Geist.« Mare schüttelt den Kopf. »A toter Geist, des is scho was Bsonders.«

Ein Klingeln fährt durch die Stille. »Psst!« Mare legt ihre Hand auf den Kopf der Katze und starrt in die Richtung, in der sie das Telefon vermutet, drüben, am Ende des Tisches. Vielleicht ist es Rosa, denkt sie. Rosa hat schon lange nicht mehr angerufen, Rosa, die Informantin, die alles weiß. Mares Hände wandern auf dem Tisch umher, bis sie an das Telefon stoßen. Die Sennerin hebt ab und hält sich den Hörer ans Ohr. Nix sagen, denkt sie, nur hören, wer's sein könnt.

»Mare«, sagt die Stimme, »Mare, lebst no?«

Die Sennerin versucht, der Stimme am anderen Ende der Leitung ein Gesicht zuzuordnen. Wer ist dran? Rosa kann es nicht sein, denn es ist eine Männerstimme, die da spricht.

»Mare, bist da? Hör mir jetzt mal guad zu. Brennt dei Ofen?«

Die alte Frau schweigt.

»Du derfst koa Feuer im Ofen machn, verstehst, Mare,

koa Feuer. Des überlebst net. Mare, jetzt sag halt was, i bin's, der Sepp, kennst mi doch.«

»Ah, der Sepp«, antwortet Mare.

»Hör zu Mare, zünd a paar Kerzn an und schau, ob sie anbleibn oder ausgehn.«

»Wieso? Hab i eh scho gmacht, jetzt is sie aber wieder ausgangn.«

»Wieder aus? So a Mist, Mare, wia lang hat denn die Kerzn brennt?«

»Net lang, wegen dera Maus«, flüstert Mare.

»Wegen dera Maus?«

»Ja, aber i hab sie net troffn, des Scheißvieh, macht so an Dreck bei mir herin.«

»Mei, Mare. Is recht kalt bei dir?«

»Scho«, sagt sie. »Jetzt hab i aber koa Zeit mehr zum Ratschn, Sepp, muss putzn.«

»Nix putzn, Mare, jetzt zündest erst mal Kerzn an, hast überhaupt noch welche?«

»Woaß net, find sie net.«

»Such die Kerzn, zünd sie an und wart a Weil. Wenns net ausgehn, derfst einheizn.«

»Was hast denn Sepp? Was spinnst denn so mit dem Einheizn, will doch net erfriern. Und was hast mit dene Kerzen?«

»Sag amal, weißt net, was passiert is bei dir drobn auf dem Geigelstein?«, brüllt Sepp jetzt derart durch das Telefon, dass es sogar der schwerhörigen Mare zu laut wird.

»Was soll hier scho passiert sein, außer dass Terroristen vorm Haus san.«

»Hör auf mit dem Schmarrn, kannst eh nix sehn, mach amal die Tür oder das Fenster auf, da siehst nix. Nur Schnee. Überall is Schnee, auch auf deinem Dach und über deinem

Kamin, überall. Mare, kapierst es endlich, a Lawine is über di drübergsaust. I woaß des von den Priener Hüttnleit, die haben mi angrufen wegen dir. Sie kemman net hoch zur Oberkaser. Und jetzt bist drunter, unter dem vielen Schnee. Und wennst jetzt einheizt, dann erstickst mir. Deswegen die Kerzen, damit siehst, ob noch von irgendwo a Luft herkimmt.«

Endlich ist Sepp fertig. Mare atmet geräuschvoll aus. Eine Lawine, mein Gott, bloß a Schnee? Sie streichelt der Katze über das Fell und lächelt. Nur a Lawine.

»Mare, bist noch dran? Sag doch was!«

Die Sennerin legt den Hörer auf die Gabel und schubst die Katze vom Schoß. Auf allen vieren kriecht sie den Boden entlang, bis sie die Kerze unter der Bank findet. Irgendwann bekommen ihre Finger auch die Streichhölzer zu fassen. Mare stellt die brennende Kerze auf die Bank, geht zum Herd, klappt das Türchen auf und schiebt Zeitungsseiten und Holzscheite hinein. Dann zündet sie alles an. Der Kamin faucht kurz auf, die Flammen lodern hell, bis der Ofen schwarzen Rauch ausspuckt. »Bist wieder da, Berggeist? Hab di net so wegen an Feuer«, brummt Mare. Sie beugt sich zur Ofenluke und bläst hinein, und obwohl Rauch in ihre Lungen dringt, pustet die Sennerin weiter und weiter. Beißender Gestank durchdringt die Stube. Mare nimmt den Schürhaken und stochert zwischen den angekokelten Hölzern herum, dann holt sie wieder tief Luft und bläst erneut. »Geh an«, zischt sie. Ein zweites Streichholz glimmt auf und wird in die schwache Glut geworfen, ein Papierstück hinterher. Für einen kurzen Moment wird es wieder hell im Herd, dann erlischt alles.

Mare flucht. »Wenigstens du brennst«, sagt sie zur Kerze auf dem Tisch. Die Sennerin öffnet das Fenster, um den

Rauch hinauszulassen. Doch der prallt nur gegen die weiße Schneewand, die die Lawine dorthin geschoben hat, und kehrt zurück. Mare schließt das Fenster. Sie braucht eine Pause, muss überlegen. Keuchend sitzt sie am Tisch, kann durch den schwarzen Nebel den Herrgottswinkel kaum erkennen. »Willst, dass i erstick?«, fragt sie den Heiland. »Und die Hennen und die Katz auch?« Sie schüttelt den Kopf. »Bevor i ausm Lebn geh, mach i a Ordnung hier, so hinterlass i mei Hüttn net.« Sie räumt das verschmutzte Geschirr vom Tisch auf die Bank, wirft die leeren Katzenfutterdosen in die Ecke. Ein Hustenanfall lässt sie innehalten, bevor sie mit ihrem Handrücken die Brotkrümel von der Tischplatte auf den Boden fegt. »So«, sagt sie, als der Tisch von allem Müll befreit ist, »jetzt kimmt der Boden dran«, und krabbelt die Stube ab. Keuchend und schimpfend fegt sie Mäusekot, Hennendreck, Stroh, Katzenfutter zusammen. »Herrgott, was scheißt ihr da auch überall so umanander?« Die beiden Hühner verlassen ihre Nester und stieben gackernd durch den Raum. Zwei Eier landen in Mares klammer Hand. »So ist's brav«, sagt sie und steckt sie in die Jackentasche. Der alten Frau wird schwarz vor Augen, ihre Arme knicken ein und sie sinkt mit dem Oberkörper auf den Boden. »Is jetzt soweit?«, fragt sie den Berggeist. Nun geben auch ihre Beine nach, ihr zerbrechlicher Körper kippt zur Seite. Der Boden ist kalt, die Luft bleibt wie ein stinkender Pfropfen in Mares Kehle stecken und die Kälte kriecht ihr durch den Leib wie der eisige Tod.

Bauer Adolf Finsterwalder sitzt mit seiner Frau Brigitte im Wohnzimmer und sieht fern. Vor ihm steht eine Flasche Bier, der Tag klingt geruhsam aus. Der Kachelofen ist eingeheizt, es ist wohlig warm in der Stube, Brigitte strickt für ihren Mann einen Pulli. Man zeigt Bayernnachrichten, Berichte aus der Region. »Verehrte Zuschauer, wir sind jetzt vor Ort auf dem Geigelstein in eintausendsechshundert Meter Höhe«, sagt der Reporter in einer wattierten Jacke. »Hier ist vergangene Nacht eine heftige Lawine abgegangen und hat die Sennerin Maria Wiesbeck unter sich begraben. Wie Sie selbst erkennen können ...« , die Kamera schwenkt auf eine große, rußige Fläche, die sich wie ein Krater mitten im Bergkessel abzeichnet, »... ist hier nichts mehr zu sehen außer Schnee und Ruß.« Die Kamera folgt dem Finger des Reporters. »Dort befindet sich die Alm der in der Region bekannten Maria Wiesbeck, auch Oberkasermare genannt. Mit ihren vierundachtzig Jahren dürfte sie die älteste Sennerin Deutschlands sein. Seit achtundsechzig Jahren lebt sie hier auf dem Geigelstein.« Kameraschwenk nach unten. »Die weiter unten gelegenen Hütten hatten Glück, sie sind vom Lawinenabgang nicht betroffen.«

Adolf Finsterwalder nickt zufrieden. »Gut so«, sagt er. Seine Frau sieht ihn lange an. Alt ist er geworden, denkt sie, als sie sein scharfkantiges, faltiges Gesicht und den grauen Schnurrbart mustert. Aus seinen ehemals entschlossenen Gesichtszügen sind unerbittliche geworden, die Augen kalt. Brigitte weiß nicht, was ihn so hat werden lassen. Ging es ihnen doch noch immer vergleichweise gut. Noch standen Kühe im Stall, noch konnten sie und ihr Sohn Martin von dem Geld leben, das der Hof erwirtschaftete. Im Jahrzehnt des Bauernsterbens war die Existenz als Landwirt eher dem Glück, einem Wunder und dem eigenen Durchsetzungswillen zu verdanken als der Liebe zum Beruf. Die meisten Bauernhöfe der Region sind inzwischen verwaist. Die Landwirte haben aufgegeben, das Geschäft innerhalb der EU ist zu hart, zu kompromisslos, zu stark reglementiert. Überleben können nur noch die ganz Großen. Adolf Finsterwalder zählt zu ihnen.

»Is aus und vorbei, so a Lawine, die überlebt eh koana, auch die Mare net, Gott hab sie selig. Gitti, i glaub, jetzt is soweit«, sagt Adolf.

Die Frau legt das Strickzeug beiseite. »Meinst, Adi?«, fragt sie.

Der Finsterwalder zwirbelt mit den Fingern seinen Bart nach oben. »Der Herrgott hat die Mare sowieso alt wern lassn. Irgendwann mal is halt Schluss.«

»Woher willst wissn, dass die Mare tot ist?«

»Hast die Bilder doch selbst gsehn, alles schwarz. Die Hüttn ist abbrennt oder zammdruckt worn. Wer überlebt des scho?«

Die Bäuerin nimmt die Nadeln wieder in die Hand. »Bist herzlos, Adi«, sagt sie kopfschüttelnd. »Kanntest die Mare schließlich dein Lebn lang. Und jetzt redst so daher.«

»A jeder muss mal von der Erdn gehn, besser hätt's die Mare net erwischn kenna als so, dahoam und im Schlaf sterbn.«

»Wir melden uns wieder, sobald die Rettungsaktion abgeschlossen ist«, beendet der Reporter seinen Bericht. Ein letzter Schwenk über die Berge hinüber zum Wilden Kaiser. Es folgt Werbung für ein Skigebiet, Waschpulver, blickdichte Jalousien und Kinderschokolade.

»Na«, murrt der Bauer, »besser für die Alte wär's, sie tät nimmer lebn, kann man ja nimmer als ein Lebn bezeichnen, nur noch als a Hausn. Gitti, woaßt doch, wias da droben ausschaut in derer alten Hütten. I tat lieber sterbn, als so zu lebn, in dem Dreck und Müll. Na ja, Gott hat sicher an Erbarmen ghabt und die Oide zu sich gholt.«

Die Bäuerin schüttelt den Kopf. »Adi, vielleicht hat die Mare so lebn wolln, wia sie glebt hat, auch zum Schluss.«

»Gitti! Wolln? Sie hat nimmer anders kenna«, gibt Adolf zurück. »Net mal unser Vieh im Stall, net mal die Schweine lebn so. Da tät uns das Veterinäramt ganz schee aufs Dach steign.«

»Trotzdem«, entgegnet Brigitte, »wer sagt dir, dass die Mare net glücklich war, so wia sie glebt hat?«

Adolf zuckt mit den Schultern. »Is auch wurscht, jetzt is es sowieso vorbei. I werd mit der Erbin redn wegen dem Almkauf. Und dann ghört die Alm bald zum Finsterwalderhof. Zeit is worden, wir brauchn den Grund.«

Brigitte schüttelt den Kopf. »Adi, wieso willst jetzt auch noch die Oberkaser? Mir habn doch gnug. Macht nur noch mehr Arbeit.«

Adolf Finsterwalder lehnt sich im Stuhl zurück. »Wenn mia net größer wern und no mehr Viech kaufn, wern auch wir nimmer lang überlebn, Frau. Wir brauchen mehr Weidefläche, hier und oben auf der Alm. Außerdem kannt der Martin droben a Schankrecht kriagn. Was moanst, was des für a Pulver bringt, bei dene viele Wanderer, die jeden Tag auf den Geigelstein kemman. Der Martin soll a Wirtschaft aufmachn, da wern sie sich umschaun auf der Priener Hütte.«

Brigitte zieht eine Augenbraue hoch. »Der Martin? A Wirtschaft, moanst, die läuft da drobn?«

»Und wia, das letzte Haus vorm Gipfelaufstieg, da macht vorher und nachher jeder a Rast. Und dann gibt's ois bio, Schinkn, Speck, verstehst, siehst ja, wia narrisch die Leute drauf san.

»Jetzt wart doch erst mal ab, ob die Mare überhaupt gstorbn is, mei Adi.«

»Die is gstorbn! Und wenn net, Gitti, dann ko es nimmer lang dauern, so wia die da drobn haust. Erfriern werds oder verhungern, oder so sterbn, wias so oide Leit halt tun. Oid gnua is sie.«

Brigitte Finsterwalder beschließt zu schweigen. Diskussionen mit ihrem Mann sind stets zwecklos.

Noch am selben Abend bestimmt Adolf Finsterwalder, dass sich sein Sohn Martin anderntags auf den Geigelstein zu begeben hat, um nach dem Zustand der Hütte zu sehen. Alles soll nun möglichst schnell gehen, der Bauer weiß, dass er nicht der Einzige ist, der sich für Grund und Hütte der alten Mare interessiert. Bald, sehr bald schon würde er Emmi Ecke aufsuchen, die Erbin der Oberkaseralm.

Der Schadhubhof lag geborgen in einer Mulde, seit Generationen unverändert. Alles sollte so bleiben wie immer, am Gewesenen festhalten wollte der alte Wiesbeck. Die Zukunft und sämtliche Veränderungen, die diese mit sich bringen wird, können nicht besser sein als die Gegenwart, sagte er immer. Seit des alten Wiesbecks Kindheit hatte sich an Haus und Hof fast nichts geändert. Der dunkle, kühle Eingang, in dem man früher das Getreide getrocknet hatte, war ausgestattet wie einst. Gerätschaften und Rucksäcke hingen an den Wänden, Schuhe standen in Reih und Glied, und über der alten Truhe hing ein Kruzifix. Die Stube, die links vom Gang abging, war spärlich eingerichtet, dennoch strahlte sie Gemütlichkeit aus. Vor den kleinen Fenstern baumelten geblümte Vorhänge, im Eck stand der alte Tisch, in dessen Schublade die Zahl 1834 geschnitzt war, der Tag, an dem er entstanden war. Um den großen grünen Kachelofen zog sich eine Bank, auf der buntbestickte Kissen lagen. Die Wände zierten Familienfotos, Hochzeitsbilder von den ganz alten Wiesbeckvorfahren, Kinder- und Kommunionsbilder von deren Nachkommen. Weiter hinten im Flur auf der linken Seite lag die Küche, der Mittelpunkt der Familie, Mares Lieblingsort in ihrer kleinen Heimat. Im Herd knisterte das Feuer, es roch so gut, wenn Mutter Edith kochte oder buk. Auf einer alten Anrichte standen weiße Keramikgefäße mit blauer Beschriftung für Mehl, Zucker und Salz. Im oberen Stockwerk befanden sich vier kleine Schlafstuben, eine für den Großvater, eine für Edith, in der dritten schlief Franz, in der vierten Diana und Mare. Mehr als ein Bett, Schrank und Kruzifix war dort nicht zu finden. Direkt hinter dem Wohngebäude schloss sich der Stall an, dort stampfte, grunzte und gackerte das Vieh.

Abends saßen die Wiesbecks in der Stube, der Großvater stopfte die Pfeife und versank in seinen Erinnerungen. Das Leben damals war einfach, dennoch fühlten sich die Menschen zufrieden. Es war ruhig im schönen Hochtal, sogar während anderorts der Erste Weltkrieg tobte. Mare kannte den Krieg nicht, und der Großvater wollte nicht über ihn reden.

Über nichts sprechen zu müssen und alles tief in sich vergraben, was die Seele schmerzen könnte, so wollte es der Großvater. Bewegten ihn Kummer, Sorgen oder Ängste, sah man dies nur an seinem Gesichtsausdruck, niemals kam ein Wort der Klage oder gar ein Jammern über seine Lippen. Streitigkeiten duldete das Familienoberhaupt am wenigsten. Der Schadhubhof bedeutete für ihn Heimat, in der das arbeitsame Leben schön sein sollte, weil sich am Schicksal ohnehin nichts ändern ließ. Gottes Wille geschehe.

Links vom Schadhubhof erstreckte sich die Hochries als nackte, unbewaldete Kuppe in die Höhe, kein schöner Berg mit seiner unspektakulären, zacken- und spitzenlosen Form. In den Wintermonaten wurde der Berg von den Stadtmenschen heimgesucht, die mit ihren Skiern hinauf zur Hochrieshütte stapften, dort mit viel Bier die Nacht verbrachten und am nächsten Tag auf ihren Brettern zurück ins Tal rutschten. War das Wetter schön und warm, fanden sich die Wanderer ein und zogen mit Rucksäcken und Stöcken die Pfade hinauf. In kurzer Entfernung rechts des Schadhubhofs lag Roßholzen, damals eine kleine Seelengemeinde mit Kirche, Schulhaus und einem Kramerladen. Jeder kannte jeden, vor allem die Wiesbecks, schließlich hatte man den alten Bauern wegen seiner Gutmütig- und Großherzigkeit zum Bürgermeister gewählt. Zudem gehörten die Wiesbecks seit Generationen zu den größten und mächtigsten Bauern des Samerbergs. Der alte Hof war stolz und gepflegt. Im Sommer wuchsen Geranien auf den beiden Balkonen, deren Holzgeländer kunstvoll mit geschnitzten Motiven aus dem Familienwappen verziert waren. Die Rösser und Kühe des Bauern standen stets gut im Futter, ihr Fell glänzte, und die Hufe waren gepflegt. Selten hörten die Nachbarn ein lautes Wort, die Wiesbecks wirkten wie eine glückliche Familie.

Es war das Jahr 1939. Weihnachten nahte, die Bratäpfel schmorten auf dem Herd. Franz lag in der Stube auf der Bank und las *Die Leiden des jungen Werther*. Diana und Mare zogen mit Großvater den Schlitten in den Wald hinter dem Schadhubhof, um dort einen Weihnachtsbaum zu fällen, so wie sie es getan hatten, seitdem sie laufen konnten.

Als abends die Kerzen leuchteten und die Wiesbecks *Stille Nacht, heilige Nacht* zu Zither und Hackbrett gesungen hatten, packten sie ihre Geschenke aus. Mare schnürte den Kartoffelsack auf, der mit einer roten Schleife zugebunden für sie unter dem Baum lag. »Is endlich mal Zeit worn«, sagte Mutter Edith, als Mare eine weiche Daunendecke daraus hervorzog. »So schee, Mama, die Deckn, dank dir so«, sagte sie leise. »Is was fürs Lebn, Mare«, lächelte die Mutter. Später trug Edith das Essen auf: Schweinernes mit Knödel. Die Wiesbecks falteten die Hände und sprachen das Gebet. Dann klapperte das Besteck in der Stille, die Wiesbecks schwiegen, ein jeder hing seinen Gedanken nach. Der Großvater blickte auf seine Familie, die so anders geworden war, als er es sich gewünscht hatte. Der Schwiegersohn ein Weichling, die Tochter eine Witwe, der der Mann auf schändliche Weise weggestorben war. Ein Feigling war er gewesen, der nicht auf Gottes Weisung gewartet, sondern im Eis Selbstmord begangen hatte. Und was nun aus den Enkelinnen Mare und Diana werden würde, blieb abzuwarten. Beide halfen im Stall, waren fleißig auf dem Feld, wenn es ans Rechen und Heueinholen ging. Sie fütterten die Hennen und gingen Edith im Haushalt zur Hand. Sie verhielten sich recht fromm und artig. Ja, sie waren auf dem richtigen Weg, adrett anzusehen mit ihren dichten Haaren und hübschen Gesichtern. Mare, die dunkle Dünne, Diana, die helle Wohlgenährte. Jetzt mussten nur noch zwei ordentliche Burschen her, damit die Mädchen später einmal gut versorgt wären.

»Lehrer Stein is nimmer da«, sagte Franz auf einmal in die Stille.

»Nachhert kimmt a anderer, vielleicht a besserer«, sagte Großvater. »Der Stein war eh net von hier, so einer von der Stadt hat eh net da herpasst.«

»Wo is er denn hin, der Herr Lehrer?«, fragte Edith.

»Wennst das Radio mal anmachn tätst und net so tun würdest, als wär unser Schadhub a Insel, auf derer nix passiert, dann tätst es wissn«, antwortete Franz. Auf der Stirn seines jungen Gesichts zeigten sich Falten. »An Hitlergruß müssn wir machn, sonst gibt's Stockhiebe, Bücher san in Rosenheim verbrannt worn, die Juden derfen nix mehr verkaufn, derer Läden san zerstört worn, und in Rosenheim hängt a Kasten, in dem die Namen von den Leit zu lesn san, die sich net an den Judenhass haltn. Dieser Hitler, der is a ganz a großes Übel, das hat auch Lehrer Stein gsagt.« Franz' Stimme wurde lauter. »I mog net jemand grüßn, der gar so schlecht is zu den Menschen!« »Er is unser Reichskanzler«, sagte Großvater ruhig, »und wenn er es so will, nachher machst es halt.« Er schaute Franz streng in die Augen. »Es kimmt, wias kemma muss. Kannst nix dran ändern, Franz. Auch net, wennst immer Radio hörst oder was siehst, wennst in der Stadt bist. Mir mischen uns da net ein, verstanden? Werd si scho ois wieder beruhign in derer Welt.« – »Großvater, und was is mit dem Einmarsch in Polen?« Franz' Stimme begann zu zittern. »Mir habn Krieg, Großvater.«

»Mei Franz, was redst denn dauernd daher, siehst die Welt gar a so schlecht«, schaltete sich Diana ein. »Brauchst endlich a Freindin, dann kimmst auf andere Gedanken.«

»Was is denn mit der Rosa vom Mitterhof?«, fragte Edith. »Die tät mir gfalln für di.«

Der Großvater erhob sich und wanderte in der Stube umher, seine Nasenflügel blähten sich. »Dieser Hitler, mein lieber Franz, der is a Verrückter, a Spinner, a Wichtigtuer, mehr net. Der red gscheid daher. Mir wohnen außerdem net in der Stadt, mir san hier aufm Samerberg, da gibt's koane Juden, also, hör auf mit deinem dummen Gered. Heit is Weihnachten, a Fest des Friedens.«

»Großvater, Lehrer Stein is a Jud. Deshalb habn's ihn abgholt und wegbracht. Gewehrt soll er sich habn. Dann haben's ihn gschlagn. Und neamand von de Samerberger hat eam gholfen.«

Großvater setzte sich wieder auf den Stuhl. Mit strengem Blick musterte er seinen Enkel. »So«, bestimmte er, »jetzt will i nix mehr hörn, weder von diesem Hitler noch von dene Juden. Hast des verstandn?«

Franz presste die Lippen aufeinander. Mit dem Großvater war nicht zu spaßen, wenn er verärgert war, was selten geschah. Mare fand, er war der beste Großvater auf dem Samerberg. Als sie noch klein war, hockte sie oft auf seinem Schoß, schmiegte sich an den alten Mann. Sie liebte es, wenn sein langer weißer Bart sie im Gesicht kitzelte. Manchmal kuschelte sie sich zu ihm auf die Ofenbank, dort lag er meistens nach getaner Arbeit und hatte die Augen halb geschlossen, ein schlafender Riese.

Jetzt saßen seine Nachkommen um ihn herum, jeder blickte auf seinen Teller, auf denen die letzten Reste verschwunden waren. Glockenblume, Dotterblume, Veilchen. Edith hatte das schöne Geschirr aufgedeckt, das Großmutter mit in die Ehe gebracht hatte, Teller mit bunten Blumen in der Mitte und einem goldenen Rand außen. Es kam nur an Feiertagen auf den Tisch, an allen anderen Tagen verstaute es die Mutter sorgsam in der alten Stubenkommode.

Die Kerzen des Baums waren erloschen, spät wurde es in der Heiligen Nacht, die dieses Jahr stiller war denn je.

Mare sah zu Franz, dessen Augen feucht geworden waren. Er knetete seine Hände und knabberte an den Lippen. Er hatte sich in den letzten Monaten verändert, lachte kaum mehr, verzog sich, wann immer er konnte, auf sein Zimmer. »Franzl, was is?«, hatte Mare ihn immer wieder gefragt. »Lass mi«, hatte Franz dann geantwortet. Wenn Diana ihn neckte: »Hähä, verliebt is er«, schaute er sie nur stumm an. »Werd scho wieder wern, so san die Buam in dem Alter«, beruhigte Edith und grämte sich nicht weiter, dass ihr Sohn so weit weg schien von all dem, was sich auf dem Schadhubhof zutrug. Es passierte ja ohnehin nichts Besonderes, jeden Tag geschah dort das Gleiche. Aufstehen, Tiere füttern, melken, Eier einsammeln, kochen, waschen, zusammenhocken, mal reden, mal schweigen – im Gleichtakt der Tage, Wochen und Monate.

»Wo's den Lehrer Stein wohl hinbracht habn?«, durchbrach auf einmal Franz das Schweigen. »Irgendwohin«, antwortete der Großvater. »Irgendwohin«, wiederholte Franz leise.

Nun war der Zeitpunkt gekommen, an dem Großvater den Heiligen Abend beendete. Er legte die Pfeife weg und erhob sich schwerfällig. »Bett gehn«, sagte er. Dann löschten die Wiesbecks die Lichter in der Stube, und ein jeder verzog sich in seine Schlafkammer.

Keiner ahnte, dass auf dem Schadhubhof nie wieder ein gemeinsames Weihnachten gefeiert werden sollte – am wenigsten der alte Wiesbeck.

Als Mare im Bett unter ihrer neuen, warmen Decke lag, wusste sie nicht, ob Glücksgefühle in ihr waren oder Trauer. Sie blickte durchs Fenster in die schwarze Nacht. Immer noch rieselte leise der Schnee. Der Großvater hatte Mare einmal zu Weihnachten ein Vogelhaus gebaut, das hing jetzt vor ihrem Fenster an einem langen Seil vom oberen Balkon. Tagsüber tummelten sich hier Spatzen, Meisen, manchmal wagte sich auch ein Buntspecht so dicht ans Haus. Nun war es leer, die Vögel schliefen schon alle, der Wind ließ es sanfte Bewegungen machen. Mare verfolgte das Schaukeln hin, her, hin, her. In ihrem Kopf kreisten wirre Gedanken: Franz, Lehrer Stein, Xaver, die düstere Zukunft. »Bist no wach?«, flüsterte sie Diana zu. »Kann net einschlafn«, antwortete die Schwester. »I a net.«

»Diana, sag mal, meinst, dass der Franz recht hat, und es kimmt a Krieg?«

»I glaub net, und wenn, dann passt der Großvater auf uns auf.«

»Wia is des wohl, so a Krieg?«, fragte Mare.

»Mei, was woaß i. Da schießens und kämpfens, die Leit sterbn und die Viecher auch. Aber net bei uns droben, eher in der Stadt, glaub i. Großvater hat recht, net dran denkn an die Zukunft, ändern kinna mir es sowieso net. Denk lieber an was Scheens, is besser.«

Dann lagen die Schwestern eine Weile schweigsam und mit offenen Augen nebeneinander und starrten an die Decke. Die Kirchenglocken schlugen Mitternacht. »Diana«, flüsterte Mare. »Wia findst denn den Xaver?«

Diana drehte abrupt den Kopf zu Mare. »Wia kimmst jetzt vom Krieg aufn Xaver?« Mare lächelte. »Nur so.«

»Also, den Xaver, den kannst ganz schnell vergessn, der steht auf die festeren Mädel, die an Busen haben, woaßt scho, was i mein. Der Xaver kriagt doch jede, die er mog, da wird er doch net mit so an Klappergstell umananderr tun, wia du oans bist.«

Mare zog die Decke über den Kopf. Ach, Diana, bist a Böse, red du nur, dachte Mare und glitt in der wohligen Wärme ihrer Decke langsam in den Schlaf.

Der Tag ist gleißend hell, die Sonne strahlt über dem Geigelstein, und die Schneekristalle glitzern. Ein Adler breitet seine Schwingen aus und schraubt sich träge in den Himmel. Die Natur ist sich selbst überlassen, der Mensch, der in ihr ruht, auch. Tödliche Stille.

Ein fernes Brummen ist zu hören. Es kommt näher, es wird lauter. Der Adler verschwindet hinter dem Berg und kehrt nicht mehr zurück. Das Brummen erfüllt den Hochkessel und wird zum Dröhnen. Schnee stiebt auf, als der Hubschrauber suchend über die Stelle der abgegangenen Lawine fliegt. »Hier muss es irgendwo sein«, sagt einer der Bergwachtler zum Piloten. »Sicher?«, fragt der Pilot. Der Bergwachtler zuckt mit der Schulter. »Irgendwo müssen wir ja mit der Suche anfangen.« Der Hubschrauber schwebt noch eine Weile auf und ab, seine Rotoren wirbeln den Schnee zur weißen Bodenwolke auf. »Da!«, ruft der Pilot. Er zeigt auf einen kleinen grauen Fleck, der jetzt aus dem Gestöber auftaucht. »Könnte ein Kamin sein.« Der Flieger kreist einen Moment über dieser Stelle, bis die Steine des Kamins freigelegt sind. Dann wird es unter den Männern schwarz, eine Rußfontäne prallt gegen den Boden des Helikopters. »Downwash«, erklärt der Pilot, »da hat sich im Kamin wohl ziemlich viel Rauch und Ruß angesammelt, den haben wir jetzt erst mal runtergedrückt, downwash eben.« Er zeigt auf das schwarze Feld, das sich nun unter ihnen wie ein hässlicher Tintenklecks auf weißem Papier ausgebreitet hat. »Unten in der Hütte angekommen, hat der Ruß sich den Weg dann wieder nach oben gebahnt.

»Oh weh«, sagt einer der Bergwachtler, »wenn wir da mal nicht zu spät kommen.« Dann setzt der Hubschrauber vorsichtig auf, und die Rotoren kommen zum Stillstand.

Die Männer nehmen Pickel, Schaufel, steigen aus und machen sich an die Arbeit. Sie graben ein paar Meter neben dem Kamin ein Loch. Vier Meter tief. Sie haben Glück, landen unweit der Tür. Sie stemmen diese mit einem Kuhfuß auf, knackend gibt das alte Holz nach.

Schwaches Licht dringt ins Dunkel der Stube, in seinem Schein wird ein kleiner, auf dem Boden liegender Haufen Elend sichtbar.

Wie fühlt sich der Himmel an? Wie, wenn Gott einen zu sich holt? Das Reich des Allmächtigen beginnt hinter den Wolken. Auf diesen sitzen die Engel und empfangen mit ihren Posaunen die Seelen der Toten, aber nur solche, die sich im Leben nach Gottes Willen verhalten, nicht gesündigt oder Buße getan haben, wenn sie gegen die Gebote verstießen. Dort, wo der helle Schein herkommt und sein schönes Licht durch die Wolken strahlen lässt, dort, wo der Himmel so blau ist wie das schönste Meer, lebt Gott und all die vielen Menschen, die er zu sich geholt hat. Auch der Großvater. »Ja, meine Kleine, so is des im Himmelreich«, hatte er immer gesagt, wenn er zusammen mit Mare in der Kirche war und das Mädchen nach oben zur Kirchendecke starrte. Der Himmel.

Gott. Bis jetzt war er Mare wohlgesonnen.

Und nun würde es nicht mehr lange dauern und sie ihm gegenüberstehen.

Durch die geschlossenen Augenlider nimmt sie seinen Schein wahr, sie fühlt, wie er sich über ihren Körper beugt und sie vorsichtig berührt. »Frau Wiesbeck«, sagt Gott, »machen Sie mal die Augen auf, hallo, aufwachen.« Gott schüttelt sie und patscht ihr auf die Wange. »Hallo, Frau Wiesbeck, kommen Sie mit mir.« Dann schlingt Gott seine Arme um ihren kalten Körper, zieht ihn hoch, raus aus der Stube. Das Licht kommt näher, es wird so gleißend, dass die Augen unter den Lidern schmerzen. Der Weg zum Himmel ist von Getöse und Sturm begleitet, die Posaunen der Engel dröhnen in den Ohren, alles vibriert. Um die Seele wird ein Mantel gelegt und ein Gurt gezurrt. »So, das hätten wir«, spricht Gott. Und dann geht es in die Höhe, hinauf in den Himmel bei kalter Luft.

Die Tage gingen ins Land, die Sonne wurde wärmer, mit ihr schmolz der Schnee auf dem Samerberg, und das Eis auf dem Schwarzsee wurde brüchig, bis es sich schließlich ganz im dunklen Wasser auflöste. Das Frühjahr begann. Die Wiesen wurden schneefrei, die Katzen lagen faul auf der Hausbank und genossen die Wärme nach der langen, kalten Zeit. Mutter Edith stutzte die Rosenstöcke am Haus zurecht und verteilte Kuhdung auf den Beeten. In den Mooren des Hochtals breiteten sich lila und weiße Krokusse zu einem leuchtenden Teppich aus. Der Pfad zum Schwarzsee lag frei. Er führte hinter dem Schadhubhof durch ein lichtes Wäldchen, begleitete einen kleinen Bach, in dem das Schmelzwasser munter ins Tal sprudelte. Mare kannte inzwischen jeden Stein und jede Wurzel auf dem Weg zum See, so oft war sie ihn gegangen. Sie hoffte, an dessen Ende eines Tages Xaver zu sehen, von dem sie wusste, dass er dort gelegentlich auf dem Steg saß und fischte. Mares Zuneigung zu dem schönen Bauernsohn wuchs, je länger sie auf ihn warten musste. Jeder Blick, den Xaver ihr zuwarf, wenn sie sich auf der Straße, in der Schule oder Kirche begegneten, füllte ihr Herz aufs Neue, und die Zuversicht wollte nicht schwinden, dass er sie eines Tages als Frau wahrnehmen und ansprechen würde.

Am Schwarzsee setzte sie sich immer ans Ende des Stegs und ließ die Füße im Wasser baumeln. Stundenlang hockte sie dort, in ihr schönstes Gewand gekleidet, die Haare kunstvoll geflochten, und lauschte auf jedes Geräusch, das vom Wald her kam. Sie wartete auf das Knacksen der Äste unter Xavers Stiefeln, so lange und vergeblich, bis sie irgendwann nur noch gedankenverloren auf den See starrte, der aussah, als läge ein Spiegel auf ihm, so glatt und ruhig war seine Oberfläche. Sie sah Insekten über ihm tanzen und ein paar Fische nach ihnen springen. Schien die Sonne, beobachtete sie das Spiel des Lichtes, wenn der Wind den See kräuselte. Lange hoffte Mare, hier ihren ersten Kuss zu bekommen, hier zum ersten Mal von einem Mann berührt zu werden. Sie wünschte sich Xaver so sehr an ihre Seite und dicht an ihrem Körper sitzend, dass die Sehnsucht schmerzte.

So verging das Frühjahr voller Liebesgedanken, getragen von irrsinniger Hoffnung, genährt von Xavers Blicken aus der Ferne, wenn Mare auf dem Nachhauseweg einen kleinen Umweg machte, um an Xavers Hof vorbeizuziehen.

Eines Tages im nahenden Frühling geschah es. »Servus Mare!«, rief Xaver der jungen Wiesbeck zu, als sie an seinem Hof vorbeikam. Das Herz hüpfte ihr in der Brust, und Schweiß brach Mare aus allen Poren, als sie sich dem Mooshof näherte, wo Xaver gerade Holz hackte. »Geh her!«, rief er ihr zu. Xaver legte die Axt beiseite. »Kimm, hock di zu mir, i mach a Pause mit dem Hackn.« Sie setzten sich nebeneinander auf den Holzstoß, Mares Wangen glühten. Er roch nach Schweiß und Harz, seine Haare klebten an der nassen Stirn. »Wia war's in der Schule?«, fragte Xaver.

»Passt scho, is eh der letzte Sommer, nachhert bin i aufm Hof«, antwortete Mare und nestelte verlegen an ihrem Kleid herum. »Ja mei«, sagte Xaver, »is scho schee, wenn die Schule vorbei is.« Mare nickte. »Hab nur Heimatkunde mögn, an Rest net.«

Xaver nahm einen Stecken in die Hand und stocherte

damit auf dem sandigen Boden herum. »Wia alt bist denn jetzt, Mare?«

»Bald sechzehn.«

»Werst ja langsam erwachsn«, lächelte er. »Bin erwachsn«, entgegnete Mare trotzig. »Fast«, grinste er, und ihre Blicke trafen sich. Der ihre zaghaft und bittend, dass dieser Moment ewig dauern möge, der seine musternd, ein wenig begehrend. Xaver fuhr sich mit den Händen durch die Haare. »Soso, aufm Hof willst bleibn, a Bäuerin werdn.« Mare wandte ihre Augen zu Boden. »Ja, will net weg von da«, antwortete Mare. Xaver nickte. »Is scho schee bei uns.«

»Soll i dir beim Schichten helfn?«, fragte Mare vorsichtig und zeigte auf den Haufen Holzscheite.

»Passt scho, danke«, sagte Xaver, »des mach i nachhert selber.« Dann schwiegen sie, Mare suchte nach Worten, mit jeder Sekunde der Stille wuchsen ihre Scheu und Schüchternheit.

»Muss jetzt weitermachn, Holz hackt sich net von selbst. Bsuch mi mal wieder«, meinte Xaver schließlich und stand auf. Es war soweit, Mare holte tief Luft, ihre Stimme flatterte, als sie sagte: »Xaver, i war am Schwarzsee, hab gschaut, ob's Fische hat.«

»Und«, fragte Xaver, »hast einen g'angelt?«

»Kann net angeln«, antwortete sie.

»Is einfach«, Xaver hatte wieder die Axt genommen, stellte ein Scheit auf den Holzblock und hieb auf es ein.

Mare schaute schweigend zu, wie die Hälften links und rechts herunterfielen.

»Was is?«, fragte Xaver. »Hast no was?«

Mare zögerte einen Moment, bis sie nickte. »Bist a bisserl schüchtern, kleine Mare?«, grinste er. »Jetzt sag scho, hab net so viel Zeit, schaug dir den Haufn an, den i no hackn muass.«

»Xaver«, sagte Mare schließlich leise, »gehst mit mir mal zum Schwarzsee, fischn? I hab scho a Feuerstelle baut und a Holz gsammelt.«

Xaver legte die Axt wieder beiseite. »Fischn willst gehn?« Seine Blicke wanderten an Mares Körper auf und ab. Dann berührte er sie sanft am Arm. »Einverstandn, nächsten Samstag, abgmacht, meine kleine Wiesbeckerin, treffn wir uns um die Viere rum an der Tannengruppe oben aufm Hügel?«

»Mach ma, Xaver«, antwortete Mare freudig.

Dann lief sie los, so schnell die Füße sie trugen. Der Schulranzen tanzte auf dem Rücken, und als sie weit genug weg war, setzte sie sich atemlos auf einen Stein und begann vor Erleichterung zu weinen.

Es waren noch fünf Tage bis zu jenem Samstag, Mare durchschwebte sie wie auf einer Wolke, die Zeit konnte gar nicht schnell genug vergehen. Das junge Mädchen überlegte, wie es sich kleiden sollte. Es stahl der Mutter zwei Wollknäuel, stopfte sie sich unter die Bluse. Es wollte in drei Tagen zur Frau werden, die Xaver gefallen würde. Es wusch und kämmte sich das Haar, reinigte die Schuhe und stahl sich heimlich an Dianas Schminkschatulle, in der der rote Lippenstift lag. Am Samstag wollte Mare drei Jahre älter, reifer und schöner sein. Glück und Versonnenheit legten sich auf ihr Gesicht, die Augen leuchteten, und die Wangen schimmerten rosa. Die Liebe ließ die junge Wiesbeck strahlen.

»Was is denn mit dir los?«, fragte Schwester Diana, der Mares Verwandlung nicht entgangen war. »Tust auf einmal so schee, immer a frische Wäsche, machst deine Haar so anders und schaust dauernd in den Spiegel. Irgendwas hast doch?«

Mare lächelte verträumt, noch sollte es ihr Geheimnis bleiben. Erst am Samstagabend, wenn sie vom Schwarzsee zurückgekehrt wäre, gar als Xavers Freundin, würde sie es der Schwester verraten.

Nur einem einzigen Menschen hatte sie von ihrem Glück und ihrer Hoffnung erzählt, noch am selben Nachmittag, an dem sie bei Xaver gewesen war: ihrer besten Freundin Rosa.

Rosa war die Tochter des benachbarten Tannenhofbauers. Seit ihrer frühen Kindheit an waren die beiden Mädchen unzertrennlich. Wann immer sie Zeit dafür fanden, spielten sie miteinander: Murmeln, Seilhüpfen, Kramerladen, manchmal auch mit Puppen. Sie lernten gemeinsam Radfahren, gingen im Sommer zusammen ins nahegelegene Moorbad und brachten sich gegenseitig das Schwimmen bei.

Als die beiden Mädchen ins Alter kamen, in dem man weniger spielte als von der großen Liebe und einer schönen Zukunft träumte, hockten Mare und ihre Freundin stundenlang in der Scheune im Heu und sprachen über das, was sie wohl bald im Leben erwarten würde oder könnte. Dabei tuschelten sie auch über Verbotenes, über das Küssen, das Berühren, über Schweinkram, wie Edith das bezeichnete, wenn Mann und Frau …

Rosa wollte später einmal weit weg vom Samerberg, wo man so viel schuften musste und dauernd dreckig war. Schwärmerisch sprach sie von fernen Ländern und von einem Prinzen, der sie eines Tages vor sich aufs Pferd setzen und davontragen würde in die schöne weite Welt. »I küss jetzt mal an jedn Frosch, den i find«, sagte sie lachend.

Mare zögerte einen Moment, dann brach es aus ihr heraus. »Mei Prinz is scho kemma«, sagte sie und errötete im ganzen Gesicht. Dann verriet sie Rosa ihr großes Geheimnis.

»Ja Wahnsinn, der Xaver?« Rosa war erstaunt, nachdem Mare ihr erzählt hatte, dass sie ihn bald am Schwarzsee treffen würde. Die Freundin schüttelte den Kopf. »Mei Mare, des is net guad, glaub i. Such dir lieber an Frosch zum Küssen. Dass der zum Prinzen werd, ist wahrscheinlicher, als dass der Xaver dein Freund werd. Pass auf, dass dein Kopf net verlierst, weißt ja, wie alle über eam redn.«

Am Morgen des Samstags sah Mare zum Himmel, der so blau war, wie er nur sein konnte. Die Sonne kroch über den Berg und tauchte das Hochtal in helles Licht. Stundenlang saß die Wiesbeckenkelin vor dem Spiegel, band sich die Haare, rupfte und zupfte ihre Kleidung zurecht, trug dann ein wenig Lippenstift auf und machte sich auf den Weg zum Schwarzsee.

Was auch immer an jenem Tag geschehen sein mag, an dem Mare Xaver auf dem Steg sitzen sah, welche Empfindungen und Wallungen in den dann folgenden Wochen ihr Gemüt erhitzt haben, erfuhr keine Menschenseele. Vielleicht machte Xaver Mare zur Frau, vielleicht ließ er sie bewusst an Liebe glauben. Zumindest waren es diese Sommermonate, die Mares Zukunft lenken würden: Monate tiefster Gefühle, Erwartungen und Hoffnungen. Vielleicht war es für lange Zeit der schönste Abschnitt ihres Lebens. Niemand weiß es, nur Mare selbst. Nie wollte oder konnte sie darüber sprechen. Menschen schützen sich mit ihren Geheimnissen. Man sollte sie ihnen lassen. Viele Monate vergingen, Monate der Heimlichkeiten. Mare und Xaver waren ein unentdecktes Paar, ihre Treffen geheim, keiner im Hochtal sollte schlecht über sie reden.

Wie viele Tage sind es im Leben eines jeden Menschen, die sein Auf und Ab jäh bestimmen, unbeeinflussbar, endgültig und für immer?

Die Liebe, der man begegnet, das Kind, das man gebärt, Freunde, die man gewinnt, Lug und Betrug oder Unglücksfälle, die alles zunichtemachen, was einem lieb und teuer war. Und der Tod, wenn er plötzlich zuschlägt. Wie viele solche Tage geben dem Leben eine andere Richtung, als man sich erhofft hat? Selten sind es nur wenige, meistens so viele, dass sie vergessen werden. Was bleibt, ist das diffuse Gefühl, das Schicksal habe gewirkt, mal ein schönes, mal eines, das man sich nie erhofft und lieber nie erlebt hätte.

In Mares Leben sollten es zwei dieser Tage sein. Zwei Tage, die bestimmten, wie es im Leben der jungen Wiesbeck weiterging. Zwei Tage, und auch zwei Männer: Xaver und der Großvater.

Als Mare zum Schadhubhof zurückkehrte, war es bereits dunkel geworden. Bodennebel schwebte über den Moorwiesen. Mare ging schneller als gewohnt, ihre Schritte waren fest, der Atem schnell und die Augen starr nach vorne gerichtet. Ihre zu Fäusten geballten Hände hielt sie in den Jackentaschen versteckt. Das Mädchen biss sich auf die Unterlippe, weil sie nicht aufhören wollte zu zittern. Xaver war wieder nicht gekommen. Zum vierten Mal hatte Mare vergebens auf ihn gewartet. Stunde um Stunde war sie am See gesessen, mal bangend, mal zweifelnd, mal wütend.

Auf dem Samerberg war es noch ruhig, bedrohlich ruhig. Hinter der Hochries türmten sich jedoch dunkle Wolken auf, über das Hochtal senkte sich die Stille vor dem Sturm. Es geschah an diesem einen Tag, an diesem Sommerabend im Jahr 1940, an dem Mare, noch nicht einmal sechzehn Jahre alt, beschloss, hinter sich zu lassen, was sie vergebens liebte. Sie wischte sich den Lippenstift vom Mund und die Tränen vom Gesicht, bevor sie zum Abendessen in die Küche trat. Es roch gut, der Tisch war schon gedeckt. Franz war ins Lesen vertieft, Mutter Edith stand am Herd und zerstieß mit dem großen Holzlöffel gebackenen Schmarrn. »Wo warst denn, Mare?«, fragte der Großvater, der seine Pfeife stopfte. »Drübn, bei der Rosa«, schwindelte Mare. »Wo bleibt denn die Diana?«, wollte Edith wissen, während sie Milch in einen Krug füllte. »War heit scho an ganzn Tag net da«, sagte Franz. »Soso, nachhert essn wir halt ohne die Rumtreiberin«, murrte der alte Wiesbeck und faltete die Hände zum Tischgebet. Mare schob ihren Teller zur Seite. »Hab koan Hunger, hab scho bei der Rosa was zum Essen kriegt.« »Werst doch net krank, Kind?«, fragte Edith. »Schaust gar so bleich aus heit.« Mare schüttelte den Kopf, ihre Mundwinkel zuckten, als sie trotzig antwortete: »Na, mir geht's guad.«

Diana ließ an diesem Abend lange auf sich warten. Mare lag schon im Bett, der beruhigende Schlaf wollte nicht kommen. Sie drehte und wälzte sich unter ihrer Daunendecke. Mal war ihr heiß, dann wieder kalt. Sie verspürte ungewohnte Erregung, eine Mischung aus Trauer, Enttäuschung, Trotz, Wut und Zweifel an sich. Da öffnete sich die Kammertür, und die Schwester schlich auf leisen Sohlen herein. Sie legte im fahlen Licht des Mondes ihre Kleidung ab. Mare beobachtete Diana heimlich, wie sie für einen kurzen Moment nackt am Fenster stand, wo sie ihr langes Haar löste und das Nachtgewand überzog. Diana war schön. Gott hatte die Schwester reicher beschenkt, hatte ihr einen wohlgeformteren Körper gegeben, ein Gesicht mit vollen Lippen und leuchtenden Augen. Und wie war sie selbst? Mare, die kleine Wiesbeckerin? So anders, drahtig, das Kinn trotzig erhoben, die Haare nicht weich, sondern widerspenstig. Mare drehte sich zur Seite, als die Schwester ins Bett schlüpfte. Diana roch nach 4711 Kölnisch Wasser, Mutters Duft. »Schlafst scho, Mare?«, flüsterte Diana. »Kann net schlafn, wo warst denn so lang? Großvater hat scho gschimpft. Außerdem hast Mutters Parfüm gnommen, i riech's.«

»Na und?«, antwortete Diana schnippisch. Der Wind wehte durchs geöffnete Fenster. Draußen schrie ein Käuzchen, ansonsten ruhte alles, was im Hochtal lebte. »Mare, i hab a Geheimnis, des i neamandem verrat, nur dir«, sagte die Schwester nach einer Weile. »Ist a ganz a bsonders Geheimnis.«

»Verrat's.«

»Bin heit küsst worn, war so a richtiger Kuss. Sag's aber net weiter, versprochn?«

Mare erstarrte, sie ahnte, was folgen würde. »Diana, sei still, interessiert mi net, i will des net wissn.«

Diana drehte sich zu Mare und hauchte ihr ins Ohr. »Mare, hab mi verliebt, weißt in wen?«

»Xaver«, sagte Mare frostig.

Der Sommer war auf seinem Höhepunkt, das Grün der Wiesen dunkel und satt, und der Wald roch nach frischem Moos. In den Ästen des Aprikosenbaumes vor dem Haus summten die Bienen. Der Kuhstall war leer und gereinigt, der alte Wiesbeck hatte Magd und Knecht schon längst mit dem Vieh auf die Oberkaseralm geschickt. Abends nach getaner Arbeit saßen die Wiesbecks zusammen auf der Bank vor dem Haus und schauten über die sanften Hügel zu den

Bergen, bis die Nacht über das Hochtal kam. Dieser Sommer auf dem Hof glich all den anderen der vergangenen Jahre, was weiter weg geschah, drang nicht zu ihm vor.

Und doch stand kein guter Stern über dieser Zeit. Mare war seit jenem Tag, an dem sie durch Xaver Verrat und Enttäuschung erfahren hatte, rastlos. Sie schuftete so lange, bis sie nicht mehr konnte, fütterte die Tiere, saß morgens und abends mit dem Eimer zwischen den Knien bei den Kühen und molk. Sie mistete, versorgte die Schweine. Sie wusch zusammen mit ihrer Mutter die Wäsche und hängte Hemden, Hosen und Socken zum Trocknen auf. Sie schrubbte auf Knien den Stubenboden, häufiger, als es geboten war, jätete den Gemüsegarten, schnitt die Blumen. Ihre Hände hatten Schwielen, der Körper wurde noch magerer und ausgezehrter. Die junge Wiesbeck verließ den Hof nur noch zum Kirchgang, oder wenn Edith sie in den Kramerladen schickte. »Was is? Hast gar koa Zeit mehr, Mare?«, beschwerte sich Rosa. Mare zuckte nur mit den Schultern. Hätte sie ihrer Freundin sagen sollen, dass sie alles dafür tat, um die quälenden Gedanken zu vertreiben? Niemandem, auch Rosa nicht, hatte sie von der Schmach erzählt, die sie durch Xaver erlitten hatte. Xaver war eine Drecksau. Und Diana eine Verräterin. Mares einzige Liebe galt nunmehr dem Hof, den Tieren, dem Großvater, der Mutter und ihrer Freundin Rosa, solange sie nicht zu viele Fragen stellte.

Eine Woche später brach der Zweite Weltkrieg auch über den Samerberg herein.

Es dauerte nicht lange, bis die jungen Männer einberufen wurden. Franz war unter ihnen. Er wurde in eine Uniform gesteckt und zum 7. Bataillon nach Flintsbach einberufen.

Als er mit gepacktem Koffer abmarschbereit in der Stube stand und auf den Wagen wartete, der ihn abholen sollte, war sein Gesicht so weiß wie ein Leichentuch. Mutter Edith saß am Küchentisch und hielt den Kopf in ihren Händen verborgen. Sie weinte. Diana hockte neben ihr und strickte einen Schal. Der alte Wiesbeck schwieg. Alles an und in ihm schien versteinert. Im Hintergrund tönten blecherne Stimmen aus dem Volksempfänger, sprachen über Vaterland, Kameradschaft, Treue, Hitler, Sieg Heil. Jetzt, da man seinen Enkel holte, machte der Großvater zum ersten Mal seit langer Zeit den verhassten Kasten selbst an, um zu hören, was in Deutschland und auf dieser Welt geschah. »Jetzt kimmt's, wias kemma muss«, sagte Franz und zitierte: »›Und so lang du das nicht hast. Dieses: Stirb und Werde, Bist du nur ein trüber Gast auf dieser Erde‹, des hat der Goethe geschriebn. I mach mi jetzt aufn Weg, und wir wern sehn, wia lang man mi auf derer Erden lebn lasst.«

Als die alte Sennerin langsam zu Sinnen kommt und die Augen öffnet, schwebt sie durch die Lüfte wie Engel und Vögel es tun. Schwerelos gleitet sie in einem engen, gläsernen Raum dahin, unter ihr das große Schneefeld mit dem schwarzen Fleck. In der Ferne kratzen die Gipfel des Großglockners und der Kitzbühler Alpen am Himmel. Es dröhnt und rattert. Ein paar Männer hocken neben der Sennerin, einer von ihnen hält ihre Hand. Man hat ihr eine Decke über die Schultern gelegt, sie riecht nach Waschpulver. Während sich alles in Mares Kopf dreht, sinkt der Hubschrauber wieder zu Boden. Starke Arme hieven sie ins Freie und bringen sie ins Haus. »Die ist ja leicht wie eine Feder«, sagt eine Männerstimme. Man setzt die alte Frau auf eine Bank. »Mei, wia schee, dass da bist«, sagt eine Frauenstimme. Mare spürt eine feste Umarmung. Eine zweite Decke wird ihr über die Schultern gelegt. Es ist warm hier und hell. Es riecht nach Hühnerbrühe und Schweinebraten. Das ist nicht der Himmel, das ist die Priener Hütte. Und vor Mare steht nicht Gott, sondern Conny, die Wirtin, ihre Freundin, Versorgerin, Conny, das Engerl.

Conny, der gute Geist.

»Ich bin Doktor Gruber«, sagt ein Mann, der neben Conny steht. »Ich würde Sie jetzt gerne kurz untersuchen.« Mare spürt seine Hände an ihrem Rücken. »Finger weg«, murrt sie. Langsam kommt sie zu sich. »Spinnt's jetzt?«, fragt sie in die Runde. Nun erkennt sie auch Sascha, den Bergwachtführer. »Was schaut's denn alle so?«

Conny stellt Suppe auf den Tisch. »Iss, Mare«, sagt sie.

Mares Hand zittert, als sie den Löffel ergreift. »Hast du kocht für mi?«, fragt sie Conny. »Nachhert iss i sie.«

»Die Frau muss ins Krankenhaus, sie ist total unterkühlt«, meint der Arzt. »Wir fliegen sie mit dem Hubschrauber in die Klinik.«

»I will hoam«, antwortet Mare bestimmt, schiebt die Suppe zur Seite und erhebt sich schwerfällig von der Bank.

»Mare, wärst fast gstorbn wegen der Lawine, hörst, du musst jetzt ins Krankenhaus, dich untersuchn lassn«, erklärt Sascha.

»Wer sagt, was i doa muss?« Mare schüttelt die Decken ab und schickt sich an zu gehen. Die Männer um sie herum halten sie fest und drücken sie auf die Bank zurück. »Nix da, sei net so stur.«

»Wia schaut denn mei Hüttn aus?«, fragt Mare.

»Sie steht«, antwortet Sascha, »noch. Aber ob's den Druck der Lawine auf Dauer aushält, wissn wir net.«

»Wern ma nachhert scho sehn.« Mare klopft mit der Faust auf den Tisch. »Muss jetzt wieder hoam, nach meine Viecher schaun.«

»Du bleibst jetzt erst mal hier, bis du die Suppn gessen und an Tee trunken hast. Bist halbert derfrorn«, bestimmt Conny. »Bist mei Engerl«, sagt Mare zärtlich.

Während nun alle durcheinanderreden und Worte wie: »Stur, wahnsinnig, verantwortungslos, eigensinnig, war immer scho so« an Mares Ohr vorbeifliegen, zieht sie stumm den Teller Suppe wieder zu sich und löffelt ihn aus. »Wir können Frau Wiesbeck nicht gegen ihren Willen mitnehmen«, sagt Dr. Gruber. Mare nickt. »Eben«, antwortet sie zufrieden und trinkt den Tee. Als sie fertig ist, steht sie auf. »Machts, was wollt. I geh jetzt.« Und draußen ist sie. Sie setzt sich auf die Schneeraupe, die vor der Haustür steht, hält sich am Lenker fest und schaut trotzig in die Runde. »Fahrts mi auffi.«

Die Retter blicken sich ratlos an. »Mare, jetzt kimm wieder eini«, sagt Conny. »Na«, lautet die Antwort. Schließlich ruft Conny den Anwalt an, der sich seit ein paar Jahren um Mares Belange, Renteneingänge, Krankenkasse, Sozialamt und so weiter kümmert. Ein Papier wird vorgefertigt und vor Mare auf den Lenker gelegt. »Kannst des lesn?«, fragt Conny. »Lies du«, antwortet Mare unwirsch. Bevor die Wirtin zu Ende gelesen hat, reisst ihr Mare den Zettel aus der Hand. »Freilich geh i auf eigene Verantwortung zruck auf meine Hüttn, auf wessen denn sonst? Hat in meinem Leben nie jemand die Verantwortung für mi übernommn.« Sie nimmt den Stift und krakelt mit zittriger Schrift ihre Unterschrift darunter: Mare.

Als die alte Frau hinter dem Bergwachtführer Sascha auf dem Gefährt sitzt und sich durch das Schneemeer nach oben zur Oberkaser fahren lässt, hebt es sie bei jeder Unebenheit vom Sitz. Wie ein Wimpel, der fröhlich im Wind flattert, erzählen die Leute.

Als sie oben ankommen, zeigt Bergwachtler Sascha kopfschüttelnd ins tiefe Loch. »Mare, da willst wirklich wieder zruck, in deine Schneehöhle? Bist doch koa Bär, der an Winterschlaf hält.«

»Na, i bin koa Bär, aber i bin die Mare!« Sie zupft am Innenfutter ihrer Jacke herum. »Was bin i dir schuldig? Für den Flieger und für dei Zeit? Suppn und an Tee hab i a net zahlt«, murrt sie, »vergessn.«

Sascha wehrt ab. »Lass mal, Mare, des kost nix. Des is scho ois zahlt.« Mare schaut ihn verwundert an. »Scho zahlt? Naaaa«, sie atmet geräuschvoll aus. »Wer zahlt denn für mi?« Sie tippt sich mit ihrem knöchrigen Finger auf die Brust. »Für mi?«, wiederholt sie mit leiser Stimme. Sie wiegt den Kopf hin und her, halb Schütteln, halb Nicken. »Zahln für mi, dass i leb und net sterb?«

»Das war der Korbinian, der hat den Hubschraubereinsatz angeordnet, hat die Bergwacht bstellt und den Arzt gschickt. Geht ois auf seine Kosten, hat er gsagt«, erklärt Sascha. »Der Korbinian?« Mare lächelt. »A guader Mo, der Korbinian, i hab's immer gwusst.«

»Ja, des war der Korbinian«, antwortet Sascha, »und die Suppn und den Tee schenkt dir die Conny.«

Die Bergwacht hat noch einen Teil des rußigen Schnees vom Dach abgetragen, den Kamin freigelegt, den Zugangsschacht zu Mares Eingang vergrößert und daneben eine hohe Eisenstange in den Schnee gerammt, damit das Aufspüren der kleinen Hütte einfacher sein würde, sollte es den Winter über weiterhin so erbarmungslos zugehen.

Mare krabbelt durch das Loch in die Tiefe, zurück nach Hause.

Krieg, Bitterkeit und Nöte brachen über die Menschen herein und nahmen ihnen, was sie liebten. Großvater Wiesbeck sprach kaum mehr ein Wort. Stumm verrichtete er seine Arbeit auf dem Hof, und lag er abends auf der Ofenbank, wollte er nicht mehr von früher erzählen. Die Gegenwart hatte ihm seine Vergangenheit und die Hoffnung auf bessere Zeiten geraubt. Der alte Mann aß kaum mehr, auch nicht, wenn Edith einmal Fleisch auftischte. Stundenlang saß der Alte vor dem Volksempfänger und schüttelte schweigend den Kopf. Auch wenn die Bauern auf dem Samerberg keinen Hunger leiden mussten wie die Menschen in der Stadt, so zehrte das, was geschah, dennoch an Leib und Seele. Nein, mit Hitler, diesem Irren, hatten die Wiesbecks nichts am Hut. Darin unterschieden sie sich von den meisten Samerberger Bauern, die von dem allgemeinen deutschen Hoffnungs- und Freudentaumel eingenommen waren, wenngleich auch sie, wie alle Bauern im Land, nunmehr einer strengen behördlichen Kontrolle unterlagen. Milch musste für die Stadtmenschen abgeliefert werden, und schlachten durfte man auch nicht mehr nach Belieben, das Fleisch zur Gänze behalten erst recht nicht. Bis zum Ausbruch des Krieges war Mare noch wöchentlich mit einem schweren Butterfass auf dem Rücken vom Samerberg nach Nußdorf gegangen, um die Butter dort in einem Kramerladen zu verkaufen. Doch auch damit war nun Schluss, Kontrolleure, die den Schadhubhof durchsucht hatten, beschlagnahmten die Zentrifuge. Buttern für sich selbst oder gar für den Verkauf war nun strengstens verboten. Der alte Wiesbeck aber holte aus dem hintersten Eck des Speichers eine hölzerne Buttertrommel hervor, die Wiesbecks zweigten heimlich Milch ab und butterten wie zu alten Zeiten. Um dem Großvater zu beweisen, dass sie, obwohl eine Frau, später des Hofes würdig sein würde, nahm Mare an den Reichsberufswettkämpfen des Reichsnährstandes teil, so langweilig sie die dort gestellten Aufgaben für die Frauen auch fand: Mohrrüben zum Kochen vorbereiten, Arbeitsschuhe, Holzgeräte und Fenster reinigen, Strümpfe stopfen, Weichbutter für die Hennen herstellen, Gemüseeintopf für vier Personen herrichten, eine Topfblume umpflanzen, Legenester reinigen und neu herrichten, Kartoffel- und Fleischreste zu einer Abendmahlzeit zubereiten. Das, was die Männer bei diesen Wettbewerben zu erledigen hatten, fand Mare weitaus aufregender und herausfordernder: Jungtieren ein Ackergeschirr anlegen, Alter und Gewicht eines Rindes schätzen, Sensen dengeln. »Wär lieber a Bua gwordn«, sagte sie zu Edith, »net a Madel.« »Mein Kind, dann müsstest jetzt in den Krieg ziehn«, antwortete die Mutter und strich Mare zärtlich über die Haare.

Immerhin, Franz lebte. Noch. Ein Mal hatte man ihn zum Heimaturlaub entlassen, den er zurückgezogen in seinem Zimmer verbrachte. Von dem, was er in der Schlacht erlebte, wollte er nicht sprechen, doch konnte man an seinen schwermütigen Blicken all das Leid und Elend sehen, das ihm widerfahren war.

Franz begann zu trinken. Saß er abends mit allen zusammen in der Stube, waren seine Augen glasig und die Zunge schwer. Er ging früher als die anderen zu Bett und stand später auf. Zur Arbeit auf dem Hof war er nicht zu gebrauchen, zu benommen sein Hirn, zu ausgemergelt und schwach der Körper. »Was werd bloß ausm Hof wern? Mit dir, Franz, sicher nix. Früher warn es die Bücher, der Goethe und wie sie alle heißn, die dich mehr interessiert habn als unsere Viecher. Und jetzt is gar nix mehr da drinnen in deinem Hirn. Zuviel saufn tust. Der verflixte Krieg, der macht ois kaputt«, sagte der Großvater eines Tages zu seinem Enkel.

»Den Hof hab i nie wolln, Großvater«, entgegnete Franz, »des woaßt a. Und außerdem, was redst denn? Sagt koaner, dass i ausm Krieg wiederkimm, hab scho so viele sterbn und verreckn gsehn. Und es wern immer mehr.«

»Der werd scho wieder«, beruhigte Edith ihren Vater. »Wenn der Krieg vorbei is, kimmt der Bub wieder hoam, wo's doch so schee is bei uns. Werst sehn, dann werd unser Fanz schnell wieder der oide. Und wenn net, Vater, dann übernimm i den Hof, wannst übergeben willst.«

Der Großvater schüttelte stumm den Kopf. »Der Hof braucht an Mo, net a Weib.«

Dennoch, die Mutter würde bald den Hof übernehmen, so schlimm wie der geliebte Bruder beieinander war. Und irgendwann würde auch der Tag kommen, an dem sie, Mare, Schadhubbäuerin sein würde, dachte das junge Mädchen trotzig und zuversichtlich zugleich. Der Schadhub und alles, was dazugehörte, waren zu ihrem einzigen Daseinsinhalt geworden.

Dianas Leben hingegen bestand nur mehr aus Liebe, aus Xaver, mit dem sie so viel Zeit verbrachte, wie sie nur konnte. Und kehrte sie von ihm zurück, erzählte sie Mare von dem großen Glück. Mare schluckte Wut und Enttäuschung herunter, und die Abneigung gegen die schöne, glücklich liebende Schwester wuchs mit dem Groll gegen sich selbst. Der Gedanke, sie sei nichts anderes als ein hässliches Klappergestell, das außer Arbeit nichts anderes im Leben verdient, grub sich immer mehr in Mares Kopf ein.

Während über den Samerberg die Jagdflieger hinwegdonnerten und ihre Bomben über das nahegelegene Rosenheim abwarfen, während eine Todesnachricht nach der anderen die Menschen auf dem Samerberg ereilte und auf dem Friedhof mehr Gruben ausgehoben wurden denn je, während die Menschen Tränen vergossen, solche der Trauer, aber auch der Freude, sobald die ersehnte Feldpost eintraf, aus der zu erfahren war, wer den Wahnsinn bislang überlebt hatte, gaben Diana und Xaver einander das Jawort.

Sie heirateten in der Törwanger Kirche und feierten anschließend beim Wimmerwirt. Die Wiesbecks hatten heimlich eine Sau abgestochen und für die Gäste zubereiten lassen. Über der Hochzeit lag jedoch ein Schatten, denn Diana musste sich auf dem Weg zum Altar übergeben, die Kirche war versaut, und jeder der geladenen Hochzeitsgäste ahnte, dass die junge Ehefrau vorschnell und anrüchig schwanger geworden war.

Mutter Edith zeigte sich über die Wahl ihrer Tochter nicht glücklich, Xaver erschien ihr zu jung, zudem war sein zweifelhafter Ruf als Schürzenjäger auch zu ihr gedrungen. Noch dazu konnte der Bräutigam als Drittgeborener nicht auf die Erbschaft des väterlichen Hofs hoffen. Es sei denn, seine Brüder fielen im Krieg. Gleichwohl fühlte sich Edith glücklich, wenigstens eine ihrer Töchter unter der Haube zu wissen. Einen Mann in den Jahren des Sterbens zu finden, war schwierig genug.

Während des Hochzeitsfestes mied Mare Xavers Nähe, und als sie an der Reihe war, dem Brautpaar zu gratulieren, drückte sie der Schwester die Hand, schenkte dem Frischvermählten aber keinen einzigen Blick. Als der Wurf des Brautstraußes bevorstand, verzog sie sich in die hinterste Reihe der heiratswilligen Frauen und dachte: Nie und nimmer will i an Mo.

Es kam, wie es kommen musste. Xaver zog zu seiner Angetrauten auf den Schadhubhof. Der Großvater ließ ein großes Bett zimmern und in Franz' Zimmer stellen. »Wenn der vom Krieg zruckkimmt, wern ma scho sehn, wias werd.«

Sobald sich abends die Tür hinter dem jungen Paar schloss, kroch Mare unter ihre Daunendecke und vergoss Tränen. Vorher betete sie noch zu Gott, er möge ihr die Kraft verleihen, Xavers Nähe auszuhalten. Nur ein einziges Mal wechselten sie und Xaver ein persönliches Wort miteinander. Mare saß gerade in der Vorratskammer und drehte die Kurbel des Butterfasses, da erschien er plötzlich im Türrahmen. »Mare, is anders kemma, als man denkt hat, aber woaßt doch eh, i mog di, aber es hat halt net mehr sein solln.«

Mare schwieg, antwortete nicht, was hätte sie auch sagen sollen, Xaver, du Verräter, Betrüger, Gauner, du Mistkerl, elendiger? Das alles lag ihr auf der Zunge, und noch viel mehr. Am liebsten wäre sie dem Kerl an die Gurgel gegangen und hätte sie ihm zugedrückt. Die Kraft dazu, dessen war sich Mare gewiss, hätte sie in diesem Moment des Zorns aufgebracht.

Stattdessen drehte sie gleichmäßig an der Kurbel, hörte die Sahne in der Trommel wirbeln. »Geh, lass mi«, waren die einzigen Worte, die sie an ihn richtete.

Die folgenden Wochen brachten ungute Veränderungen auf dem Schadhubhof. Diana begann, sich auf unerträgliche Weise als Bäuerin und Hausherrin aufzuspielen, hochnäsig und unfreundlich kommandierte sie alle mal hierhin, mal dorthin. So warm sich der anstehende Sommer auch andeutete, zwischen den Schwestern stand der Frost.

Xaver gab sich zwar fleißig, aber Mare merkte, dass er alles nur mit halbem Herzen tat. Mutter Edith schwieg, denn auch der Großvater sagte nichts. Er zog sich zurück. Morgens ging er nicht mehr zum Melken, kümmerte sich auch nicht mehr ums Vieh. Immer seltener sah man ihn über Hof und Felder gehen. Er alterte zusehends und begann zu kränkeln. Inzwischen wurde der alte Wiesbeck von Hustenanfällen derart gebeutelt, dass ihm sogar das Verlangen nach der abendlichen Pfeife vergangen war. Immer häufiger lag er auch tagsüber auf der Ofenbank in der Stube und hörte die schrecklichen Berichte, die aus dem verhassten Kasten tönten. Edith, die ansonsten auf ihre Kräuterheilkunst vertraute, musste irgendwann doch den Arzt kommen lassen, der mit knappen Worten Ruhe verordnete und ein kleines Fläschchen Medizin zurückließ. Was war schon die Malaise eines alten Bauern im Vergleich zu dem, was man als Arzt in diesen Zeiten sonst so alles zu sehen und behandeln hatte. Nichts.

Von Franz hatte man schon seit Monaten nichts mehr gehört. Edith, die vor Sorge und Gram kaum mehr Schlaf fand, wurde immer schmaler und stiller. Stundenlang saß sie am Küchentisch und strickte vor sich hin: Jäckchen, Socken und Mützen für das Neugeborene, das bald kommen sollte.

Das Leben auf dem Schadhubhof hatte die Leichtigkeit und Fröhlichkeit verloren, das braune Unheil steckte in jeder Ritze und verbreitete Angst und Verunsicherung. Wenn Menschen alles verlieren, was sie lieben, auch die

Geborgenheit, die sie aus der Heimat erfahren, schwinden Kraft, Glück und Hoffnung.

Inzwischen wurde die Nahrung selbst auf den Bauernhöfen karger, die Arbeit immer schwerer. Man hatte sich Hitlers Regime zu fügen, musste Kartoffeln und Rüben anbauen, deren Ernte noch einmal mehr an Kraft und Zeit zehrte, weil es an Maschinen fehlte. Die wurden für den Krieg gebraucht. Auch Flachs sollte wieder auf den Feldern wachsen und Garn gesponnen werden. Saßen die Wiesbecks abends in der Stube, klang aus dem Volksempfänger, die Landfrau habe rassig, gesund und würdig zu sein, zudem sollte sie von lebenbejahender Heiterkeit durchdrungen sein und in ihrer deutschen Weiblichkeit freundliche Anmut zeigen.

Es war im frühen Sommer des Jahres 1941, als sich der zweite Tag in Mares Leben näherte, der ihr weiteres Schicksal besiegeln würde. Die deutsche Wehrmacht war inzwischen tief in den Balkan eingedrungen, die Truppen hatten Griechenland überfallen, und nun wollte der Wahnsinnige auch noch Krieg gegen die Sowjetunion führen. Edith grübelte stundenlang über dem Diercke Weltatlas, der aus den Schulzeiten ihrer Kinder übrig geblieben war. Samerberg-Warschau-Minsk-Moskau, sie fuhr mit dem Zeigefinger über die Landkarte und seufzte. »Jessas, jetzt treibn's die Soldaten auch noch da auffi, ans andere Ende der Welt, mei, mein armer Franzl, so weit weg.« Und dann zog sie ein Taschentuch aus der Schürze und trocknete die Tränen.

Mitte Juni, kurz bevor das Vieh auf die Alm getrieben werden sollte, nahm Großvater Abschied. Seit Tagen schon wollte der alte Mann nicht mehr aus dem Bett aufstehen, das Schutzschild, unter dem das, was nicht sein durfte, auch nicht war, hatte er verloren. Das zehrte an Seele und Körper. Matt, von heftigen Fieberattacken gebeutelt, blieb er in seiner Schlafstube liegen. Edith sah stündlich nach ihm, brachte ihm heißen Kräutertee, legte Wickel und achtete darauf, dass er seine Medizin schluckte.

Mare richtete gerade mit der Magd die Sachen für den Almauftrieb zusammen, packte Brotzeit und Getränke in die Rucksäcke, reinigte die Holzkäfige, in denen die Hennen transportiert werden sollten und striegelte die beiden Mulis, die am nächsten Tag viel Last zu tragen haben würden, als Mutter Edith ihr die Hand auf die Schulter legte. »Lass des ois«, sagte sie sanft, »kimm, musst zum Großvater, der will di sprechn.«

Als Mare in die Schlafstube trat, hatte der alte Wiesbeck die Augen halb geschlossen, seine buschigen Brauen zuckten, und der Atem ging flach. Die bleichen Hände hatte er über dem Bauch zum Gebet gefaltet. Ein süß-säuerlicher Geruch der Zersetzung umgab den Sterbenden. Mare setzte sich zu ihm ans Bett und berührte seine feuchte Stirn. »I bin's, Großvater, die Mare, hast mi kemma lassn.«

Der Alte öffnete langsam die Lider, löste die Hände und strich Mare zart über die Wange.

»Meine Kleine, Fleissige«, sagte er, und seine Stimme klang heiser, als er seiner Enkelin nun alles nahm, was sie besaß.

»I muss mit dir redn. Weißt, lang bin i nimmer. I gspür, dass der Sensenmann im Haus is.« »Red net so, Großvater«, bat Mare.

»Jetzt musst stark sein, meine Mare, weil, was i dir zum sagn hab, is net leicht für mi zum sagn, und net leicht für di zum hörn.«

Er legte eine lange Pause ein, öffnete den Mund, schloss ihn wieder, rang nach Worten.

»Werd scho net so schlimm sei, Opa«, wollte Mare ihn beruhigen.

Der alte Wiesbeck wiegte den Kopf auf dem Kissen langsam hin und her. »Mare«, sagte er schließlich, »i red net lang, hab koa Kraft mehr. Ois is anders kemma, als i denkt hab. Der Franz is weg, ob er wiederkimmt, woaß nur der Herrgott. Jetzt is der Xaver aufm Hof. I trau eam net so recht, glaub net, dass er a guader Mo fürn Hof is. Und dei Schwester kennst ja, sie mog des Vieh net a so wia du und is a net so fleißig.«

Mare schwieg, Schweiß bildete sich in ihren Handflächen. Was würde jetzt kommen? Der Großvater blickte gar so ernst und traurig drein. »Dennoch«, fuhr der Kranke fort, »gib i der Diana den Hof. Sie hat an Mo, is älter wia du, und sie kriagt a Kind, an Erben für später mal. Dei Mutter schafft es allein net. Dass sie no amal an Mo kriagt, der ihr zur Seiten steht, des glaub i nimmer. Die Männer sterbn alle davon, bleibn net viel übrig, werst sehn. Auch für di werd es schwer mit an Mo, meine liebe Mare. Sehr schwer, des hab i im Gfühl.«

Er schloss wieder die Augen und legte seine Hand in die ihre. Nix sagen, dachte Mare, während seine Worte wie ein schwarzer Schleier über sie fielen und ihr Herz erdrückten. Der alte Wiesbeck fuhr fort: »I will, dass du morgen mit auf'd Alm gehst, aufn Geigelstein. Die Oberkaser is auch a Heimat von dir, warst doch so oft drobn mit mir. Erinnerst di?«

Mare nickte. Es waren viele Sommermonate gewesen, in denen sie teils mit dem Vater, teils mit dem Großvater auf der Alm war, wenn sie nach dem Rechten sehen wollten. In der Holzkraxe hatten sie die kleine Mare hinaufgetragen, später an der Hand den steilen Steig nach oben geführt. Nach der Einschulung war die Wiesbeckenkelin seltener auf den Geigelstein gekommen, der Großvater und die Mutter brauchten sie auf dem Schadhubhof.

»Hier aufm Hof ist bald koa Platz mehr für di, Mare. Die Mutter, Diana, Xaver, des Kind, wenn's amoi kemma is. Und dann bin i no da. Gott woaß wia lang. Und i seh doch, dass es zwischen dir, Diana und an Xaver net guad steht. Ihr redts net miteinander, warum net, Mare? Des duad an Hof net guad.«

Mare wandte ihr Gesicht gen Fenster. Draußen rieselte der Regen auf die Wiesen und Felder. Tropfen perlten die Scheibe hinab und verzerrten die Sicht. Die Hochries war verschwommen, ohne Umrisse, doch erkannte Mare jeden Felsen, jede Erhebung des Berges, all die geheimen Plätze ihrer Kindheit. Ganz hinten wusste sie den Schwarzsee mit seinen großen Bäumen. Und den vielen Erinnerungen. Sie hörte den Wind wehen, die Kühe im Stall stampfen, hörte, wie der Knecht die Glocken reinigte. »Geh auffi auf die Alm, da kannst erst mal bleibn übern Sommer und überlegn, was du macha willst im Leben.« Mares Blicke wanderten vom Fenster durch Großvaters Schlafraum. An der Wand hingen in hölzernen Rahmen Fotos der Wiesbecks, Edith in jungen Jahren in weißer Bluse. Franz als Zehnjähriger, damals schon mit melancholischem Blick. Diana und Mare als kleine Kinder, wie sie lachend und mit Zahnlücken in die Kamera blickten.

Mare wurde dieses Jahr siebzehn, zu jung, um ihre Entscheidung, die sie in diesem Moment traf, zu begreifen, alt genug, um sie hart und willig genug umzusetzen.

»Großvater«, sagte sie und wischte sich eine Träne aus

dem Auge. »I geh morgen auf'd Alm. Und des sag i dir. I kimm nie mehr zruck.«

Anderntags zog eine kleine Karawane über den Samerberg, vom Schadhubhof aus runter ins Tal nach Frasdorf, dann rechts an dem herrschaftlichen Schloss Hohenaschau vorbei, hinein ins wilde Priental bis kurz vor Sachrang. Zwölf Kühe, drei Kälber, vier Schafe und zwei Mulis. Eines von ihnen trug den Holzverschlag, in dem Hennen gackerten, einen verschlossenen Weidenkorb mit zwei jungen Kätzchen und einen Sack, in dem Mare ihre Daunendecke verstaut hatte. Das andere Muli, Maxerl hieß es und war Mares Liebling, hatte man mit Kleidung, Schuhen, Kerzen, Kernseife und allerlei Dingen bepackt, die auf der Alm zu gebrauchen waren, auch mit dem Spiegel, der in Mares Schlafkammer gehangen hatte.

Vorne an der Spitze des Zuges stapfte Knecht Peter, in der Mitte Mare, das Ende bildete die Magd Hanna. Die Landschaft war in graue Wolken gehüllt, erbarmungsloser Regen ging hernieder, und das Vieh watete in tiefem Matsch. Lastwagen kamen ihnen entgegen, in die man Soldaten zusammengepfercht hatte, junge Männer wie Franz auf dem Weg in den Kampf. Hin und wieder fegten Kampfbomber über die Wiesbecktruppe hinweg, Mare und ihre beiden Helfer hatten alle Mühe, die Herde zusammenzuhalten, die vor Angst auseinanderstob. »Was, wenn die Soldaten direkt über unseren Köpfen Bomben abwerfen?«, fragte Hanna ängstlich. »Dann hat es Gott so wolln«, entgegnete Mare knapp. In ihrer diffusen aufgewühlten Gefühlswelt gab es für Angst keinen Platz mehr. Mit jedem Meter, den sie sich von ihrer alten Heimat entfernte, wechselte ihr Gemüt zwischen Trauer, Verzweiflung, Resignation, bis sich irgendwann Trotz und Kampfgeist einstellten. Kurz vor dem beschwerlichen Aufstieg auf den Geigelstein machten sie Rast. Sie führten die Kühe zu einer seichten Stelle der Prien, ließen die durstigen Tiere saufen und am Waldesrand grasen. Inzwischen waren sie schon mehr als sieben Stunden unterwegs. Mares Füße schmerzten, obwohl sie an lange Strecken gewohnt waren. Mare nahm die Kätzchen aus dem Korb und setzte sich mit ihnen auf die feuchte Wiese. »Helfts mir, wern koa einfachn Zeitn, da drobn«, sagte sie und streichelte ihnen übers Fell.

Über ihr ragte der Geigelstein eintausendachthundert Meter in die Höhe, ein mächtiger Berg, der zweithöchste der Chiemgauer Alpen und mit seinem steilen Aufstieg auf schmalen, vom Regen aufgeweichten Pfaden anstrengend zu erklimmen. Es war später Nachmittag, als Mare die Katzen wieder in den Korb steckte, mit ihren Helfern die Kühe zusammentrieb und den Weg nach oben antrat. Immer noch regnete es, und der Zug kam nur langsam voran. Als es zu dämmern begann, breitete sich vor Mare endlich ihre neue Heimat aus. Sie bestand aus fünf kleinen Gebäuden, die über dem tiefen Kessel des Geigelsteins wie Spielzeughäuser verteilt waren. Über ihnen thronten vier Gipfel, der mächtige Geigelstein, daneben der felsige Breitenstein, das Mühlhörndl und weiter hinten der sanfte Wandberg. Es ist karg in dieser Region und dennoch von unglaublicher Schönheit. Blumenberg nennen die Bauern den Geigelstein, weil seine Wiesen, so spärlich sie auch Gras für die Kühe hergeben mögen, zu einer farbenreichen Blumendecke werden, sobald sich der Schnee verzogen hat. Als Mare jedoch aus den Bergwäldern auf die Almwiesen gelangte, erschien ihr im fahlen Licht der nahenden Nacht alles grau. Die junge Wiesbeck zog an der ersten Hütte vorbei, der Niederkaseralm. Für gewöhnlich trieb Rosa dorthin die Kühe ihres Vaters auf. Noch aber war der Kaser unbewohnt, Rosa würde erst in ein paar Tagen kommen, hatte sie der Freundin beim Abschied versprochen. Mare war froh, sie bald in ihrer Nähe zu wissen. Wenige Höhenmeter weiter oben lag die Priener Hütte. Man hatte sie vor einigen Jahren als Schutzhaus und Ausflugsziel für die immer zahlreicher in die Bergwelt einfallenden Wanderer errichtet. Es brannte Licht in dem Gebäude, Mare hörte das laute Lachen der Gäste – eine eigene Welt, fernab des Kriegs, der am Himmel und drunten im Tal tobte. Vor der Tür stand ein verliebtes Pärchen und küsste sich. Eilig trieb Mare ihre Tiere weiter, vorbei an der Finsteralm, auf die Ludwig Finsterwalder jeden Sommer auftrieb, ein grobschlächtiger Bauer, der, das wusste Mare von ihrer Magd, nichts Gutes im Kopf hatte und zu seinen Sennerinnen unbarmherzig war. »Dem musst aus dem Weg gehn«, hatte Hanna Mare beim Vorbeigehen zugeflüstert, »des is a ganz a böser.« Am Ende des Bergkessels, wo die Hänge zum Geigelstein noch steiler wurden als bisher, lagen Tür an Tür zwei winzige, von Wind, Schnee und Regen gezeichnete Hütten: die letzten Gebäude dieser kargen Region. Zusammen bildeten sie die Oberkaseralm. Die linke, allerletzte Alm gehörte den Wiesbecks, die rechte, Grenzhuber genannt, hatte der Besitzer, der Taffnerbauer, seit Jahren schon verlassen.

Durchnässt, erschöpft und hungrig schritt Mare langsam auf ihr neues Zuhause zu. Es war inzwischen schwarze Nacht geworden, der Regen hatte sich beruhigt, nur noch ein paar Tropfen fielen sacht vom Himmel. Der Wind rauschte durch die Kiefernäste. Mare richtete ihre Taschenlampe auf die Oberkaseralmen. Alleine auf grauer Flur sahen die alten Hütten unheimlich und einsam aus. Und doch wunderbar nah am Himmel. Mare war angekommen. Das müde Vieh wurde in den Stall getrieben und versorgt. Knecht und Magd schlugen ihr Lager in einem Heuhaufen auf und fielen alsbald in tiefen Schlaf.

Mare zündete in der Stube eine Kerze an und sah sich in dem rauchgeschwärzten Raum um, dessen Schindeldach gleichzeitig die Decke bildete. Neben der Eingangstür stand der gemauerte, offene Herd, obendrauf ein Dreifuß. Rechts daneben war im Boden ein schwerer Deckel angebracht, der den Gang in den Keller verschloss. Als Mare klein war, mochte sie diesen modrig dunklen Raum nicht leiden, und jedes Mal, wenn Mutter Edith sie in die Vorratskammer hinabschickte, um Speck, Käse oder Sirup zu holen, musste Mare ihren ganzen Mut zusammennehmen, um die steilen Stufen hinunterzusteigen. Schräg links vom Hütteneingang aus gesehen ging es in eine kleine Kammer, in der allerlei Gerät zur Aufbereitung der Milch aufbewahrt wurde. Auf dem Weg nach hinten in den Stall führte eine Tür seitlich in den winzigen Schlafraum, in dem zwei mit Strohsäcken versehene Holzgestelle standen. Lange schon war Mare nicht mehr auf dem Kaser gewesen, doch ließ allein der Geruch nach Rauch schöne Erinnerungen in ihr aufkommen: Abende, an denen sie hier an dem alten Tisch zusammengesessen hatten, vor sich Mutters Kaiserschmarrn in der großen schweren Eisenpfanne, und Tage, an denen sie mit dem Vater die Kühe versorgte und mit Großvater Blaubeeren sammelte.

Es war feucht in dem Raum, Mare öffnete die beiden Fenster, blickte in die Nacht, die unwirtlich über den Berg gefallen war. Früher, daran konnte sich die junge Frau noch erinnern, hatten noch sechs weitere Almhütten hier gestanden, es war ein kleines Almdorf gewesen, in dem sie mit anderen Kindern spielte. Damals hatte mehr Leben auf dem Geigelstein geherrscht als jetzt, wo nur noch ein paar Hütten übrig geblieben waren. Aber die Sennerzeit war hier einfach zu beschwerlich, und so blieben im Kessel des Berges außer dem Finsterwaldbauer und Rosas Eltern nur noch die Wiesbecks zurück.

Mare schloss die Fenster wieder. »Jessas, eich hab i ganz vergessn«, sagte sie zu den Tieren im Käfig. Sie ließ die Katzen und Hennen frei und gab ihnen zu fressen. Dann ging sie in die Schlafkammer, breitete ihre Daunendecke auf dem Strohsack aus und setzte sich drauf. Zwölf Quadratmeter klein war ihre neue Heimat nun, spärlich, kalt und düster beim schwachen Schein der Kerze. Mare ging ins Freie. Sie hockte sich auf die Bank, auf der sie immer mit der Mutter, ein paarmal auch mit dem Vater und Großvater gehockt hatte. Vor ihr erhoben sich nackte Felsen, irgendein Tier schrie in die Stille. Leere überfiel die junge Wiesbeck. »Jetzt bin i da, Berggeist«, flüsterte sie.

Es schimmert schwaches Licht durch das Fenster. Mare ist zufrieden. Alles hat wieder seine Ordnung, der Boden ist gefegt, das Geschirr gereinigt, das Bett gemacht, der Ruß, den der Wirbel der Hubschrauberrotoren ins Hütteninnere gedrückt hat, von den Wänden gekehrt. Nur all die Menschen draußen vor der Tür stören, nervende, blöde Menschen, die mit ihr sprechen und sie fotografieren wollen. Die alte Frau geht zur Tür und horcht. Sie hört Stimmen. Sie kontrolliert das Schloss, es ist verriegelt, ebenso wie die Fenster. Der Ofen ist warm, und es gibt genügend zu essen. Mare hat die schwere Klappe zum Keller geöffnet und ist die Stiegen hinabgeklettert. Jetzt steht sie vor den gefüllten Regalen. Ein paar Dosen Mais, Bohnen, Cornedbeef liegen dort, Säfte und allerlei Babynahrung, Gläschen und Brei. Vom Chef geschenkt. Dreißig Jahre kennt sie den Chef schon, lange hat sie für ihn gearbeitet, seine Kühe versorgt und in seiner Hütte gelebt. Der Chef war immer gut zu ihr und ist es immer noch. Bevor der Winter über den Geigelstein hereinbricht, lässt ihr der Chef stets Essen und Holz liefern, manchmal auch Kleidung sowie Batterien für die Taschenlampe. Die alte Sennerin würde damit den Winter überstehen, diesen, den nächsten und auch den übernächsten. Und wenn der Tod vor der Türe stand, dann sollte es halt so sein.

Mare nimmt drei Thunfischdosen, zwei Gläschen, eines mit pürierten Kartoffeln, Gemüse und Kalbsfleisch zur Hauptspeise und eines mit Früchten zum Nachtisch. Dann kriecht sie wieder die Kellerstufen hoch und setzt sich auf die Bank. Thunfisch für Miez, die auf den Tisch springt, Babymahlzeit für die alte Mare ohne Zähne.

Das Telefon klingelt. Mare hasst den Ton, wenn er ihre Ruhe stört, ring, ring, so laut und gnadenlos. Manchmal zieht sie den Stecker aus der Wand, dann ist Ruhe, dann ist die Leitung gekappt, in der die bösen Geister stecken. Sie hausen dort und spionieren alles aus, was in der Stube vor sich geht. Mare vernimmt es an dem Knacken und Rauschen, das manchmal zu hören ist, nicht immer, aber immer öfter.

»Da san wieder deine Kollegn«, schimpft sie den Berggeist. »Telefongeister, sag dene, sie solln sich schleichn!«

Für einen kurzen Moment ist Stille, Mare beäugt das Telefon misstrauisch und löffelt den Nachtisch leer. Da klingelt das Ding wieder. Wütend hebt Mare ab und schnauzt in den Hörer: »Lass mir mei Ruah.«

»Mare, hab von dir in der Zeitung glesn«, sagt eine Frauenstimme.

Rosa.

Mare lächelt. »Ah, du bist es, Rosa, hast lang nimmer angrufn.«

»Du gehst ja nia ans Telefon«, erwidert Rosa. »Wia geht's dir?«

»A depperte Lawine is an Geigelstein obikemma.«

»I waoß, i woaß, haben's im Radio verzählt.« Rosa atmet geräuschvoll in den Hörer. »Oh mei Mare, woaßt, was los is? Die Leit redn, dass man di obiholn will, dass du in a Altersheim kemma sollst, weil dei Leben aufm Berg koa gscheids Leben mehr is.«

Mare schweigt. »Mi holn?«, fragt sie nach einer Weile.

»Ja«, haucht Rosa in den Hörer. »I sag's dir, san ois Terroristn vor deiner Hüttn. Die wartn auf di, bis du aussikimmst, und dann packn's di, fesseln di und fahrn di obi ins Tal. Und dann werst in a Zimmer gsperrt, dass du nimmer auffigehn kannst auf deinen Geigelstein. Und deine Viecher, die Hennen und die Katz wern gschlacht und den Füchsen zum Fraß in den Wald gschmissn.«

»Rosa, hör auf, so was zum verzähln«, bittet Mare und äugt zur Tür. »San Leit da, so viele Leit vorm Haus, Rosa, die wolln mit mir redn und Fotos machn.«

»Pass auf, Mare, des san Terroristn, i warn di«, zischt Rosa.

Dann erzählt sie, wie es so in einem Altersheim zugeht, in das die Terroristen Mare hinschleppen werden. Da hocken die Greise, die keiner mehr haben will, in den Zimmern herum, die Spucke läuft ihnen aus dem Mund. Sie werden gefüttert wie Babys, liegen nur noch im Bett und starren an die Decke. Und wenn sie nicht artig sind, werden sie geschlagen und gefesselt. Wenn sie nichts essen wollen, bekommen sie eine Spritze in den Arm. »Mare, da bringn dich die Terroristn hin, pass auf!«

Die Sennerin reißt den Stecker aus der Wand. Sie will nichts mehr hören. »Solln's doch kemma«, tuschelt sie dem Berggeist zu. »Und jetzt waschn wir Wäsche, zieh amal dei Gwand aus.« Mare schmunzelt. »Hab di no nia nackert gsehn. Is besser so, Nackerte sehn nia guad aus.« Dann schüttet sie heißes Wasser in einen Eimer, taucht Socken und Unterwäsche hinein.

An Mares erstem Tag als Sennerin zeigte sich der Geigelstein von seiner schönsten Seite, als wollte er seiner neuen Bewohnerin sagen: Ich, der Blumenberg, und du, lass uns Freunde werden. Über Nacht hatte er die Wolken weggeschickt und die Sonne hervorgezaubert. Glitzernde Wasserperlen lagen auf den Blüten der Wiesenblumen. Der Wind wehte sanft und lau, als Mare, Knecht und Magd das Vieh aus dem Stall nach draußen trieben. Zuvor hatten sie die Tiere gemolken und ihnen große Glocken um den Hals gebunden. Jetzt trug der Wind deren Klingeln über die Hänge, alles war friedlich und ruhig unter dem Gipfel des Berges. Die Kampfbomber hatten eine Pause eingelegt, der Himmel lag klar und blau über Mares neuer Heimat. In der Ferne ruhte mächtig der Kaiser, vorne der zahme, dahinter der wilde. Ein zackiges, wunderschönes Gebirge, mit seiner Felsenkrone das höchste in der Region.

Die junge Wiesbeck ging mit ihren beiden Gehilfen die Zäune ab und flickte jene Stellen, die der Winter oder die Wanderer niedergerissen hatten. Mit jedem Meter, den sie den Hang hinaufstieg, wurde die Oberkaseralm kleiner, bis sie irgendwann wie ein Spielzeughäuschen anmutete. Das also war übrig geblieben von ihren Träumen, Bäuerin auf dem Schadhubhof zu werden: eine ebenso winzige wie alte Alm.

Gott hat es so gewollt, nicht der Großvater oder Mutter Edith. Es war Gott, denn er allein bestimmte, was im Leben geschah. Als sie am obersten Ende des Weidegebiets angekommen war, setzte sie sich auf einen Stein. Gedanken kreisten in ihrem Kopf. Wie ging es dem kranken Großvater, Edith, Xaver, dem Verräter, und Diana, der Hintertriebenen? Und wo war Franz? Lebte er noch? Und sie selbst? War sie jetzt, wo sie hier so alleine saß, glücklich oder traurig? Sie wusste es nicht. Mare blickte zum Himmel, an dem ein paar Dohlen vorbeizogen.

Irgendwann erhob sie sich und kehrte zurück zum Kaser. Magd und Knecht verabschiedeten sich, sie sollten so schnell wie möglich zum Schadhubhof zurückkehren, hatten Xaver und Diana bestimmt. Mare sah ihnen lange nach, als sie davonzogen. Es ist, wie es ist, dachte sie und machte sich an die Arbeit, ihr neues Zuhause einzurichten.

Sie öffnete die Fenster, sanfte Luft strömte in den kühlen Raum. Dann packte Mare die Essensvorräte aus und verstaute sie im Keller. Sie kehrte den Steinboden, wischte den Staub von den Regalen, legte die Daunendecke, die von dem gestrigen Marsch feucht geworden war, in die Sonne. Ihre Kleider hängte sie zum Trocknen über den kleinen Zaun, der die Hütte umgab. Zum Schluss holte sie den Spiegel aus dem Rucksack und nagelte ihn rechts neben der Tür an die Wand. Sie sah sich an, Mare, das junge Mädchen, die Haare zu einem Kranz gebunden, klare, große Augen, entschlossener Mund und stolzes Kinn, ein fesches Mädchen mit prägnanter Nase. »Spieglein an der Wand, da bist also«, sagte sie zu ihrem Ebenbild. »Jetz samma alloa da herobn, du und i. Spieglein an der Wand, die Schönste im Land bin i net, aber auf der Hüttn scho.« Der Spiegel gab ihr Lächeln zurück, und Mare war froh, nicht alleine zu sein.

Sie schüttete einen Teil der Milch, die sie im Morgengrauen gemolken hatte, in zwei große Milchkannen und begab sich auf den kleinen Pfad, der durch ein lichtes Wäldchen über eine Anhöhe zur Simmeralm führte. Dort, so hatte ihr die Magd Hanna erzählt, werde seit kurzem Käse hergestellt, alle umliegenden Senner brächten ihre Milch dorthin. »Schau, dass die richtig abwiegn, wennst die Milli da abgibst. Das Geld, das dann kriegst, duast hier eini«, hatte Hanna gesagt und auf eine blecherne Dose im Regal gezeigt. »Drei Mark san für di, den Rest gibst dann später ab am Schadhubhof.«

Zwanzig Minuten Fußmarsch, nicht gerade ein langer Weg, dennoch hatte Mare an der Last von zwanzig Litern Milch schwer zu schleppen. Der Boden war vom Vortag aufgeweicht, und als Mare den Simmerkaser erreichte, war sie über und über voll Dreck. Zweimal war sie ausgerutscht und gestürzt. »Ja, wen habn wir denn da?«, sagte eine der drei Sennerinnen der Simmeralm. »Hat der oide Wiesbeck a neue Magd gschickt?«

»Na, i bins, sei Enkelin Mare. Bin jetzt auf der Alm Sennerin.«

Die dickste der drei Frauen lachte. »A Sennerin bist no net, muasst erst noch wern, die is man net von heit auf morgn. Wieso habens denn di auffigschickt? Hast am Hof nix mehr verlorn?« Sie reichte Mare die Hand.

»I bin die Johanna, mei die Mare, hätt di gar ned erkannt. Warst ja noch so kloa, wia du öfter hier drobn warst. Kenn di, da hast noch in die Hosn pieselt.« Sie zeigte auf die anderen Frauen. »Schau, des is die Franziska, des die Traudl.« »Willkommen bei uns drobn«, sagten die beiden und lachten. »Wie viel Viecher hast denn auffitriebn?« »Zwölf Milchküh, vier Schafe und drei Kälber«, sagte Mare.

»Na, des werd was«, sagte Traudl. »War ja scho länger nimmer hinten bei eich, hat denn dei Großvater endlich mal was renoviert? Is ja wia im letztn Jahrhundert bei eich.« Mare schüttelte den Kopf. »Großvater will des net.«

Die drei Frauen sahen sich an, Mare las Mitleid in ihren Augen. »Na, des werd a Zeit wern«, sagte Franziska, »a harte Zeit auf derer Alm so mit gar nix zum Lebn.«

Von der Ferne war dumpfes Grollen zu hören. Es kam näher, wurde lauter, und als über die Köpfe der Frauen vier große dunkle Flieger hinwegdonnerten, so tief, dass sie fast zum Greifen nahe waren, klopfte Mare das Herz bis zum Hals. »Unsere Soldaten«, sagte Johanna, »da ziehn sie dahi, für a guade Sach, die braven.«

»A guade Sach?«, fragte Mare. »Moanst net?«, gab Johanna zurück. »Unser Führer woaß scho, was er macht für unser Vaterland. A großes deutsches Reich, in dem es uns mal guad geht, weg mit dene Juden, die net daher ghörn in unser Land.« Sie winkte den Fliegern hinterher. »A Krieg is nia für a guade Sach, der nimmt uns ois, was wir habn«, warf Mare ein. »Bist noch jung, woaßt halt net, wias zugeht auf derer Welt«, lachte Traudl.

Sie wogen die Milch und drückten Mare einen Geldschein und ein paar Münzen in die Hand. Mare steckte alles in die Schürzentasche, packte die beiden geleerten Milchbehälter und verabschiedete sich. Sie wusste, sie und die drei Sennerinnen würden keine Freundinnen werden.

Den Rest des Tages richtete sie den Stall her, schob den Mist durchs Loch ins Freie. Sie reinigte Kardätsche und Bürste, sie säuberte den Wassertrog, der fünfzig Meter weiter oben an einer Wasserquelle stand. In der Stube richtete sie unter der Bank einen Schlafplatz für die Hennen her, und die Katzen bekamen ein Schälchen Milch. Der Tag ging schnell vorüber, ohne Rast und Pause. Immer wieder blickte sie hinunter zur Niederkaseralm, um zu sehen, ob es dort Anzeichen von Leben gab, doch Rosa war noch nicht angekommen. Morgen, übermorgen, bald, dachte Mare, und ihr Herz sprang, als sie an all die Abende dachte, die sie und ihre Freundin hier verbringen würden, mal unten auf der Niederkaser, mal oben auf der Oberkaser. Am frühen Abend trieb sie die Milchkühe zum Melken in den Stall. Als die Sonne hinter den Bergen wie eine glutrote Kugel verschwand und die Dämmerung den Geigelstein langsam dunkel färbte, setzte Mare sich wieder auf die Bank vor der Haustür. Sie sah den Wolken zu, die sich über ihr sammelten und langsam dahinschwebten. Dem Himmel so nah, Gott so nah. Die Katzen schmeichelten ihr schnurrend um die Beine. Mare faltete die Hände und begann zu beten. »Oh Herr, wir bittn di, öffne deine milde Hand.« Weiter kam sie nicht, denn ein Schatten schälte sich aus der Dunkelheit. »Sieh an, der Wiesbeck hat auftriebn«, sagte eine tiefe Stimme. Vor Mare stand groß und mächtig der Ludwig Finsterwalder.

»Bist ganz alloa da?«, fragte der Mann und zündete sich eine Zigarette an. Er blies den Rauch in die Luft. »Ah, der Finsterwalder?«, sagte Mare. Der Mann nickte. »So is es. Bin der Ludwig, habn uns lange nimmer gsehn, bist ganz schee groß worn.« Er musterte die junge Sennerin von oben bis unten. Mare nahm eine Katze auf den Schoß und wich seinen Blicken aus. »Bist du jetzt da statt der Magd?«, der Bauer trat die Zigarette aus und kickte sie mit dem Fuß in die Brennnesseln. Mare fühlte sich in der Gegenwart des Finsterwalders unwohl, seine Gestalt gefiel ihr nicht, der lange, ungepflegte Bart, das zerfurchte Gesicht, seine Stimme und die Haltung, provokant und aufdringlich. Sie schwieg. »Das Redn hast net glernt, oder?«, witzelte der

Mann. »San harte Zeiten da herobn, jetzt, wo Krieg is, dauernd die Flieger überm Schädel, a ganz schöner Krach«, fuhr er fort, »da muass ma zammhalten, wenn eines Tages die Soldaten kemman und da herobn kämpfn. Des ko passiern.« Seine Hand wies irgendwohin ins Dunkel, Richtung Kaisergebirge. »Die Grenze nach Tirol, woaßt eh, die is net weit, und jetzt scho is da a ziemliches Gschwerl unterwegs, sog i dir. Letzte Woche habens uns lauter Polen raufgschickt, Zwangsarbeiter.« Er lachte. »Mei warn die beinand, lauter Gerippe, habn Steine von den Hängen schleppn müssn. Einen hat's zammgstangelt, i hab's genau gsehn, den habns dann glei amal erschossn, die Aufseher. Ja, so is des, wenn ma sich dem Führer net unterordnet. Hätten's besser sein lassn.«

Er machte eine kurze Pause, trat näher. »Rutsch amal, i will mi setzn.« Mare rückte ans äußerste Ende der Bank, der Finsterwalder nahm neben ihr Platz. Er roch nach Tabak und Alkohol. »Hast was für deinen Nachbarn zum Trinkn?«, fragte er. »A Milli und a Wasser«, antwortete Mare. Der Mann zog einen Flachmann aus der Jackentasche, nahm einen Schluck und hielt ihr dann das Fläschchen hin. »Selbstgebrannt, kimm, Wiesbeckerin, zum Einstand.« »I will net«, erwiderte Mare. »Oh mei, was bist denn du für oane?« Der Alte sah sie lange an. »Mare, hast an Freund?« Die junge Sennerin rutschte noch ein paar Zentimeter weg von ihm. »Was hast denn? I dua dir nix, brauchst net denka, aber des sieh i dir an, an Mo hast net. Deswegen habens di naufgschickt, is a so, die Weiber, die koan Mo kriagn, wern auffigschickt. Hab ghört, dass dei Schwester gheirat hat.« Mare schwieg. »Is a ganz a Fesche, die Schwester, i hab sie gsehn, als i drunten beim Waldfest war.« »I muass die Hennen einitun«, sagte Mare und wollte sich erheben. »Jetzt red i mit dir, jetzt bleibst hockn«, bestimmte der Finsterwalderbauer streng. »Da herobn, da hab i das Sagen, des musst lerna, mei Madel.« Mare steckte ihre Hände in die Schürzentasche, sie waren zu Fäusten geballt.

»Wo is denn der Franz?«, fragte der ungebetene Gast jetzt. »Im Krieg«, antwortete Mare. »Brav, brav«, der Alte schmatzte. »Meinen Bruder habens auch einzogn, 5. Gebirgsdivision. Kennt sich ja aus in de Berg. Jetzt is er auf Kreta. Kennst des, Kreta? Is bei dene Griechen.« Er zündete sich eine zweite Zigarette an. »Na, wenigstens sieht er amal das Meer, a net schlecht. Mein Sohn Adolf ist noch zu jung, mei, erst drei Jahr alt, dauert no, bis er a Soldat wern ko. Aber wenn der Führer ihn später mal braucht, bitte, meinen Segen hat er.«

Endlich schwieg der Mann. Eine dritte Zigarette glomm auf. Der Wind trug den Rauch um die Hausecke. Es war still auf dem Geigelstein, kein einziger Stern stand am Himmel, dem schönen Tag war eine wolkenverhangene, tiefschwarze Nacht gefolgt. »Wia geht's denn an Großvater und dem Hof bei eich druntn?«

»Woaß net«, sagte Mare.

»Woaß net«, echote der Mann. »Du redst ja gar nix, Wiesbeckerin. I sag's dir, es werd der Tag kemma, da bist froh, wannst jemand zum Redn hast, ko scho einsam sein hier auf der Alm.«

»I hab des Vieh zum Redn«, fuhr es trotzig aus Mare heraus. Der Finsterwalder lachte. »Des Vieh, mit dem redst du vielleicht, aber es gibt koa Antwort.«

»Außerdem kimmt Rosa auffi, is meine Freindin.«

»Soso, die Rosa kimmt. Moanst, dass die no kimmt?« Mare nickte. »Hat gsagt, dass sie kimmt.« »Ja mei«, der

Finsterwalder nahm einen tiefen Schluck und wischte sich mit dem Ärmel den Mund ab. »Redn tun de Leit viel, wenn der Tag lang is.«

Nachdem der Flachmann geleert war, erhob sich der Bauer. »Schaust, dass dein Vieh net auf meine Weiden kimmt, sonst habn wir an Mordsärger«, drohte er. Dann verschluckte ihn das Dunkel der Nacht.

Froh war sie, als er endlich gegangen war. Sie trieb die Hennen in die Stube, füllte die Milchschalen für die Katzen nach. Gefressen hatten sie schon, jede eine Maus.

Mare gönnte sich ein wenig Brot und Käse und trank klares Quellwasser dazu. Dann schüttelte sie ihre Daunendecke auf dem Bett auf und schlüpfte darunter. »Kemmt, Miezen«, sagte sie zu den Katzen. »Geht's eich guad, da herobn? Von wegen man ko net mit am Vieh sprechn.« Mare lächelte. Sie wartete lange auf den Schlaf, obwohl sie völlig erschöpft war. Die junge Sennerin hatte ihren ersten Tag auf der Alm verbracht, der Schadhubhof, ihre Familie, ihre alte Heimat, sie waren so weit weg, so schmerzhaft fern.

Gleich am Morgen nach dem Lawinenabgang auf dem Geigelstein setzt sich Adolf Finsterwalder ins Auto und macht sich auf den Weg zu Emmi Ecke, der derzeitigen Besitzerin des Schadhubhofs und der dazugehörigen Oberkaseralm. Er kennt diese Frau nicht besonders gut, man trifft sich halt regelmäßig bei den Almtreffen, bei denen es um Organisatorisches wie die Instandhaltung der Wege, die Begehungen der Almen durch Versicherungsleute und so weiter geht.

Frau Ecke, dessen ist sich Adolf gewiss, dürfte leicht zu überreden sein. Was auf ihrer Alm passiert, scheint sie nicht zu interessieren, weder die alte Hütte geschweige denn die greise Tante. Bei den Zusammenkünften der Senner saß Emmi Ecke meistens abwesend da mit einem Machts-doch-was-ihr-wollt-Gesichtsausdruck. Adolf weiß vom Hörensagen, und ein solches gibt es in der Gegend zur Genüge, dass es nicht gut steht um den Schadhubhof, das einst so stolze Anwesen. Die Großeltern von Emmi Ecke, Diana und Xaver, sind schon längst verstorben, und auf dem Schadhubhof wechseln die Generationen im Laufschritt. Das einst so schmucke Anwesen hat den Krieg unbeschadet überstanden und den Fortgang all derer überlebt, die ihm mit Sorgfalt, Fleiß und Liebe begegnet waren, Großvater Wiesbeck, Mutter Edith. Den Schadhubhof mit seinen Tieren gab es auch noch, als Diana und Xaver dort lebten. Dann kamen mit ihrer Tochter Emmi Nachlässigkeit, Schlamperei, Unvermögen und Lieblosigkeit über ihn. Ein paar wenige Jahre versuchte sich Emmi als Landwirtin, bis sie eines Tages beschloss, alle Tiere schlachten zu lassen und die Stalltüre ein für alle Mal zu schließen. Nun, auch das erzählen sich die Leute, würde er wohl bald zu den vielen Höfen zählen, die verwaisen, verkommen, verfallen oder an reiche Stadtleute verkauft werden, die Sehnsucht nach dem angeblich heilen Landleben haben. Verkauft an Menschen, die die Scheunen zu Lofts mit einer Bar umbauen, ein offener Kamin muss auch sein, am liebsten mit einem Schaffell davor, Barbecuepartys mit Negermusik werden in den alten Obstangern gefeiert, Hobbybastler versuchen sich an ehemaligen Steinbacköfen hinter dem Haus, indem sie diese originalgetreu wieder aufbauen. Der alte Finsterwalder regt sich jedes Mal über diese Stadtdeppen auf, wenn sie die Bauerngärten mit Bambuspflanzen und komischen Sitzgarnituren verschandeln oder irgendwelche nackerten Statuen reinstellen. Kunst soll das dann sein. Heiles Landleben, das also verstehen die Stadtmenschen darunter. Das heile Landleben ist schon lange nicht mehr heil, sondern verkommen, findet Adolf, warum sonst könnten sich die Stadterer hier so ausbreiten? Nur weil inzwischen so viele Bauern ihre Höfe aufgeben mussten, weil die Milch nichts mehr bringt und das Fleisch anderswo zum Spottpreis zu haben ist. Der Finsterwalderhof ist das einzige betriebene Gebäude weit und breit, in dem es noch Kühe, Schweine und Hennen gibt. Und als Bauern überleben konnten die Finsterwalder nur, weil sie rechtzeitig auf Bioprodukte umgeschwenkt waren und mit bayerischer Schlitzohrigkeit alles dafür taten, den Betrieb zu vergrößern.

Adolf hat sich fein herausgeputzt. In bester Laune fährt er die geschwungenen Straßen des verschneiten Samerbergs hinauf. Ja, seine Stimmung ist hervorragend, denn die Sterne stehen gut. Dass Mare, die Zähe, das Unglück überlebt hat, ändert nichts an seinem Vorhaben. Die Zeit ist gekommen, Mare vom Berg zu jagen. Obwohl er die Sennerin seit seiner frühen Kindheit kennt, hat er kein Mitleid gefühlt, als er im Fernsehen die verschüttete Hütte sah, in der möglicherweise eine tote Mare lag. Adolf erinnert sich noch genau, wie ihn sein Vater Ludwig immer vor der Frau gewarnt hatte: »Drobn auf der Oberkaseralm is die Sünd groß, da gengan die Männer ein und aus. Außerdem ist die Mare a Hex mit Kräutern, die verwunscht alle, die auffigengan zu ihr.« Und dann erzählte der Vater von all den Vergehen, die auf Mares Alm begangen wurden, Dinge, die Gott und den Menschen im Tal nicht gefallen, lauter Unzüchtigkeiten. »Was san Unzüchtigkeiten, Vater?«, wollte Adolf damals wissen. »Schweinereien von dene Weiber, die die Männer verhexn«, antwortete Ludwig. »Was san des für Schweinereien?«, fragte Adolf neugierig. »Ekelhafts Zeigs«, antwortete Ludwig, »erzähl i dir später, wannst amal älter bist.« Obwohl Adolf noch ein kleiner Bub war, als er Mare zum ersten Mal sah, konnte er die junge Frau, die sie damals gewesen war, nicht vergessen, so wie sie da mit ihrer blutigen, schleimverschmierten Schürze vor der Tür saß. »Des is a Schweinerei, gell Vater?«, hatte Adolf geflüstert. »Ja, a Riesensauerei«, antwortete Ludwig. Und während sich die Nacht über den Berg stülpte, erzählte Ludwig von dem bösen Alperer, der durch die Berge als riesengroßer schwarzer Mann mit feurigen Augen zieht. Ganz grausam sei der, manchmal erscheine er auch als gefährlicher Hund mit einem feurigen Schwanz und Blutaugen, oder er fege als speiender Drache durch die Lüfte, huiiiii, man könne hören, wie seine Flügel schlagen. Der Alperer ziehe am Ende der

Almzeit von Hütte zu Hütte, würde immer dicker und fetter von all den Sünden, die er dort bei den Sennerinnen einsammelte. Und dann stürze er sich schwer beladen mit all den Schweinereien in die Hölle. Huiiiii.

Adolf lenkt seinen Wagen von der Hauptstraße links auf einen schmalen Weg, der sich den Hügel hinaufschlängelt und an dessen Ende der Schadhubhof liegt. Der Finsterwalder fühlt sich gut vorbereitet auf das Zusammentreffen mit der Erbin. Er hat intensiv darüber nachgedacht, wie er sein Ziel am ehesten erreichen könnte. Sturen Menschen, die noch dazu mit genügend Geld gesegnet sind, braucht man nicht mit noch mehr Geld zu kommen. Als Fuchs, der er ist, muss er all seine Schläue walten lassen, als Bock sich zum Gärtner machen, als Wolf Kreide fressen, besser noch, sich zusätzlich in ein Schaffell packen. Die Wiesbecks waren allseits als Dickköpfe bekannt, Sturheit hat sich bei sämtlichen Familienmitgliedern als wesentliche Charaktereigenschaft durchgezogen. Den ganz alten Wiesbeck hatte der Finsterwalder ja nie erlebt. Aber von dem Widerstand, mit dem dieser dickköpfige Schadhubbauer der Zukunft begegnet war, hat Adolf zur Genüge gehört – und mit eigenen Augen schließlich auch gesehen. Ein paarmal hat er zusammen mit ein paar Freunden in das Hexenhäusl gelugt, wie er und die anderen Almbuben die Oberkaseralm nannten. Es galt den damals fünf- bis siebenjährigen Almbuben als Mutprobe, sich ins Hexenhaus zu schleichen. Dazu versteckten sie sich hinter dem Felsen, der vor dem Häusl lag, und warteten, bis die Hexe es verließ. Sobald sie hinten auf den Weiden nur noch als kleiner Punkt zu erkennen war, schlichen sie sich an. Zuerst wurde durchs Fenster geschaut, dann vorsichtig die Türe geöffnet. Und rein, in den düsteren Raum. Die Herzen klopften vor Aufregung, wenn sie dann drinnen standen und sich umsahen. Es war genau so, wie es sich Adolf in Gedanken vorstellte, wenn seine Mutter ihm das Märchen von Hänsel und Gretel vorlas. Ein marodes Häuschen, auf dessen Dach ein paar Schindeln fehlten, der Kamin stand schief, die alten Steine der Mauern waren moosbewachsen. Es war schwarz und dunkel drinnen, es roch nach Rauch, und über der offenen Feuerstelle baumelte ein großer schwerer Kessel. Für den Hexensud, hatte sein Vater Ludwig ihnen später erklärt.

Adolf Finsterwalder biegt um die letzte Kurve und hält den Wagen zwanzig Meter vor dem Hof, dort wo die Gemeindestraße endet und das Grundstück der Wiesbecks beginnt, jäh an. »So a Scheiße«, flucht Adolf. Er steigt aus und blickt kopfschüttelnd über den tiefen, weißen Teppich, der zwischen ihm und dem Schadhubhof liegt. Gut dreißig Zentimeter hoch war der Schee. »Zum Räumen zu faul«, schimpft er. Er schließt das Auto ab und stapft durch die jüngfräuliche, spurenlose Schneedecke auf den Hof zu.

Adolf Finsterwalder ist auf so ziemlich alles gefasst: auf einen vernachlässigten, ungepflegten Hof ohne Kühe, auf eine mürrische Emmi Ecke, auf ein schwieriges Gespräch mit ihr, auch darauf, dass diese vom Lawinenabgang und dem möglichen Tod ihrer Tante noch gar nichts erfahren hat. Doch auf eines ist er nicht vorbereitet: Der Schadhubhof ist verlassen. Aufgegeben. Tot.

Die junge Sennerin wartete in Demut auf das, was ihr Gott als Schicksal bestimmen würde, sie kämpfte gegen Einsamkeit und Trauer, und sie arbeitete hart. Morgens um fünf, wenn sich das Morgengrauen aus der Nacht schälte, schnallte sie sich den Milchkanister auf den Rücken, packte Milchschemel und Eimer und ging auf die steilen Weiden, um ihre Kühe zu melken. Während ihre Hände die Milch aus den Zitzen in den Eimer drückten, wurde es langsam Tag. Später zentrifugierte sie einen Teil der Milch zu Butter, presste sie in hölzerne Behälter mit eingestanztem Blumenmuster zu Kiloportionen und packte die geformten Butterteile in Papier, um alles schnellstmöglich ins Tal in einen Laden zu tragen. Einen anderen Teil der Milch schleppte Mare zur Käserei. An manchen Tagen stach sie Disteln auf den Hängen aus oder schnitt wuchernde Latschen zurück. War das Wetter günstig, mähte sie Gras, wendete es während des Trocknens, rechte es zusammen und trug das Heu auf dem Kopf zum Stall. Sie hackte Holz für den Herd, saß auf der Bank und sah den Vögeln beim Fliegen zu und den Blumen auf den Wiesen beim Wachsen. Mare lebte weiter. Irgendwie. Die Tränen wurden weniger, ihre kleine Alm langsam heimelig. Mare hatte die hässlichen Brennnesseln, die die Hütte umgaben, ausgerissen und die Hollersträuche gestutzt. Auf dem Tisch in der Stube stand ein Krug, in den Mare einen Strauß bunter Almblumen gesteckt hatte. Die Fenster und der Boden waren geputzt, und an den Wänden hingen geflochtene Kränze aus Heu. Mare verzauberte ihre kleine Alm in ein gemütliches Kleinod. Abends zündete sie Kerzen an, betete für Franz, den Großvater, die Mutter und den Frieden, der sich nicht einstellen wollte.

Immer mehr Kampfbomber stoben wie eiserne Riesenvögel den Himmel entlang. Mare und das Vieh gewöhnten sich daran. Sechs Wochen war sie nun schon auf dem Geigelstein, die innere Verzagtheit und Aufgewühltheit wich immer mehr dem Gleichtakt des Alltags und der Freude an der Schönheit der Natur. Die junge Frau begann den Tag, wenn es noch halb in der Nacht war und beendete ihn, bevor die Sterne am Himmel Einzug hielten.

Rosa war bis jetzt nicht aufgetaucht. Mare fing an, sich zu sorgen, hatte etwa der Krieg Rosas Hof zerstört, oder war die Freundin erkrankt? Sie fragte die drei Sennerinnen, ob sie wüssten, was mit Rosa und ihren Eltern geschehen sei, die zuckten nur die Achseln. »Im Krieg woaß man nia was«, antworteten sie.

Inzwischen stand die Sonne tagsüber steil am Himmel, der Sommer zeigte sich in seiner ganzen Pracht, die Tage waren freundlich und sonnig, und brach aus den Wolken mal der Regen, genoss Mare seine wohltuende Frische. Es gab Tage, an denen sie außer den drei Kaserinnen niemanden zu Gesicht bekam. Dann erschrak sie fast über ihre eigene Stimme, wenn sie mit dem Vieh redete. Die Worte taten gut in der Stille, auch wenn es nur ihre eigenen waren, die im Nichts verhallten. Erlaubte die Arbeit eine Pause, stieg Mare hinauf auf den Gipfel des Berges. Dort setzte sie sich ins Gras und sah hinüber ins andere Tal, das durch die Berge hindurch mäandrierte. Hier oben erschien ihr die Welt unendlich weit, frei und unbelastet von allen Sorgen. Fort aus den Gedanken war die Schwester, fort Xaver, fort auch der kranke Großvater, wenngleich sie ihn liebte, fort die Mutter. Aus der Sehnsucht wuchs Freude über die neue Heimat, die dortige Selbstbestimmung, das Gefühl, einen festen Platz auf Erden zu haben, der durch nichts mehr erschüttert werden würde. »Bevor i sterb«, hatte ihr der Großvater versprochen, als sie sich von ihm verabschiedet hatte, »werd i dafür sorgn, dass du niemals mehr da weg muasst, wennst net willst. I versprech's dir, meine kleine Mare. Du werst der Alm a guade Sennerin sein.« Mare begann allmählich, Glück zu fühlen und Dankbarkeit gegenüber Gott, weil er ihr einen Weg gewiesen hatte, den einzuschlagen sie von ganzem Herzen bereit war. Was blieb ihr auch anderes übrig?

Nur Rosa fehlte. Täglich blickte Mare runter zur Niederkaseralm, ob die Freundin nicht endlich gekommen sei. Doch als die Sonne tagsüber hoch über den Bergen stand, die Tage heiß, manchmal auch gewittrig schwül waren, wurde Mare klar, dass Rosa nicht mehr kommen würde. Es war zu spät für den Auftrieb geworden.

Gelegentlich kamen Wanderer vorbei, Menschen aus der Stadt, die inmitten turbulenter und zerstörerischer Zeiten innehalten und in der Schönheit der Berge Kraft und Hoffnung tanken wollten. Der Weg zum Geigelsteingipfel führte direkt an der Oberkaseralm vorbei, und so machte der eine oder andere dort auf der Hausbank Rast. Mare schenkte frische Buttermilch aus und ließ sich erzählen, was jenseits des Hochkessels geschah. Es schauderte ihr, wenn sie von all den Kämpfen und dem sinnlosen Sterben in Nordafrika, Frankreich, Belgien – ach, in so vielen Ländern – hörte. Und vor ein paar Wochen hatte der Führer auch noch die Sowjetunion angegriffen. Abends saßen die Wanderer dann unten vor der Priener Hütte und tankten Bier.

Die Auswüchse ihrer Trunkenheit hallten bis nach oben zu Mares Hütte.

Es kamen auch junge Burschen aus dem Prienttal nach oben, meistens an den Wochenenden. Es hatte sich schnell unter ihnen herumgesprochen, dass es eine junge Sennerin auf der Oberkaser gab. In ihren Rucksäcken trugen sie Schnaps, der abends auf Mares Alm getrunken wurde.

Die Einsamkeit verflog schnell. Mare, mehrere Hennen, zwei Mulis, zwei Katzen und eine kleine Herde Kühe und Schafe, sie alle lebten wie in einer Oase, in der das Leben gedeihte, nicht zerstört wurde.

Die junge Sennerin stand gerade im Stall. »Werd scho«, sagte sie zu Berta, der alten Kuh, die unruhig hin- und herstampfte. Das Vieh atmete schwer, und Mare schüttete das Stroh unter ihm auf. »Werd scho, Berta«, versuchte sie, das Tier zu beruhigen, »werd scho.« Dann fuhr sie mit der Hand zärtlich über den prallen Körper und tastete die Lage des ungeborenen Wesens ab. Die Kuh wandte ihren großen Schädel zu Mare und schnaubte. Sie knickte mit den Vorderbeinen ein, landete mit einem dumpfen Geräusch auf dem Boden, nachdem auch die Hinterbeine nachgegeben hatten. Als Berta mit einem Seufzer endlich zur Seite gekippt auf dem Stroh lag, öffnete sich unter ihrem Schwanz das Loch. Langsam schoben sich zwei Beine heraus. Mare schlang einen Strick darum. »Weiter, weiter«, sagte sie mit ruhiger Stimme zu dem Tier. Und dann zog sie in langsamen, rhythmischen Zügen mit den Presswehen des Tieres. Der nasse Kalbskopf lugte hervor, mit der feinen weißen Haut der Fruchtblase überzogen, die alte Kuh atmete schwer. Es dauerte keine zehn Minuten, da flutschte das kleine Bündel ins Stroh, es strampelte und atmete schnell. »Brav, brav«, sagte Mare zu Berta und zog der alten Kuh den Rest der Fruchblase aus dem Leib. Anschließend rieb sie das Kälbchen mit Stroh trocken. Berta muhte unruhig, ihr Kleines antwortete schwach. »Jetzt steh auf, oide Mutter«, sagte Mare und klopfte Berta zärtlich auf den Rücken. Das Tier erhob sich schwerfällig.

Sie merkte nicht, dass er gekommen war, der Bote von weit her. Er war still hinter sie getreten, und als Mare einen Schritt rückwärts tat, um der Kuh Platz zum Aufstehen zu machen, stieß sie mit dem Knecht zusammen. »Hab i mi jetzt erschrockn«, sagte Mare ihm. »Peter, was willst denn hier?«

»Dei Mutter hat mi gschickt«, sagte er. »Ah«, antwortete Mare, »kimm, hilf ma amal, das Kalb nach vorn zum ziehen.« Gemeinsam hievten sie das Neugeborene nach vorn zum Kopf der Mutter, damit diese ihr Junges abschlecken konnte. »A Stier«, bemerkte der Knecht, nachdem er einen kurzen Blick auf das nasse Tier geworfen hatte. Mare nickte. »Bist aber net deswegn kemma, um mia des zu sagn?«

Der Knecht schüttelte den Kopf. »Hab koa guade Nachricht für di«, hob er an. »Dei Großvater is vorgestern gstorbn, morgen werd er beerdigt, sollst heimkemma, sagt die Mutter.«

Mare half dem Kalb aufzustehen und rückte es langsam Richtung Euter. »Sauf, damit was werst«, befahl sie ihm.

»I bleib derweil hier auf der Alm, bisd wiederkimmst«, fuhr Knecht Peter fort. »Soso«, antwortete Mare und sammelte die herumliegenden Fetzen der Fruchtblase auf. »Für die Hennen«, murmelte sie. Peter sah ihr schweigend zu. Mare wischte sich die schleimigblutigen Hände an der Schürze ab. »So, jetzt is ois wieder sauber.« »Hast ghört, Mare, dei Opa is tot.« Mares Gesicht war versteinert, als sie ihn still ansah. »Hab i ghört, hab ja schließlich Ohren.« Sie fuhr mit der Hand zärtlich über den Rücken des Kalbes. Der Knecht holte sich den Milchkübel, der in der Ecke stand, stellte ihn mit der Öffnung nach unten auf den Boden und setzte sich darauf.

»Wern meine letztn Tag aufm Schadhubhof sein.« Mare sah ihn fragend an. »Die letztn Tag?« »Bin einzogn worn, muass in den Krieg.«

»Aha.« Mare ging zum Fenster und blickte hinaus. »Gehst also auch zum Sterbn?«

Knecht Peter schwieg. Eine Katze kroch durch das Mistloch herein und setzte sich ins Heu. Sie begann, sich zu putzen. Fliegen flogen brummend und immer wiederkehrend gegen das Fenster. Sie hinterließen kleine schwarze Punkte und landeten irgendwann auf dem Fensterbrett, auf dem Rücken liegend, die Füße zappelnd von sich gestreckt, die Körper ein wenig kreiselnd, bis sie schließlich starben. Mare wischte sie mit der Hand auf den Boden. »Überall werd gstorbn«, sagte sie. Dann war es wieder still im Stall. Berta nahm einen Büschel Heu ins Maul und begann, gemächlich zu fressen. »Willst an Schluck Milch?«, fragte Mare. Der Knecht zog eine Flasche Bier aus dem Rucksack und grinste.

»Wia is er denn gstorbn, der Großvater?«

»Der Arzt hat gsagt, das Herz hat nimmer schlagen mögn. Koa Wunder bei all den Sorgen. Vom Franz gibt's koa Lebenszeichn mehr, und an Xaver, glaub i, hat dei Opa net so gern mögn. Der Diana ihr Bauch werd immer dicker, noch a paar Monat, dann is so weit. Viel arbeitn ko sie nimmer, und Edith arbeitet für zwei. Dei Mutter, Mare, is traurig wegen all dem, wias kemma is. Do is es wohl das Beste für an Großvater gwesn, dass er ausm Schlaf nimmer aufgwacht is.«

»Mei«, seufzte Mare. »Wia geht's denn weiter mit dem Hof, wannst du nimmer do bist, Peter?«, fragte sie schließlich.

Der Knecht zuckte mit den Achseln. »Des woaß koana, die Hanna geht weg, hat an Mo kennenglernt, einen ohne Bein, habens eam weggschossn.« Er nahm einen Schluck aus der Flasche. »Aber besser einen mit am Bein als koanen mit zwei.«

»Was is sonst so los auf dem Samerberg?«, fragte Mare. »Was halt so passiert, wenn a Krieg is«, antwortete der Knecht, er zögerte kurz, bevor er fortfuhr: »Mei, die Rosa, die is doch dei Freindin, oder?« »Was is mit ihr?«, fragte Mare, nahm Striegel und Kardätsche in die Hand und begann, die Kuh mit kreisenden Bewegungen zu massieren. »Der Rosa ihr Vater hat sich an einem Dachbalkn aufghängt. Rosa hat ihn tot in der Scheune gfundn.« Mare hielt kurz inne. »Oh die Rosa, deswegen is nimmer auffikemma, ohwei.« »Die kimmt a nimmer«, sagte Peter. »Hat den Hof verlassn und is verschwundn. Neamand woaß, wohin.« »Verschwundn«, wiederholte Mare leise, »die Rosa, verschwundn.«

Der Knecht kramte in seinem Rucksack. »Da isser, hab scho denkt, i hab ihn vergessn«, sagte er und hielt Mare einen verschlossenen Briefumschlag hin. *Für meine kleine Mare* stand darauf geschrieben. »Soll i dir gebn. Is von deinem Opa.« Mare musterte das Kuvert kurz, ehe sie es Peter aus der Hand nahm und wie ein gebrauchtes Taschentuch in die Schürze steckte.

»Glaub, jetzt kannst wieder gehn«, sagte sie.

Der Knecht sah sie fragend an. »Gehn? I? Na, du sollst gehn, Mare, übermorgen werd ja schließlich dei Opa …«

»I geh, wann i mog«, erwiderte Mare barsch. »Und i

mog net. De Viecher brauchn mi da herobn. An Großvater bsuch i, wenn es für mi an der Zeit is.«

Der Knecht schüttelte den Kopf. »Mei Mädel, warst immer scho sonderbar, is doch dei Großvater gwesn, da muasst hoam gehn zu deiner Mutter, Schwester und an Bauer.«

»Hoam?« Mare lachte. »Hoam, des is da. Da herobn, do bin i dahoam.«

»Geh Mare, du bist auf der Alm, was redst denn?«

Mare strich sich das Haar aus dem Gesicht, und ihre Augen funkelten. »Neamand sagt mir mehr, wo mei Hoam is. Des is hier. Und hier bleib i.«

Das Stierlein hatte zu trinken aufgehört und sich neben der Mutter ins Stroh gelegt. Es streckte die Beinchen von sich und fiel in seinen ersten Schlaf auf dieser Welt. Der Knecht leerte seine Flasche und packte sie zurück in den Rucksack. »Geht dir net ans Herz, der Tod, Wiesbeckerin, oder?«

»Der Tod is Gottes Wille«, entgegnete Mare und gab der alten Berta einen Kübel Wasser zu trinken. »Kimm«, sagte sie dann zu dem Knecht, »lass ma dene beide jetzt a Ruah.« Sie schob ihn zur Stalltür und durch die Stube hinaus ins Freie. »Hast gnua Brotzeit für an Weg?«, fragte sie. Der junge Mann nickte. »Willst des wirklich, dass i geh? Willst wirklich net zur Beerdigung deines eignen Großvaters?«

»Hau jetzt endlich ab, Peter, i muass los, nach de anderen Viecher schaun.« Mare wurde langsam ungeduldig.

»Oh je, Mädel, hat koan Zweck, dann verschwind i halt«, murrte er, hievte den Rucksack über seine Schultern und machte sich auf den Weg. »Gott sei mit dir!«, rief Mare ihm hinterher. Peter drehte sich nochmals kurz um. »Gott?«, schrie er zurück. »Der nützt neamand was im

Krieg, und ob er die Toten alle zu sich holt in den scheenen Himmi, des glaub i net, bei dene vielen, die auf einmal verreckt san und noch sterbn wern. Und i, Mare, woaßt eh, i bin jetzt sechsundzwanzig Jahr alt, hab immer gschuftet wia a Vieh, war immer in der Kirch und hab zu eam betet, zum liabn Herrgott. Und jetzt holt er mi, schickt mi vorher noch irgendwo auf so a bschissenes Schlachtfeld, damit das Sterbn an Sinn macht fürs Vaterland und den Führer.« Er schlug die Hacken zusammen, streckte den rechten Arm kerzengerade nach vorne. »Sieg Heil!«, rief er. Dann stapfte er davon.

Mare ahnte, dass sie den treuen Knecht, der zehn Jahre lang auf dem Schadhubhof seinen Dienst verrichtet hatte, nie mehr wiedersehen würde. Die Sennerin blieb auf ihrer Bank hocken, bis Peter zwischen den Bäumen unterhalb der Niederkaseralm verschwunden war. Und sie saß noch länger da, bis sich die Sonne hinter den Bergen vollends verkrochen hatte. Kühler Abendwind wehte über die Weiden des Kessels und trug das Klingeln der Kuhglocken weit über die Hügel. Wie ein schwebender Teppich kroch der Nebel vom Tal den Berg hinauf und waberte über den Wiesen.

Zwei graue Figuren bewegten sich langsam auf die Hütte zu, eine große, eine kleine. Es war inzwischen so dämmrig geworden, dass Mare sie erst erkannte, als sie ein paar Meter vor ihr standen. Es war der Finsterwalderbauer mit seinem kleinen Sohn an der Hand. »Servus Mare«, sagte er. Mare nickte nur kurz zum Gruß und wandte sich an den Buben. »Bist du der Adolf?«, fragte sie lächelnd den kleinen, rotzverschmierten Buben, der am Finger lutschte. Kleinadolf wandte scheu den Kopf ab und versteckte sich hinter seinem Vater. »Der red net mit an jedem«, sagte

Ludwig, seine dicke Pranke fuhr dem Sohn über den Kopf. »Mare, i hab di gwarnt, dass'd aufpassn sollst auf dei Viehzeugs.« – »Und?«, fragte Mare. Der Finsterwalder deutete mit dem Zeigefinger runter zu seiner Alm. »Deine Zäun san net dicht da unten, hab gestern zwei Stück Vieh von deiner Herde aus meinem Grund raustriebn. Wenn des no amal passiert, kriegst an Mordsärger mit mir.«

»I hab die Zäun erst vor kurzem nachgschaut«, entgegnete Mare. »Is mir wurscht«, bellte der Bauer, »wann du was machst, aber wann i dei Vieh noch amal auf meinem Grund seh, derfst a saftige Strafe an mi zahln. Verstehst?«

»Vater, wieso hat die Frau da so viel Blut und Schleimzeugs?«, fragte der kleine Adolf und zeigte auf Mares Schürze. »Erinner di, was i dir gsagt hab, Bua, über de Schweinerei«, antwortete der Vater streng. »Kimm, wir gengan obi, bevor's ganz dunkel werd.«

Nachdem die beiden in der Dunkelheit verschwunden waren, trieb Mare die Hennen in die Stube, die Abendstunde begann wie jede andere in den Wochen zuvor. Kerzenlicht flammte auf, Mare setzte sich an den Tisch und faltete die Hände. Ihr Blick ging zum Herrgottswinkel in der Ecke schräg gegenüber, dem Gekreuzigten hatte sie ein paar Latschenzweige und Blumen hingestellt. Seine Augen waren halb geschlossen. Mare fühlte, wie seine Wunden bluteten und er Schmerzen litt. Ein sanfter Windstoß ließ das Kerzenlicht flackern, Schatten bewegten sich, als gäbe es Leben hier. »Bist bei mir?«, fragte Mare den Berggeist. »Du und i, mir san jetzt alloa, ganz alloa.«

Sie erhob sich, zog ihre blutige Schürze aus und hängte sie an einen Nagel neben der Tür. Vorsichtig zog sie Großvaters Kuvert aus der Tasche. Sie legte es auf den Tisch, strich es sorgsam glatt, bevor sie es unter ihr Kopfkissen steckte. »Kimm glei wieder«, flüsterte sie dem Geist zu, der um die Kerze strich.

Die junge Sennerin öffnete leise die Stalltür und trat in den dunklen Raum. Es raschelte im Stroh, Berta schnaubte leise. Langsam schlich Mare zu dem schlafenden Kalb. Sie legte sich neben ihm ins Stroh und breitete ihre Arme über ihm aus. Ganz eng kuschelte sie sich an das warme Wesen. »Der eine kimmt, der andre geht. Schlaf guad, i bleib bei dir. Bleib du bei mir.« Dann fiel die junge Wiesbeck in einen tiefen Schlaf.

Gegen ihren Willen wurde Maria Wiesbeck am vergangenen Mittwoch aus ihrer von einer Lawine verschütteten Almhütte am Geigelstein befreit. In einer rund dreistündigen Aktion legten die Männer der Bergwacht Sachrang-Aschau den Eingang und den Kamin der Oberkaseralm von den Schneemassen frei … Die Männer mussten erst einen vier Meter tiefen Zugang schaufeln, um die Vierundachtzigjährige aus ihrem Schneegefängnis zu befreien. Nachdem der Kamin zerstört ist, gibt es in der Hütte keine Möglichkeit mehr zu heizen – und wenn's die Mare trotzdem versucht hätte, wäre sie wohl an Rauchvergiftung gestorben … Die Frau ist weit über die Region hinaus bekannt und geschätzt … Ein paar zusätzliche Meter Schnee hätten das Todesurteil für die vierundachtzigjährige Bewohnerin bedeutet … Als Notunterkunft hätte ihr Korbinian A. sein Haus zur Verfügung gestellt. Möglicherweise wäre das für die Mare aber ein bisserl zu viel Luxus …«

Adolf sitzt in seinem Schaukelstuhl, neben ihm hat Frau Brigitte diverse Zeitungsberichte zurechtgelegt. Ihr Sohn Martin ist soeben zurückgekehrt vom Geigelstein, es ist früher Abend, Adolf ist missgelaunt.

»Und?«, fragt er seinen Sohn. »Wia schaut's aus mit derer Hütten?« – »Man sieht nix, nur a Loch und an Schornstein. Nix is abbrennt oder zammkracht. Die Mare hockt wieder drin, kannst erst mal vergessn, die Sach mit derer Alm.«

Und dann erzählt Martin von all den Menschen, die sich außer ihm noch auf dem Geigelstein eingefunden hatten,

Schaulustige aus dem Tal, Reporter, ja, sogar das Fernsehen war da, lauter Menschen mit Kameras, die die alte Sennerin interviewen wollten. Aber die Alte wollte mit all dem Trubel nichts zu tun haben und versteckte sich in ihrer Hütte. Auf einmal, berichtet Martin, sei ein zu einem kleinen Knäuel zusammengebundener Strick aus dem Schneeloch geflogen. Dann hätte sich ein Korb voller Wäsche nach oben geschoben. Ihm folgte Mare. Langsam kroch die Oberkasermare duch den Schnee, sah sich mit zusammengekniffenen Augen um, winkte kurz ab, als ein paar Reporter Fotos schossen und ihren Namen riefen. Ohne sich um die Herumstehenden zu kümmern, rollte sie den Strick auf und band ihn mit dem einen Ende um die Eisenstange, die die Bergwacht in die Lawine gesteckt hatte. Danach stapfte die Sennerin seelenruhig über den tiefen Schnee hinüber zum Kamin, umkreiste ihn und befestigte dort das andere Ende der Schnur. Sie kehrte zurück, packte den Wäschekorb und begann, nasse Socken, Pullis, Hosen, ein Nachthemd und ein paar Handtücher an die Leine zu hängen. Anschließend betrachtete sie zufrieden ihr Werk, und bevor sie wieder in ihrem Loch verschwand, sagte sie: »Werd scho amal wieder die Sonne scheinen.«

»Die spinnt, die Oide«, beendete Martin seinen Bericht.

Adolf Finsterwalder streicht sich durch den Bart. »Woaßt, die Zeit arbeitet für uns. An Schadhubhof habens scho aufgebn, war ja dort heit. Is nix mehr mit der Landwirtschaft. Dene is wohl as Geld ausgangn. Wart ma no a Weil, werst sehn, es werd scho wern. Lange ko koa Mensch so lebn auf dem Berg. A de Mare net.«

Schnell ist der Trubel um die Oberkasermare wieder verebbt, die Menschen interessieren sich für andere Dinge als eine Lawine, die über eine alte Sennerin gekommen ist. Und als Mare im Lauf der nächsten Tage aus ihrem Loch gekrochen kam, um ihre Wäsche auf- oder abzuhängen, war niemand mehr da, der ihr helfen konnte. Die Sonne hatte zwischendurch so warm und fest geschienen, dass der Schnee weit über einen Meter in sich zusammengefallen war. Und so stand die Sennerin kopfschüttelnd unter ihrer Wäsche, die weit über ihr unerreichbar und fröhlich im Wind baumelte, bis erneut die Bergwacht kam, auf das Hüttendach kletterte und das Seil abnahm.

Mare übersteht den Winter so wie alle anderen in den Jahren zuvor. Im Frühjahr weißelt Senner Sepp die schwarzgeräucherte Stube, im Sommer sammelt Mare ihre Kräuter und zählt das Vieh, das nicht mehr das ihre ist. Im Herbst fährt Mare mit Conny ins Tal zur Metro. Einkaufen für den Winter.

Es gibt die guten Geister in Mares Leben. Den Berggeist und ein paar Menschengeister.

»Conny, bist der beste Geist, den i kenn«, sagt Mare immer wieder zu ihr. »A treue Seel, die immer da is, wenn i di mal brauch. Conny, du bist net nur der beste Geist, du bist mei Engerl.«

Conny, die junge quirlige und drahtige Frau, ist seit fünf Jahren Wirtin auf der Priener Hütte. Connys gutes Essen und ihre Frohnatur haben sich unter den Touristen herumgesprochen, das Geschäft floriert. Conny klopft fast jeden

Tag an Mares Tür, bringt Essen mit, räumt in der Stube das Gröbste auf, hört der alten Sennerin zu, verbreitet gute Laune und trinkt gerne Schnaps. Meistens setzt sie sich zu Mare an den Tisch und achtet streng darauf, dass die alte Frau auch wirklich isst, anstatt sich die Mahlzeit mit ihrer Katze zu teilen und das Essen mit Schwung auf den Boden zu fegen.

Conny zerteilt die Knödel, tunkt sie in Sauce. »Mare, kimm, iss was, sonst geht's dir wia am Suppenkaspar.« »Hab koan Hunger mehr«, sagt Mare nach den ersten beiden Bissen und schiebt das Essen zur Seite. »Trink ma liaber an Schnaps.« Essen ist der alten Frau inzwischen zuwider, eine sinnlose Beschäftigung, ein unangenehmer Vorgang, als würde sie bittere Medizin schlucken. Außerdem muss sie vorsichtig sein, mit all dem, was man ihr vorsetzt. »Der Sepp derf nimmer zu mir kemma«, sagt Mare. »Der Sepp, aber Mare, den kennst doch scho seit mehr als dreißig Jahr, is doch a guader Freind von dir«, antwortet Conny verwundert. Mare verschränkt trotzig die Arme vor der Brust. »Na, aus, vorbei is es mit eam.« Dann beugt sie sich verschwörerisch nach vorne und flüstert Conny ins Ohr: »Woaßt, der hat mi vergiftn wolln.«

Conny fährt zurück. »Geh, Mare, wia kimmst denn da drauf?«

»Der will mei Geld habn, der will die Alm habn, der will ois von mir. Und er will, dass i sterb.« Sie macht eine kleine Pause, löst die samtene Schleife aus ihrem Haar und legt sie in die Schublade. »Des wollns alle, dass i sterb«, sagt die Sennerin leise, während sie mit dem Kamm durch das weiße Haar fährt. »Woaßt Conny, der Sepp hat mir vor paar Tag an Schmarrn bracht, der war voller Gift. Hab mir die Seel aus dem Leib kotzt.«

»Aber Mare, red net, du hast doch eh koa Geld, die kleine Rente, die neidet dir neamand.«

Mare lächelt verschmitzt und nestelt an ihrer Jacke herum, bis sie einen Zehneuroschein in der Hand hält. »Da, Conny, i hab a Pulver.« Conny streicht der Frau sachte über den Arm. »Ja, ja, Mare, i woaß, du hast a Pulver.«

»Conny, i will, dass du mi mitm Auto obi bringst, will einkaufn, woaßt, weil die Terroristn mi vergiftn wolln, da is besser, i kauf des Zeigs selbst ein für an Winter.« Conny lächelt. »Mare, mit deine zehn Euro kimmst net weit.«

»Misch di net ein in mei Pulver«, sagt Mare entschlossen. »Morgen kimmst, und wir fahrn.«

Am nächsten Tag, ganz in der Früh, stellt Mare einen Kessel mit Wasser auf den Herd. »Zeit werd's, dass i die Haar wasch«, sagt sie zum Berggeist, als es im Ofen knistert. Nachdem sie ihren Kopf in den Eimer mit warmem Wasser getaucht, die Haare gut einschamponiert und wieder ausgespült hat, setzt sie sich zum Trocknen vor die Hütte. »Guad, dass die Sonne scheint«, murmelt sie. Sie zwinkert mit den Augen und wendet den Kopf mal nach rechts, mal nach links. Keine Terroristen weit und breit. Mare lächelt zufrieden. Als die Haare getrocknet sind, geht sie in die Nebenkammer und sucht unter all dem Unrat nach der guten Kleidung, die sie dort in einer Plastiktüte für besondere Tage verstaut hat, eine braune Cordhose, einen blauen Pullover, beides inzwischen viel zu groß für sie. »Wia a Vogelscheuch«, brummt Mare, nachdem sie sich umgezogen hat und jetzt an sich herabsieht. Der Pulli hängt schlaff an ihr wie ein leerer Sack, die Hose rutscht bis zu den Knien hinab. Mare sucht im Stall nach einem Seil, schneidet ein Stück davon ab, um es als Gürtel um sich zu binden. »Wo die Conny nur bleibt?« Die Sennerin wird ungeduldig.

»Ah«, sagt sie, als sie Motorengeräusch vernimmt und durch das Fenster den orangenen Wagen vorfahren sieht. Noch ein kurzer Blick in den Spiegel, der ihr sagt: »Oid bist worn, Wiesbeckerin«, dann öffnet die alte Frau die Tür und schlüpft hinaus. »Miez, bin bald wieder da!«, ruft sie, bevor sie sich in das Auto setzt.

»Fesch schaust aus, Mare«, sagt Conny und zieht den Gurt über den schmalen Körper der Sennerin. »Schnall di o.« – »Des hat's früher net gebn, des will i heit a net«, sagt Mare und schimpft bis zur nächsten, übernächsten, überübernächsten Kurve über das nervende Klingeln und Blinken des Fahrzeugs, bis sie sich fluchend anschnallt. »Damit a Ruah is.« Dann geht es lange bergab, die Serpentinen der Forststraße kreuzen immer wieder den alten Pfad, den Mare so viele Jahre hinauf- und hinabgestiegen war. Heute wird sie alles in Connys Kofferraum stopfen, was sie den Winter über braucht. Früher hat sie sich den Rucksack auf den Buckel geschnallt und alles nach oben geschleppt, mit zwei Mulis, später, nachdem Maxerl erschossen worden war, ohne das Tier. »Bin i ois ganga«, sagt Mare jedes Mal, wenn sie Teilstücke des Pfades sieht. »Auffi und obi, fünf Stund.«

Alle zwei Meter ermahnt sie Conny, nicht zu schnell zu fahren, Geschwindigkeit ist ein Gefühl, an das sich Mare nicht gewöhnen kann. Die beschaulichen Jahrzehnte, die die Alte inzwischen auf dem Buckel hat, das gemächliche Vergehen der Zeit in den Bergen, das langsame Gehen auf deren Pfade, die Stille, die es begleitet – einen stärkeren Gegensatz kann es nicht geben zu dem blöden, nach Hund klingenden Auto namens *Hundei*, in dem der Motor knattert, alles Mögliche blinkt und klingelt, wenn man sich nicht richtig verhält, und eine Stimme dauernd dazwischenquatscht und einem sagt, wann man nach links oder rechts abzubiegen hat. In so einem Gefährt zieht die Landschaft so schnell vorbei, dass Mare sie kaum sehen kann.

Im Ort, der sich erneut stark verändert hat, weil in ihm inzwischen ein Haus nach dem anderen emporgewachsen ist, bittet Mare, an der Sparkasse aussteigen zu dürfen. Die alte Frau hakt sich bei der jungen unter und tapst mit langsamen, wackeligen Schritten zum Eingang, der sich automatisch öffnet. »Wia bei de Könige«, schmunzelt Mare. Am Schalter zieht Mare das Sparbuch aus der Hosentasche, legt es auf den Tisch und sagt mit fester Stimme: »Gib mir zehntausend Euro.«

Conny schüttelt den Kopf und flüstert der Frau leise zu: »Mare, so viel brauchn mir net, des werst a net kriagn, is ja viel Geld.«

»Zehntausend Euro?«, fragt der Angestellte freundlich. »Sehr gerne, wie hätten Sie denn die Scheine gerne, eher in groß oder klein?«

»Sag amal Mare«, fragt Conny später, als sie im Auto nach Rosenheim sitzen, »woher hast denn das viele Geld?«

Mare grinst. »Sag's net weiter, Conny, weil sonst kemman die Terroristn und wolln es mir nehmen.«

Sie wedelt mit dem Kuvert, in dem die Scheine stecken, in der Luft herum. »Mei Conny, i hab a Zaster, so a scheens Zaster.« Dann legt sie ihre Hand auf Connys Bein und grummelt: »Und jetzt fahr net so schnell.«

Conny schüttelt den Kopf. »Mare, Mare, du bist mir so oane.«

Und langsam, nicht schneller als mit fünfzig Stundenkilometern, kriecht der Hyundai mit den beiden Frauen von Aschau nach Rosenheim.

Es war Anfang September 1941, als sich Mares erster Sommer auf der Alm langsam dem Ende zuneigte, das des Krieges lag in weiter Ferne. Die geliebten Menschen waren tot oder irgendwo. Der Großvater lag unter der Erde, Freundin Rosa, so hatte Mare inzwischen erfahren, hatte sich freiwillig zum Lazarettdienst gemeldet, Franz war immer noch verschollen, wo auch immer. Und Mutter Edith, sie lebte. Mehr aber nicht.

Mare mochte die Geschichten nicht, die ihr von Wanderern und den Sennern zugetragen wurden. Armut, Hunger, Tod, Elend, Zerstörung. Indes, sie lebte auf einer Insel des Friedens, das Schlachtfeld war unter ihr im Tal oder über ihr am Himmel, wenn die Bomber über sie hinwegfegten.

Im Hochkessel des Geigelsteins gab es keine Bombenkrater, keine Einschüsse in den Mauerwerken der Hütten. Der Boden war intakt, auch wenn das Gras knapper wurde. Mares Vieh war vollzählig, noch stand es in gutem Futter, und sein Fell glänzte. Der junge Ochse, Mares Stolz und Glück, gedieh prächtig. Die Hennen hatte Mare für ein paar Tage zur Ackeralm gebracht, wo es einen Hahn gab, der dafür gesorgt hatte, dass auf der Oberkaseralm bald viele Küken umherliefen.

Hin und wieder trieb Mare den Muli Maxerl ins Tal, um mit ihm Mehl, Zucker und sonstigen Proviant zu holen. Drei Stunden den Steig hinab, eine Stunde bis zum nächsten Laden, fünf Stunden schwer bepackt zurück den steilen Pfad hinauf. Immer wenn sie an der verwaisten Niederkaseralm vorbeikam, setzte sie sich auf die Hausbank und dachte an Rosa.

Passierte sie die Finsteralm, zog sie ihr Kopftuch tief in die Stirn. Der Finsterwalderbauer mit seiner großen grauen Gestalt war ihr immer noch unheimlich. Manchmal erkannte sie seine Umrisse hinter dem Fenster und fühlte seine Blicke. Oft hatte sie darüber gegrübelt, was genau es war, das sie ihn fürchten ließ. Er tat ihr nichts an, er ließ sie in Frieden, es sei denn, ihr Vieh hatte sich auf seine Weiden verlaufen. Und zur Oberkaseralm kam er nur, wenn es die Arbeit an den dahinterliegenden Zäunen erforderte. Gelegentlich traf sie Ludwig Finsterwalder auch bei den drei Sennerinnen, wenn sie die Milch zum Kasern brachte. Dann warf er ihr Blicke zu, die Mare nicht zu deuten wusste, eine Mixtur aus Verachtung, Hochmut, Feindseligkeit, vielleicht auch Begehren, wenn er sie von oben bis unten musterte, dabei seine Blicke zwischen Mares Hals und Bauch einen Moment zu lange verweilen ließ.

An diesem einen Abend, an dem sie aus dem Tal zurückkehrte, war der Finsterwalderbauer vor seiner Hütte. Er schien auf und ab zu gehen, denn von weitem sah Mare das Glimmen seiner Zigarette mal hier, mal dort, als zöge ein Glühwürmchen seine Kreise. Je näher sie seiner Hütte kam, desto schneller wurden ihre Schritte. »Servus Mare«, hörte sie seine tiefe Stimme, als sie eilig an ihm vorbeiziehen wollte. »Hast dir Zeit glassen im Tal.« Er zog an seiner Zigarette. »Hast Bsuch bei dir drobn. Der wart scho an halbn Tag auf di.«

»Soso«, antwortete Mare, »an Bsuch für mi.«

»An Bsuch für di«, wiederholte der Mann, »ganz a wichtiger, vom Schadhubhof isser kemma, dein Bsuch. Und du lasst ihn hier so lang wartn.« Er tat ein paar Schritte auf Mare zu, sein Atem roch säuerlich. »Lasst ihn wartn, obwohl er bald weg sein werd, für lange Zeit. Schick di, geh auffi zum Bsuch. Lang werst eam nimmer sehn, weil's der Krieg so will.«

Xaver.

Es kann nur Xaver sein, dachte Mare und trieb Maxerl zur Eile. Sie sah fast nichts mehr, so dunkel war die mond- und sternenlose Nacht inzwischen geworden. Wer sonst sollte gekommen sein? Diana mit dem kleinen Kind sicher nicht. Knecht und Magd gab es nicht mehr auf dem Hof. Und die Mutter? Was sollte sie hier oben wollen, wo doch das Enkerl auf dem Hof war. Ja, es musste Xaver sein, sicher wollte er nach dem Vieh und dem Rechten schauen. Mares Herz klopfte vor Freude und Angst. Sie überlegte, wie sie der enttäuschten Liebe begegnen sollte, kalt, kühl abweisend oder ihren Empfindungen nachgebend. Sie wagte nicht, daran zu denken, was geschehen könnte, jetzt, da sie beide alleine waren, weit weg von all den Menschen mit ihren neugierigen Augen, den tratschenden Mündern, fort von der verräterischen Schwester, dem Eheweib, und vielleicht auch weg von den schmerzenden Erinnerungen.

Es brannte ein schwaches, flackerndes Licht in der Hütte, Xaver musste eine Kerze angezündet haben. Sie sah einen dunklen Schatten am Fenster vorbeihuschen. Schnell entlud sie den Muli, warf alles, was sie gekauft hatte, achtlos auf den Boden. Da drang auf einmal Musik aus der Stube, lustige Zithermusik mit Gitarre und einem Harmonium. Es klang, als wären die Roßholzener Musikanten gekommen, um ihr ein Ständchen zu bringen. Mare ging zum Fenster und blickte hinein, doch mehr als einen schwarzen Umriss am Tisch konnte sie durch die Vorhänge nicht erkennen.

Musik für sie. Von Xaver?

Schnell führte sie das Tier nach hinten auf seine kleine Weide, gab ihm zu saufen und etwas Heu zu fressen. Dann strich sie die Schürze glatt, fuhr sich mit den Händen durch die Haare und holte tief Luft. Beherzt und mit feuchten Händen öffnete sie die Tür und trat in die Stube.

Es ist rabenschwarz auf dem Berg und finster in Mares Stube. Die Sennerin hat das Licht längst schon gelöscht und ist in tiefen Schlaf gefallen. Das Pochen an der Tür ist mal das Herz, es klopft, poch, poch, poch. Bald ist es Xaver, dessen Beil ins Holz fährt, bald Großvaters alter Traktor, dessen Motor rhythmisch hämmert. »Mare, i bin's, mach auf!« Das Herz klopft wieder. Poch, poch, poch.

Menschen kommen und gehen, sie klopfen ans Fenster, an die Tür, sie rufen: »Mare, i bin's, mach auf.« Mal ist es Freund, mal ist es Feind. Mare kann es nicht mehr zuordnen. So einfach und überschaubar ihr Leben bislang war, so kompliziert erscheint es ihr heute. Freund, Feind, Freund, Feind? Jeden Tag die gleiche Frage, wenn es klopft. An den guten Tagen kommen die Freunde. Mal ist es jemand von der Bergwacht, der nach dem Rechten sieht, mal ist es ein Senner. Ab und an sieht auch einer ihrer alten Chefs bei ihr vorbei. Kommen Freunde, öffnet Mare die Tür und bittet die Menschen in ihre Stube zu Bier und Schnaps.

An den schlechten Tagen pochen die Terroristen an die Tür. »Mare, i bin's«, rufen auch sie, die Wölfe in ihren Schafspelzen. An solchen Tagen verkriecht sich die alte Frau unter der Bettdecke, sobald sich jemand ihrer Hütte nähert. Vor Angst schlägt ihr das Herz bis zum Hals, Schweiß rinnt über die Stirn ins Kissen, und auch lange, nachdem das Klopfen an der Tür aufgehört hat, liegt Mare noch regungslos unter der schützenden Decke. Freund oder Feind? Mare weiß es nicht mehr. Es klopft in der Nacht, das Herz, Xaver, der Traktor. Poch, poch.

Es gibt nur einen einzigen Menschen, den Mare stets als Freund erkennt. Conny. Sie kennt das Motorengeräusch ihres Autos, sie kennt Connys Stimme, wenn sie »Mare« ruft, auch kennt sie Connys Art und Weise, an die Tür zu klopfen, zwei Mal leise, Pause, zwei Mal laut. Manchmal meint Mare gar zu spüren, wenn Conny unten ihre Priener Hütte verlässt, um zur Oberkaseralm zu kommen. Conny ahnt wie kein anderer, wie es um Mare steht. Sie weiß, wann ihr nach Reden ist oder der Hunger sich regt. Dann dauert es keine halbe Stunde, und die Wirtin erscheint mit allerlei Gutem, Selbstgekochtem. Conny kocht besser als jeder Mensch der Welt, findet Mare.

Und niemand kann so schön über Männer erzählen, und was die alles auf der Priener Hütte treiben, nachts, manchmal auch tagsüber. Wer mit der einen Frau kommt und mit der anderen geht, wer gerade ohne Frau ist, wer mehrere hat. Und in wen Conny gerade selbst verliebt ist, das interessiert Mare am meisten.

»Verzähl du mal lieber, wia des mit deine Männer war«, antwortet Conny dann stets, und Mare grinst. »Ach, die, die taugn alle nix, is nia der Richtige kemma.« »Verzähl mir nix, da war doch irgendwann mal a Mo dabei, der dir gfalln hat, Mare«, hakt Conny dann nach. Vergebens. Mare lächelt versonnen und setzt einen Blick auf, der verrät: Darüber schweige ich bis ins Grab. »De Leit sagn, dass du mal in an Trompeter verliebt warst, so a Mo, der mal druntn auf der Niederkaser garbeit hat.« Mare sieht Conny dann lange an. »Ferdi«, lächelt Mare immer, »ja, der Ferdi. Der war nur a Freind, mehra net.«

»Soso Mare, nur a Freind.«

Während sich die beiden Frauen unterhalten, räumt Conny stets die Stube auf, wäscht das Geschirr ab und kehrt den Boden. Manchmal sammelt sie heimlich Mares Wäsche ein und nimmt sie mit auf die Priener Hütte, um sie zu reinigen. Mit Waschpulver aus geriebener Kernseife und Soda. Alles andere würde Mare ablehnen, weil es stinkt. »Könntest mei Tochter sein«, sagt die Sennerin bisweilen zu Conny. »Bist so dürr wia i, so fleißig, liebst die Berg, wohnst am Geigelstein, machst an guadn Schmarrn, und mit de Männer haut's a net hi. »Mare, dei Tochter net, eher dei Enkelin«, antwortet Conny dann und nimmt die Alte zärtlich in den Arm.

Für niemand anderen hätte Mare das getan. Keinem anderen hätte sie die Bitte erfüllt, sich fotografieren und auf der Vorderseite einer Speisekarte abdrucken zu lassen. Doch als Conny eines Tages fragte, ob sie mit einem Fotografen kommen dürfte, um ein schönes Foto von Mare zu schießen, willigte die Alte nach langem Zögern ein. »Der Laden muss no besser laufn, i brauch no mehr Umsatz«, klagte Conny, denn man hatte ihr auf der Priener Hütte die Pacht gehörig erhöht. »A Foto von mir? Des will i net«, hatte Mare zunächst gesagt und sofort hinzugefügt: »Brauchst a Pulver?« Sie zog ihr Sparbuch aus der Hosentasche und schlug es auf. »Fünftausendzweihundertfünfunddreißig Euro san da drauf.« »Des reicht net«, seufzte Conny, »außerdem will i koa Geld von dir.« Mare klappte das Sparbuch wieder zu und steckte es zurück. Dann ging sie suchend durch die Stube, öffnete diverse Schubladen. »I hab no mehra Zaster, drei Sparbücher hab i, net nur oans.« Sie kramte unter der Matratze und sah unter den Bänken und hinter dem Spiegel nach. Sie hob die schwere Bodenklappe auf, kletterte die Stufen in den Keller, und Conny hörte, wie die alte Frau zwischen den Babygläschen wühlte. »Haben's mir sicher wieder klaut, die gemeinen

Terroristn«, schimpfte sie von unten hoch. »Mare, i will dei Geld net, i will nur a Foto von dir!«, rief Conny.

»Meinetwegen, weil du es bist«, murrte Mare schließlich.

Eine Woche später legte ihr Conny die frisch gedruckte Speisekarte in die Hand. Vorne Mare mit zusammengebundenen Haaren, gegerbtem, zerfurchtem Gesicht, einem entschlossenen Blick und nach innen gewölbten Lippen, die verrieten, dass sie keine Zähne mehr im Mund hatte. Die Augen blickten bestimmt und verschmitzt zugleich, eine ungewöhnliche Kombination, die Mare zueigen war wie keinem Menschen sonst. Blätterte man von Mares Konterfei zur nächsten Seite, erschienen Speisen und Getränke und auf der Rückseite der Geigelstein. Werbeikone Mare wurde für die Touristen zum Wahrzeichen des Berges, und es gab Tage, da standen die Leute in Scharen vor ihrem Zaun, manche von ihnen mit einem Fernglas vor dem Gesicht, um die alte skurrile Sennerin zu sehen, von der man wusste, dass sie seit knapp siebzig Jahren auf dem Berg lebte.

Es klopft lauter, dann wieder leiser, zwei Mal, die alte Sennerin verlässt ihre Träume. Als sie die Augen öffnet, sieht sie einen Lichtkegel durchs Fenster scheinen. »Is jeamand do?«, flüstert die Alte zum Berggeist und schiebt die Bettdecke zur Seite. Jetzt hört sie es genau, leise, laut: Conny. »I kimm!«, ruft Mare und schlüpft aus dem Bett, um die Tür zu öffnen.

»Wollt di net weckn, Mare, aber es muass sein«, sagt Conny. »Leg di wieder hi, i setz mi an dei Bett.« Mare kriecht zurück unter die warmen Daunen. Ihr Kopf ist vom Schlaf noch verwirrt, auch von dem Traum, den sie nicht zu

Ende hat träumen dürfen, weil Besuch kam. »Conny, hab träumt, dass der Großvater do war und die Mutter, beide sans vor mir gstandn. Und i war a kloans Madl, hab die Arm ausbreitet und bin dene davongflogn, rauf in den Himmi, weil mei Herz nimmer gschlagn hat. San immer kloaner worn, die beiden, aber i hab schaun kenna wia a Adler und hab gsehn, dass sie beide a Träne im Auge ghabt habn. Und dann is der Großvater fortgfahrn mit dem Traktor, glaub i.« Die Sennerin verstummt und blickt in die Kerze, die Conny inzwischen angezündet hat.

»Magst an Schnaps?«, fragt sie schließlich. Die beiden Frauen trinken einen, dann den zweiten, den dritten, Conny den vierten, gleich den fünften hinterher.

»Mare, i muass dir was sagn«, hebt sie schließlich nach einem langen Seufzer an. »I muass fortgehn von hier, werd nimmer kemma kenna. Vielleicht im Sommer mal, wenn i Zeit hab, nachhert bsuch i di.« Sie nimmt Mares Hände in die ihren. »Jetzt kümmert sich wer andrer um di.«

Mare blickt Conny fragend, skeptisch und erstaunt zugleich an, als hätte diese ihr erzählt, Marsmännchen seien auf dem Geigelstein gelandet. »Hast mi ghört, Mare?«, fragt Conny ein paarmal und schenkt sich Schnaps Nummer sechs und sieben ein. Mare nickt, reißt ihre Augen auf und schweigt. Dann zieht sie sich die Decke über den Kopf, will nichts mehr sehen, nichts mehr hören, sondern wieder träumen. Nichts soll sich verändern, alles so bleiben, wie es ist, hier oben auf dem Geigelstein. Es sind schon so viele Menschen gegangen, weg vom Berg, weg von Mare. »Mare, servus, mach's guat«, hört sie Conny sagen. Dann fällt die Tür leise ins Schloss.

Es war nicht Xaver, der in der Stube wartete. Es war, in Schwarz gehüllt, dünn und voller Trauer, Mutter Edith.

Sie hatte Großvaters verhassten Volksempfänger den Berg hinaufgeschleppt und auf die Bank unter den Herrgottswinkel gestellt. Musik, Propaganda aus Goebbels Schnauze und Kriegsberichte gegen die Einsamkeit.

Auch wenn die Mutter nicht mehr lachte, und die Sorgen sich wie tiefe Ackerfurchen in ihr Gesicht eingegraben hatten, war Mare glücklich, sie bei sich zu haben. »Wieso bist kemma?«, hatte sie gefragt. »Zum Helfen und weil i dir zeign muass, wias dir selber hilfst, wannst dir amal schlecht geht und neamand für di do is«, hatte Edith geantwortet. »Jetzt is so weit, dass i dir was vererb, was des Wertvollste is, was i dir gebn ko.« Dann kramte sie in ihrem Rucksack nach einem dicken Buch und legte es vor Mare auf den Tisch. »Verlier des niemals, lern aus ihm, es soll di dei Leben lang begleitn.« *Das große illustrierte Kräuterbuch* stand auf dem Einband geschrieben. Darunter sah man zwergengleiche Männchen, die auf dem Boden nach allerlei Pflanzen suchten, einen weisen Wicht, der in einem Buch schmökerte und eine hexenhäuschenartige Hütte, auf deren offenem Herd ein Sud brodelte. Das Buch hatte Mare seit ihrer frühen Kindheit begleitet, Mutter Edith blätterte in dessen Seiten, wenn einer in der Familie krank war. »Aber Mutter«, sagte Mare, »warum sagst vererbn? Bist doch lang no net gstorbn.« »Da herobn kimmt koa Arzt, meine kleine Mare, musst dir selbst helfn.« Sie legte eine

Hand auf das Buch. »Werst sehn, werst ganz oid wern mit der Weisheit, die da drinsteht.«

Die kommenden drei Wochen verbrachten Mutter und Tochter auf den Wiesen, Weiden und in den Wäldern der Umgebung.

Stundenlang saßen sie auf dem Boden, betrachteten jede einzelne Pflanze, sie gruben Wurzeln aus, pflückten Beeren, Blätter und allerlei Blüten. Sie sammelten den Teufelsabbiss, die Blume, in die der Teufel vor Wut gebissen hat, weil sie die Menschen dank ihrer Heil- und Zauberkraft so oft vor dem Sterben bewahrt hat. »Schau Mare, nimmst das Kraut und die Wurzel davon und zerstößt sie. Is guad, wannst mal a böse Quetschung hast.« Vor der Hütte hingen lauter kleine Büschel Kräuter zum Trocknen in der Sonne. Bergminze gegen Nasenbluten und Lendensucht, Schwarzes Bilsenkraut gegen Schmerzen, Hahnenfuß bei Hauterkrankungen und Zahnweh.

Abends wurde die Feuerstelle eingeschürt, der Kessel darüber gehängt und ein Kräutersud gekocht, der anschließend in kleine Fläschchen abgefüllt wurde, die Edith aus dem Tal mitgebracht hatte. Akeleiwasser zum Beispiel, wenn einem einmal die Ohren sausten oder ein Schwächeanfall drohte.

Weil es an Waschpulver fehlte, zeigte Edith ihrer Tochter, wie die Wäsche mit Aschenlauge zu reinigen war. Nie zuvor in ihrem Leben hatten Mutter und Tochter so viel miteinander gesprochen. Edith erzählte, was in der Zwischenzeit alles auf dem Samerberg geschehen war, der Großvater ruhte nun still und friedlich neben der Großmutter, Diana hatte ein Mädchen bekommen: Emmi, ein süßes, pummeliges Enkerl. Xaver war ein unleidlicher Mann und an den Abenden oft fort. Von Franz war eine

Karte aus der Nähe Moskaus gekommen. Edith trug sie in ihrer Jackentasche bei sich und zeigte sie Mare. Zu sehen war eine große kämpfende Germania mit einer Krone auf dem wehenden Haar. Die Schöne, Mächtige schwang das Schwert. Vor ihr kuschten drei kleine Hunde namens Frankreich, Belgien und England, ein ängstlicher russischer Bär und ein winziges, feiges, japanisches Äffchen. Auf der Rückseite stand von Franz' Hand geschrieben: »Ich lebe noch. Ein wenig.«

»Wir alle lebn nur no wenig«, sagte Edith und knabberte mit den Zähnen an ihren spröden Lippen. »Is ois anders worn aufm Samerberg, die Ross habens den Bauern gnommen für den Krieg, uns nehmens die Milli, das Vieh, ois. Männer hat's auch koane mehr, sterbn wia die Fliegen im Stall.« Die Herrn Kontrolleure des Führers hatten nun Landarbeiter auf den Hof gesetzt, auch Strafgefangene aus irgendwelchen fremden Ländern, die jetzt zu Deutschland gehörten.

Mit der Mutter war Trauer auf den Geigelstein gekommen.

Edith sah so gotterbärmlich schlecht aus, hagerer noch als Mare, fast so, als wollte sie sich langsam und unbemerkt aus der Welt schleichen.

Mit Edith war aber auch die Liebe gekommen. So ausgemergelt ihr Körper auch war, fühlte Mare doch so viel Liebe durch ihn, wenn sie sich abends an ihn kuschelte. Dann blieb die Welt stehen, mehr noch, sie drehte sich zurück zu der Zeit, in der Mares kleiner Kinderkörper noch auf Mutters Schoß gepasst hatte. »Mutter«, sagte Mare, wenn sie abends gemeinsam im engen Bett lagen und sie Ediths Knochen spürte, »gell, die Decke is ganz a scheene weiche.« »Is was fürs Leben«, flüsterte die Mutter und drückte ihre Tochter an sich. Es roch nach Kernseife, nach alter, schöner Heimat.

Ediths traurig-schöne Gegenwart in den letzten Wochen des Sommers sollte in Mare für immer Spuren hinterlassen.

Ihr sauberer Geruch nach Seife, ihre zarten Bewegungen, wenn sie vor Mare die Hügel hinaufging, um nach dem Vieh zu schauen oder nach Heilpflanzen zu suchen. Das Rühren ihrer Hände, wenn sie in der rußigen Stube stand und Schmarrn zubereitete. Ihre sanften, schwermütig dreinblickenden Augen, wenn sie über den Tod und die Angst sprach und über die bittere Zukunft. Ihr Wissen, wenn sie Mare von all den Sennern und Sennerinnen auf dem Geigelstein erzählte, von den guten Menschen und denen, die Mare eher meiden sollte. »Kennst doch den Rossalmbauern, hinter dem Kamm. Der werd dir a guader Freind, geh zu eam, wennst was brauchst. I kenn eam, seit i kloa bin. Is a oider Mo, a ganz a schlauer und feiner.« Als sie jedoch vom Finsterwalder sprach, wurde ihre Stimme ganz leise, als befürchtete sie, er lauere mit gespitzten Ohren vor der Haustür. »War immer scho bös, missgünstig is er, der Ludwig. Bös zu den Sennerinnen, dabei schaut er sie immer so an mit großen Augen. Will net wissn, was sich auf seiner Alm so duad, wenn die Nacht kimmt.«

Doch gleichgültig, wie die Stunden und Tage mit Edith verliefen, mal traurig wegen all der schlimmen Ereignisse, die der Krieg mit sich brachte, mal unendlich schön, wenn Mutter und Tochter zusammen irgendwo am Hang oder auf dem Gipfel saßen, die Sonne am wolkenlosen, tiefblauen Himmel schien und dem Berg Leichtigkeit, Freiheit und atemberaubende Schönheit verlieh: Mares Seele saugte alles auf wie ein Schwamm. Und so lud sich alles, was Mare auf dem Geigelstein umgab, mit Mutters Vertrautheit, Geborgenheit und Zärtlichkeit auf und bildete ein Schutzschild für all die vielen Stunden der Einsamkeit, die in ihrem langen Leben noch vor Mare lagen.

Mitte September machten sich die beiden Frauen an die Vorbereitungen für den Almabtrieb. Sie pflückten an den Hängen Zweige der Latschenkiefern und gruben leuchtende Silberdisteln aus. Wenn sie eine Pause machten, setzten sie sich ins Gras und schauten hinüber zum Wilden Kaiser mit der zackigen Felsenkrone, in der sich die Wolken verfangen hatten. »Gibt's was Scheeneres auf dera Welt?«, fragte Edith. »I glaub net, aber was kenn i scho von dera Welt?«, antwortete Mare. Edith sah ihre Tochter lange an. »Mare, meine Kleine, wia geht's weiter mit dir? Was machst, wenn die Zeit da herobn vorbei is?«

»Wia moanst des, vorbei?«, fragte Mare.

Mutter strich sich eine Haarsträhne aus der Stirn. »I moan, wenns Vieh weg is und der Winter kimmt.«

»Der Herrgott werd's mir weisn.«

»Auf den Schadhubhof kannst nimmer kemma, des woaßt.« Edith strich über ihre Hände, vergrub sie in der Schürze, ballte sie zu Fäusten, holte sie wieder hervor. Die ohnehin nicht redselige Wiesbecktochter rang vergeblich nach Worten. Während ihre Finger einzelne Grashalme aus der Erde rissen, fragte Edith: »Hast den Brief vom Großvater glesn?«

Mare schüttelte den Kopf. »Den les i, wenn's so weit is«, sagte sie bestimmt.

»Du woaßt eh, was drinnen steht, gell?« Edith lächelte.

Mare zuckte mit den Achseln.

»Mei, Mare, eigen bist. Jetzt hab i di scho siebzehn Jahr, bist von kloa an so gwesn, so a Sturschädel mit an festen

Willen. War immer so, wannst was net wolln hast, hast es net gmacht.« Edith erhob sich. »Kimm, Mare, werd Zeit, dass wir obi gengan.«

In den nächsten Tagen banden Mutter und Tochter festliche Kränze für die Kühe. Sie bogen Weidenzweige zu hohen Bögen, umwickelten sie mit Latschenzweigen und flochten Disteln und bunte Bergblumen hinein. Im Hintergrund dudelte aus dem Radio fröhliche Volksmusik, unterbrochen von erfolgreichen Meldungen von der Front. Deutsche Truppen nahmen Leningrad unter Artilleriebeschuss, Russland sollte bald fallen.

»Ach Franz«, seufzte Edith.

Je mehr sich der Sommer zurückzog, je blasser und spärlicher das Gras wuchs, desto näher rückte die Zeit der Veränderung. Das Wetter würde bald umschlagen, die Tage kürzer, die Nächte kälter werden. Und auf dem Geigelstein wusste man nie, ob man nicht plötzlich von einem weißen Schneefeld umgeben sein würde, wenn der Wind ohne Vorwarnung dicke Wolken in eisiger Luft über die Berge trieb.

Mare mochte Veränderungen nicht, mehr noch, sie verabscheute sie. Genauso wie der Großvater einst. Veränderungen gingen meist in eine falsche Richtung, das hatte sie ihr kurzes Leben bislang gelehrt. Es war alles gut, solange sich nichts veränderte, solange Frieden statt Krieg war, solange der Wahnsinnige Franz nicht hatte holen lassen, solange Großvater noch lebte, die Mutter noch glücklich war und Mare den Schmerz vergeblicher Liebe noch nicht erfahren hatte.

Veränderungen in Mares Leben beinhalteten Fortgang, Verlust, Enttäuschung, Leid.

Sie träumte Stillstand herbei, die Mutter sollte bleiben, ebenso die Tiere, es sollte Sommer bleiben, freundlich und warm. Doch der Herbst stand an, bald auch der Winter, Veränderung der Natur.

Am frühen Morgen des Abschieds saßen Mutter und Tochter still am Tisch, jede vor sich ein Haferl Kaffee. Die Mutter gab Zucker hinein und rührte langsam und lange, sehr lange, um. Das blecherne Klappern des Löffels war das einzige Geräusch in der Stube. In der vorangegangenen Nacht, kurz bevor sie eingeschlafen waren, hatte Mare Edith gesagt, dass sie nicht mitkommen würde ins Tal. Nie und nimmer. Das Leben da unten sei für sie vorbei, es würde so, wie es einst war, nie mehr zurückkehren. Von Xaver sprach sie kein Wort. Die Mutter ebenfalls nicht. Mutter sagte ohnehin fast nichts mehr. Es sprachen nur ihre tiefen Sorgenfalten und die traurigen Augen. »An Winter fürcht i net da herobn, kenn die Kälte, kenn des Alloasein, hab Speck, Brot, Holz im Keller, hab Großvaters Radio, die Ski san gwachst, Maxerl hilft mir tragn, wann i was vom Tal brauch, und dann san a no die Hennen da für die Eier.« Mares Augen leuchteten, als sie sagte: »Und nächsten Sommer kimmt wieder des Vieh auffi. Und du.«

Edith legte den Löffel beiseite. Sie bettete die Hände in den Schoß, ihre Blicke wanderten durchs Fenster nach draußen und verloren sich in der Morgendämmerung.

»I kimm nimmer.«

Erstaunt sah Mare ihre Mutter an. »Was sagst da?«

Während der Tag über dem Geigelstein langsam erwachte, Regen herabfiel, zuerst zaghaft tröpfelnd, bald heftig auf das Dach und gegen die Scheiben trommelnd, erzählte Edith von Dianas Plan. »Dei Schwester sagt, dass i fortgehn muass von hier, weg vom Schadhubhof. Für wia lang oder ob gar für immer, des ko i net sagn, des bestimmt der Krieg.« Diesen Herbst sollte Xaver in den Kampf ziehen, den Einberufungsbefehl hatte man ihm schon zugestellt. Nun gab es kein Entrinnen mehr, allein den Hof und dessen Fortbestand ließen Hitlers Behörden als Hinderungsgrund gelten. Aber solange Edith dort weilte, so die Kontrolleure, habe Diana ja noch genügend Hilfe für den Stall und das Vieh. Xaver werde dann woanders dringender gebraucht, auf dem Feld nämlich, bei den Kameraden im Kampf gegen die Feinde. »Also muass i gehn, damit der Xaver bleibn ko«, sagte Edith. »Wohin?«, fragte Mare bang. »Weit weg«, antwortete die Mutter leise, »wohin mi der Herrgott schickt.«

Reden nutzte nichts mehr, es war alles gesagt, alles besiegelt worden von oben, von Gott, dem Führer oder dem Schicksal. Wer auch immer jetzt das Leben bestimmte, man hatte sich zu fügen. Wortlos stand Mare auf, sammelte den Almschmuck vom Boden, nahm die schweren Glocken von der Wand und ging in den Stall.

Am frühen Vormittag erschienen drei Landarbeiter, die man vom Schadhubhof für den Almabtrieb heraufgeschickt hatte. Drei stumme Gesellen, fremde, ausgemergelte Gestalten mit schwarzen, ausdrucks- und seelenlosen Augen. Mare war an diesem Tag, als habe Gott seiner Welt die Farben genommen. Alles um die junge Frau herum war grau, die dichten Wolken, die die Sonne verschluckten, die Wiesen, auch die Wälder. Mutter Edith, immer noch in Schwarz gekleidet, hatte ihren Rucksack gepackt, die Stiefel geschnürt und sich eine Haube über das Haar gezogen. Sie drückte ihre Tochter zum Abschied fest, Mare ließ es steif und wortlos geschehen. Ein dunkler Schleier legte sich über den Berg und Mares Gemüt, als sich der Zug mit der

Mutter, den Helfern und dem Vieh gen Tal bewegte und die junge Wiesbeck alleine zurückließ. Sie saß auf der Bank, ihre kalten Hände zum Gebet verschränkt, das Herz verkrampft. Der Trupp hatte die Niederkaseralm bereits erreicht, bald würde er vom Wald verschluckt werden. Das Läuten der Glocken war nur noch ein leises Klingen, da sprang Mare von der Bank. So schnell ihre Füße sie trugen, rannte sie den Fortziehenden hinterher, sie lief, als wäre der Leibhaftige hinter ihr her. Schweißgebadet, atemlos und regendurchnässt holte sie schließlich den Trupp ein.

Als sich Edith umdrehte, Mare auf sie zulief und die Arme ausbreitete, grub sich Unvergessliches ins Hirn der jungen Frau.

»I hab so gweint, als mei Mutter gangn is, hab mi an sie klammert und nimmer losglassn. Den Schmerz hab i bis heit net vergessn kenna«, wird sich Mare fast achtzig Jahre später an den Abschied erinnern.

Kurz nachdem Conny vom Geigelstein verschwunden ist, legt sich, wie so oft auf dem Berg, ein bleierner Nieselschleier über die Hänge. Klamme Feuchtigkeit dringt in jede Ritze, die Wolken hängen tief an den Felsen, und auf den Weiden tanzen die Nebelgeister. Die Menschen bleiben im Tal, für die Wanderer ist die Bergwelt in dieser Jahreszeit zu unwirtlich. Im Hochkessel ist es einsam und trist. Die schwarzen Vögel fliegen nicht mehr durch die Lüfte, sondern sitzen mit zusammengelegten Flügeln in den Felsritzen. Die Mäuse, Murmeltiere und Igel haben sich tief in ihre Bauten verzogen. Allmählich legen sich die Herbststürme, Laubbäume und Lärchen stehen nackt, der Winter kann kommen.

Als die ersten Flocken sanft zu rieseln beginnen, steht Mare barfuß am Fenster und sieht zu, wie sich die Erde gemächlich weiß färbt. Die Sennerin mag den Winter nicht mehr leiden. Früher, als sie noch mit den Skiern unterwegs war, unter die sie Felle geschnallt hatte und damit den Gipfel erklomm, um dann durch den weichen Teppich hinabzugleiten, war der Winter noch ihr Freund gewesen. Früher ging auch das Holzhacken einfacher, und es war stets mollig warm in ihrer Stube. Jetzt ist es nicht mehr so einfach mit dem Holzhacken und Einheizen, ihre Arme sind zu schwach, das Beil zu schwer, die von Conny vorbereiteten Späne sind schon längst aufgebraucht, und niemand kommt, um neue zu hacken.

Die Flocken werden dichter, das Weiß beginnt, in Mares Augen zu schmerzen. Sie zieht die Vorhänge zu und überlegt, wie lange es wohl dauern wird, bis es auf dem Berg wieder grünt.

Es könnte jetzt November sein, vielleicht auch erst Oktober. Mare kennt die Monate nur noch dem Namen nach, Zeitgeber des Jahresablaufs sind sie für sie schon lange nicht mehr. Bewusst wird ihr nur ein ganz bestimmter Tag im November, weil dann die Menschen mit Blumensträußen und Schnäpsen kommen, um Mares Geburtstag zu feiern. War es letztes oder vorletztes Jahr, dass man ihr zum Neunzigsten gratuliert hatte? Mit einem Ständchen der Aschauer Musikanten, einem Tusch der Jäger, einer Ansprache des Bürgermeisters, den man in einem Auto nach oben gekarrt hatte. Was für ein Aufwand für eine alte Frau, hatte die Sennerin gedacht.

Mare zieht die Vorhänge wieder zur Seite. Wann kommt Conny?

Sie sollte bei dem Wetter nicht mit dem Auto fahren. Es kann gefährlich sein und ein Unglück passieren, so wie damals, als der *Hundei* kurz vor der Oberkaseralm in einer Kurve abrutschte, sich ein Mal überschlug und kopfüber im Schnee steckenblieb. Nur weil ihr Conny Knödel mit Sauce bringen wollte. Knödel, Sauce, Apfelmus, Spätzle, Leberknödelsuppe, allerlei Gerichte schießen Mare jetzt durch den Kopf. Ihr Magen ist grimmig, seit Tagen hat er kein Essen mehr bekommen. Mal hatte Mare den Hunger einfach vergessen, mal war sie über ihn hinweggedämmert. Die Sennerin steigt wieder in den Keller, eigentlich müsste sie wissen, dass dort nichts mehr zu finden ist, selbst die letzten Dosen Erbsen und Mais sind weg, ebenso das Katzenfutter. Das hat Mare letzte Woche verzehrt, mit Schnaps und Würfelzucker zum Nachtisch. Die Greisin leuchtet mit ihrer Taschenlampe die leeren Regale ab, schüttelt den

Kopf und klettert wieder die Stiegen hoch. Ihre nackten Füße und Hände sind kalt und geschwollen. Ihr ist übel, und als Schwindel über sie kommt, kippt sie rückwärts auf ihr Bett. Kurz überlegt sie, wann sie das letzte Mal gegessen hat. Sie kann sich nicht mehr erinnnern. »Weckst mi auf, wann die Conny da is«, sagt sie zum Berggeist, bevor sie die Decke über sich breitet und die Augen schließt.

Bald liegt der Schnee einen Meter hoch, und immer noch fallen dichte Flocken vom Himmel. Die weiße Decke, die sich über dem Berg ausgebreitet hat, wird höher und höher. Seit Tagen haben sich keine menschlichen Spuren auf ihr abgezeichnet.

Verhungern ist ein qualvoller Tod. Langsam versagen die Organe, der Kot wird zu Stein und verstopft den Ausgang, alles schmerzt. Das Gehirn will nicht mehr so richtig arbeiten, es lässt sich vom Willen kaum noch lenken, treibt mit einem, was es will. Es macht Träume zur Wirklichkeit und umgekehrt. Sind es Katzen, die nachts durch die Stube schleichen oder Mäuse? »Miez, kimm«, flüstert Mare den huschenden Schatten zu. Jesus hat sein Kreuz verlassen und tanzt auf dem Tisch, sein Lendenschurz wippt fröhlich auf und ab, der Berggeist weht um den Heiland herum. Die Schnapsflasche am Bettrand ist leer, Mare ist zu schwach, um sich Wasser zu holen. Ihre Zunge klebt am Gaumen, und die Augen liegen tief in den Höhlen. Die Schmerzen kommen und gehen in Wellen, kaum mehr zu ertragen, bis Schwäche, Ermattung und Kapitulation regieren. Draußen rieselt der Schnee, Tag und Nacht, Mare hört die Flocken auf das Dach fallen. Der Berggeist hockt neben ihr auf dem Bett und grinst sie an. Aus der Tiefkühltruhe steigt durch eisige Luft die Gams, die einst der Wilderer Konrad bei ihr gelagert hatte. Zuerst sieht Mare ihren bleichen Schädel, dann das Hinterteil, eine gehäutete Keule, das Schwänzchen, dann einen zweiten Kopf, in dem drei grüne Augen stecken. Und im Türrahmen steht ein Skelett, es trägt einen grünen Rucksack auf dem Rücken. Mare kennt es und weiß, wer vor ihr steht, lange schon ermordet: Konrad.

Konrad trat in Mares Leben, als die Welt aus den Fugen geriet, alte Grenzen überschritten und neue gezogen wurden. Das Leben war ein Kampf gegen das Verzagen, Verhungern und gegen das Sterben. Geschwader durchpreschten den Himmel, Rauch stieg über den Städten auf, und die Menschen versteckten sich in Kellergewölben. Eine neue Welt sollte geschaffen werden, in Russland, in Afrika, in Europa, sagten die Stimmen aus dem Radio, und man sei auf dem besten Weg dorthin.

Im November 1942 wurde Mare achtzehn Jahre alt. Sie zündete eine Kerze an, kniete vor dem Herrgottswinkel nieder und betete stumm.

Der erste Schnee fiel, der zweite Winter kam. Die Almen lagen verlassen, einzig die Priener Hütte hatte ihre Pforten geöffnet. Doch immer noch kamen Wanderer in die Berge, um inmitten der Kriegswirren ein klein wenig Stille und Frieden zu erleben. Manchmal klopften sie bei Mare an die Tür. Es waren die einzigen Momente, in denen Mare ihre eigene Stimme hörte.

Unendlich viele Tage und Nächte vergingen, in denen die junge Wiesbeck kein Gesicht zu sehen bekam. Nur das ihre, wenn sie in den Spiegel blickte.

Sie lernte, mit ihrer Einsamkeit umzugehen wie mit der Kälte und der Dunkelheit, wenn ihre Hütte unter dem Schnee verschwand.

Hin und wieder schnallte sie ihre Skier an oder sattelte Maxerl und begab sich ins Tal, um Proviant, Batterien für den Volksempfänger und die Taschenlampe zu holen, oder

Wolle, aus der sie allerlei Wärmendes strickte. Sie unterhielt sich mit den Katzen, las ihnen das Märchen *Vom gestiefelten Kater* aus Mutter Ediths Buch vor. Manchmal sprach sie auch mit den wenigen Wanderern, die es in die Berge zog. Und dann war da noch der Berggeist, der kam immer nachts, wenn sich Mare in vollkommene Dunkelheit begab, um Kerzen und Streichhölzer zu sparen. Der Berggeist kam dann durch den Kamin geweht und sprach ihr Mut zu, sobald nachts das dunkle Grollen der Flieger zu hören war. Abends saß sie am Feuer und starrte in die lodernden Flammen. Nachts kuschelte sie sich fest in ihrer Daunendecke ein und ließ sich von ihren Träumen davontragen. Ihr Leben folgte den Naturgegebenheiten, die sie bei Schneestürmen in ihre Hütte verbannten und nach draußen zogen, wenn die Sonne schien. Dann baute sie einen Schneemann wie in Kindestagen.

Mare begann, ihre Hütte als innere und äußere Festung zu begreifen, die sie schützen sollte vor all dem Wahnsinn, der in dieser Zeit über die Menschen hereingebrochen war. Sie arrangierte sich mit der Kargheit, die sie umgab. Wehmütige Gedanken, Trauer und Sehnsucht erstickte sie mit dem starken Willen, ihre Heimat als solche zu begreifen und lieben zu lernen.

So durchlebte sie den Winter, diese kalte, unbarmherzige Zeit, bis das Frühjahr kam und die Sonne den Schnee schmelzen und die ersten Blumen wachsen ließ. Sie wanderte hinauf zum Gipfel des Geigelsteins und sah ins Tal hinab oder hinüber zum Wilden Kaiser mit seiner Zackenkrone. Bald wurden die Wiesen sattgrün, Mare richtete die Zäune, schnitt die Latschen zurück, sammelte die Steine von den Weiden und schichtete sie zu kleinen Mauern auf. An manchen Tagen wurden wieder die Strafgefangenen wie

Tiere den Berg hinaufgetrieben. Die Schattengestalten arbeiteten in den nieder gelegenen Wäldern, schlugen und schleppten Holz oder krochen über die Weiden und bereiteten den Boden für die Kühe vor.

Bald kam der Sommer und mit ihm das Vieh, auch Mares erstes Kälbchen, das inzwischen zu einem prächtigen Jungochsen herangewachsen war. Der Schadhubbauer hatte wieder irgendwelche Landarbeiter mit dem Almauftrieb beauftragt. Die Nachrichten, die diese vom Samerberg mitbrachten, stimmten Mare bitter. Sie berichteten von zahlreichen Beerdigungen, die auf dem Samerberg begangen wurden, und von den vielen behördlichen Kontrolleuren, die nahezu alles abtransportieren ließen, was die Höfe hervorbrachten. Franz hatte man zwischendurch zur Erholung auf den Samerberg entlassen, kurze Zeit später wieder abgeholt und zurück in die Schlacht geschickt. Man brauchte jeden Mann, ganz gleich, in welchem Zustand er sich befand. Franz musste schlecht ausgesehen haben, so mager und schwach, dass man sich wunderte, woher er noch die Kraft nehmen wollte, ein Gewehr in den Händen zu halten. Die ehemalige Bäuerin Edith, hieß es, sei nach Wasserburg gereist, zu einer entfernten Verwandten, von wo aus sie später weiter gen Norden des Landes gezogen war. Als die Landarbeiter von Bauer Xaver berichten wollten, sagte Mare nur: »Will i net hörn.«

Der Krieg tobte unvermittelt weiter, zwar überwiegend in der Ferne, in England, Russland, auf dem Balkan, in den Ländern des Mittelmeers und in Afrika, gleichwohl höhlte er auch die Seelen und Körper der hiesigen Menschen aus. Sogar auf dem Geigelstein gab es Spuren des Krieges. Für die Mitarbeiter des Nachrichtendienstes hatte man eine kleine Erholungsalm errichtet. Mit ihr kam die erste Telefonleitung auf den Berg. Und Rosas Niederkaseralm diente Soldaten für eine gemütsberuhigende Kampfpause. Junge Männer gingen dort ein und aus, im Winter fuhren sie Ski, an den schneefreien Tagen stromerten sie durch die Bergwelt, Kräfte sammeln, um für eine kurze Zeit das Schreckliche und Zerstörerische zu vergessen. Im Sommer zogen sie von Alm zu Alm, kehrten mal bei den drei Sennerinnen der Kaserei ein, mal bei dem Finsterwalder, auch bei Mare saßen sie vor der Hütte auf der Hausbank, sangen Soldatenlieder, tranken mitgebrachtes Bier und erzählten Geschichten von der Front, grausige und heroische. Mare sah dann im Geiste ihren Bruder Franz, wie er verängstigt und zusammengekauert im Schützengraben lag. Sie erfuhr auch, dass man die Juden wie Vieh zusammentrieb, in Eisenbahnwaggons steckte und in ferne Arbeitslager schickte. Manchmal erzählten die Vorbeikommenden auch, was sich in unmittelbarer Nähe abgespielt hatte, unten im Tal, im nahegelegenen Aschau, wo der unglückselige Auer Hiasl lebte. Mare kannte den Hiasl gut, denn er war öfters auf dem Geigelstein aufgetaucht, ein lustiger alter Gesell, der stets einen großen schwarzen Hut und einen üppigen Bart trug. Viele Jahre verdiente er sich als Holzknecht des Barons Cramer-Klett sein Zubrot. Als Mare ihn zum ersten Mal sah, war der Hiasl bereits in die Jahre gekommen, sein Gang war schleppend und seine Stimme leise, wenn er auf der Oberkaseralm Rast machte. Hiasl erzählte dann Geschichten von ganz früher, so wie der Großvater es einst getan hatte, nur etwas wirrer. Mal sprang er vom Ersten zum Zweiten Weltkrieg, dann zurück in die Zeit, in der er ein Kind war und auf dem Rücken einer alten Haflingerstute saß. Dann schwieg er plötzlich, und Mare wartete, bis er die Stille selbst unterbrach, um wieder wahlweise vom Ersten oder Zweiten Weltkrieg zu sprechen. Mare mochte ihn gut leiden, den gutmütigen, sanften Mann. Eines Tages sagte der Hiasl, er würde jetzt nicht mehr kommen können, die Beine seien zu schwer, die Augen zu schwach und der Berg zu hoch. Der Herr Baron hatte ihm ein Zimmer im Altersheim in Aschau zugesagt. »Dann kimm i obi zu dir und bsuch di«, hatte Mare ihm versprochen. Doch wenige Wochen, nachdem sie den Hiasl zuletzt gesehen hatte, erzählte ein junger Soldat aus Aschau, man habe den alten Mann auf Anordnung der Nationalsozialistischen Partei fortgebracht, wohin genau wisse niemand zu sagen. Übrig vom Hiasl blieb nur ein kleines Bündel seiner Habseligkeiten, das man seiner Familie mit der Nachricht zugesandt hatte, der Hiasl sei leider verstorben. »Verstorben«, lachte der Soldat, »umbracht habns den, weil er nimmer so ganz dicht in seinem Schädel war. An solchn braucht der Herr Führer net.«

Mare verstand die Welt nicht mehr, und wenn sie abends zum Heiland betete, fragte sie ihn: »Hast des wirklich so wolln, wias auf derer Welt grad zugeht?«

Frühling: in dem der Schnee getilgt wird, Sommer: voller Arbeit und Leben, Herbstbeginn: mit Almabtrieb und Vorbereitung für die bevorstehende Kälte und Einsamkeit, Winter: Rückzug. Erneutes Erwachen, wärmende Sonne und sprießende Pflanzen im Frühling, Almauftrieb im Sommer. Das schöne und arbeitsreiche Leben mit den Tieren und den Sennern kehrte zurück …

So vergingen für Mare die nächsten Jahre im Rhythmus der Natur, bis sich in Deutschland alles dem Ende näherte. Die Hoffnung auf Frieden sank, der Hunger wuchs, auch oben auf der Alm. Mare hatte es schwerer als zuvor, denn sie hatte die Mulis nicht mehr im Stall, die ihr das Tragen der Lasten abnahmen. Maxerl hatten die Soldaten der Niederkaser erschossen, nachdem das Muli aus der Weide ausgebrochen und herrenlos über die Hänge, vorbei an der Niederkaseralm, gelaufen war. Mare hinterher. Sie meinten es sicher nicht schlecht, dachte Mare später. Vielleicht hatten sie ihr bloß behilflich sein und das Tier aufhalten wollen, indem sie Steine aufnahmen und diese auf Maxerl warfen. Als dabei ein Bein getroffen wurde, strauchelte das Tier und fiel zu Boden. Der Knochen trat spitz aus der Haut hervor, er war gebrochen, und Mare sah schnell ein, dass ihrem Tier nichts mehr helfen konnte. Ein Knall hallte durch den Kessel, Maxerl tat seinen letzten Atemzug, Tage später hing Mares treuer Geselle in Stücke zerteilt zum Räuchern im Kamin der Oberkaseralm.

War in den Jahren zuvor all das Kämpfen und Töten am Geigelstein weitgehend vorbeigezogen, rückte das Elend nun näher. Zunächst trieb der Hunger die Menschen in die Berge, wo sie im Wald verzweifelt nach Essbarem suchten. Nachts huschten Männer mit ihren Gewehren zwischen den Bäumen umher, schmuggelten Waren von Österreich nach Deutschland oder schossen jedwedes Tier, das ihnen vor die Büchse kam. Grenzpolizisten trieben sich ebenfalls in der Gegend herum und jagten all jene, die gegen die Gesetze verstießen. Es verging kein Tag, an dem nicht einer von den Uniformierten bei Mare auftauchte und fragte, ob sie irgendein verdächtiges Subjekt gesehen habe. Die Sennerin zuckte dann nur mit den Achseln. »Nix ghört, nix gsehn«, sagte sie.

Nachts hörte sie Schüsse knallen, und hin und wieder, wenn Mare tagsüber durch die Wälder strich, um etwas Holz zu sammeln, stieß sie auf Blutlachen, die mit dem

Schnee zu einer sulzigen Masse verschmolzen waren, daneben Schleifspuren von Menschenkörpern, die mal einen Schuh, mal eine Mütze verloren hatten.

Eines späten Abends im tiefen Winter des Jahres 1944 klopfte es an Mares Tür. Die junge Sennerin lag bereits im Bett und hatte geschlafen. Es war weniger die Angst, die sie zu einem Beil greifen ließ, als vielmehr Vernunft. Angst war kein guter Begleiter in diesen Zeiten, sie hätte alles nur schlimmer gemacht, und so war sie bei Mare dem blinden Vertrauen zu Gott gewichen, auch wenn dieser so viel Tod auf Erden zuließ.

Mare schlich zur Tür. »Wer is da?«, rief sie. »Bin der Konrad, bitte aufmachn, brauch a Hilfe«, gab eine Männerstimme zurück. Die junge Frau öffnete vorsichtig, das Beil fest in der Hand. Vor ihr stand ein junger Bursche in einem langen Mantel. Den breitkrempligen Hut hatte er sich tief ins Gesicht gezogen. Auf den Schultern lag blutend ein Gamsbock. In der rechten Hand hielt der Kerl ein Gewehr. Er lehnte es an die Hauswand. »Lasst mi eini? Hab auch a Gschenk dabei.« Mit einem dumpfen Geräusch plumpste der Tierkadaver zu Boden, Mare direkt vor die Füße. »Kriegst a Fleisch, wennst ma helfst«, sagte Konrad. »Kenn di net«, antwortete Mare, »noch dazu bist wohl a Fahnenflüchtiger und a Wilderer außerdem, so wias ausschaut. Wenn di jemand bei mir erwischt, habn wir beide an Ärger.« Ihre Blicke glitten von dem hohlwangigen Gesicht den Körper hinab und blieben an den Füßen hängen. Der Mann hatte keine Stiefel an, sondern stand nahezu barfuß im Schnee. Von den Socken waren nur noch Fetzen übrig, vorne ragten die Zehen heraus, die kaum mehr als solche zu erkennen waren. Der Fremdling stand auf zwei blutig eitrigen Stumpen. »Willst, dass i derfrier? I will mi nur kurz aufwärmn, bevor der Tag anfangt, bin i wieder weg«, sprach der Wilderer.

»Koa Wunder, wennst koa Stiefel anhast«, gab Mare zur Antwort.

Der junge Mann lächelte gequält und zeigte auf seinen Rucksack. »San da drin, weißt, is besser auf Sockn als auf dene gnagelten Bergstiefel. Is ruhiger beim Pirschn.«

»Wieso bist net im Krieg?«, fragte Mare. »Sie haben doch alle Burschen einzogn.«

Konrad schob Mare sachte zur Seite. »Bin halb am Erfriern«, sagte er und betrat die dunkle Stube. »I bin im Krieg, weil überall Krieg is, auch da aufm Berg. I kannt di genauso fragen, warum du da herobn bist im Winter, wo koa Vieh da is.«

»Geht di nix an«, erwiderte Mare und folgte ihm in die Hütte.

Konrad zündete sich eine Zigarette an und sah sich im Schein des Streichholzes um. »Is gar so finster hier«, meinte er und hielt das Feuer an den Docht einer Petroleumlampe.

Mare ließ alles geschehen: Dass der Mann am Herd Feuer machte, seinen durchnässten, blutdurchtränkten Mantel auszog und zum Trocknen an einen Nagel hängte.

Mare ließ zu, dass der Eindringling einen Kessel Wasser aufsetzte, um Tee zu kochen. Und dass er sich dann an den Tisch setzte und zu erzählen begann. Geflohen von der Front sei er, tagelang durch die Gegend geirrt, und von wem er nun erschossen werde, würde jetzt auch keine Rolle mehr spielen, lieber in den Bergen sterben, die seine Heimat waren. »Ja, i bin a Wilderer«, sagte er trotzig. »Aber a jeder hat a Recht zum Überlebn, und des Vieh im Wald is für alle da, net nur für die Leit, die a Geld habn und auf d' Jagd gehn, um sich a Trophäe in die Stube zu hängn.«

Seine Eltern hatte eine Krankheit dahingerafft, seine drei Brüder waren fürs Vaterland gestorben, nun gab es nur noch Konrad, der auf der anderen Seite des Geigelsteins Holzknecht war, bevor der Führer ihn in den Krieg schickte. Was hatte er noch zu verlieren? »Wanns mi da herobn im Wald erschießn, is des doch der bessere Tod als irgendwo in Russland«, sagte er.

Seine Stimme war sanft, sein Blick traurig, die Schultern schmal, ein junger Kerl, gerade einmal dreiundzwanzig Jahre alt.

Konrad erinnerte Mare an ihren Bruder Franz, und bei seinem Anblick wurde ihr warm ums Herz. Sie beobachtete ihn, wie er seine blau angelaufenen, wunden Hände am Feuer rieb und zwischendurch seine Füße wärmte, beziehungsweise das, was noch von ihnen übrig war.

Mare zeigte auf sie. »I mach dir a Wundpflaster, muasst doch Schmerzen habn, des schaut ja aus wia a Brei«, sagte sie. Sie griff in einen Steinkrug, der hinter dem Herd stand, und fischte eine Handvoll getrockneten Schierling heraus. Den gab sie zusammen mit einem großen Esslöffel Schweineschmalz in einen Topf, den sie über das Feuer hängte. »Was mach ma jetzt mit der Gams?«, fragte sie, während das Gemisch vor sich hinköchelte. »Teilen«, antwortete Konrad. »Seh dir doch an, dass du an Hunger hast, Mädel, so wia a jeder in derer Zeit.«

Lange schon hatte Mare kein Fleisch mehr gegessen, Maxerl war längst verzehrt, ihre karge Kost bestand nun aus Kartoffeln, Kohl, Mehlspeisen. Einmal hatte sie ein Huhn geschlachtet und in der Kammer aufgehängt, um anderntags eine Suppe davon zu kochen. Doch einer von der

Grenzpolizei hatte es ihr genommen. »Private Schlachtungen sind verboten«, hatte er drohend gesagt.

»Teilen, aha«, sagte Mare jetzt und drückte das heiße Schierlingsfett durch ein Tuch, um die glasige Flüssigkeit danach zusammen mit einem Stückchen Baumharz und den Wachsresten einer Kerze erneut in den Topf zu geben und wieder über das Feuer zu hängen. Dann schüttete sie warmes Wasser in einen Eimer, nahm einen Lappen und setzte sich vor dem Wilderer auf den Boden, um seine wunden Füße von Blut, Eiter und Dreck zu befreien. »Mei, wia ko ma auf dene Stumpn no hatschn!«, murmelte sie. Als der Mann vor Schmerzen zusammenzuckte, fuhr sie ihm zart und vorsichtig über das Wadenbein. »Tut nimmer lang weh.« Nachdem alle Ingredienzien im Topf zu einer weichen Paste verschmolzen waren, strich sie diese mit sanften Bewegungen über die offenen Wundstellen. »So, jetzt hast a guads Pflaster überall, a Pflaster, des a no heilt. Jetzt kriegst no a Paar trockne Socken und Großvaters Stiefel, die kanntn passn.«

Dann tranken sie schweigend Tee. Ihre Blicke trafen sich im flackernden Licht der Petroleumlampe, während draußen ein Käuzchen schrie.

Nachdem sich der junge Wilderer aufgewärmt hatte und die Tassen geleert waren, machten sie sich an die Arbeit. Gemeinsam zogen sie den Kadaver quer durch die Stube in den Stall. Sie hängten das Tier mit einem Seil an einen Balken und stießen ein Messer in den Kadaver. Mit einem Eimer sammelten sie das Blut auf, das noch warm aus ihm herausfloss. Dann zogen sie dem Bock das Fell über den Kopf, schnitten den Körper auf und teilten das Fleisch in Stücke. »Was, wenn jetzt jemand kimmt?«, fragte Mare hin und wieder, huschte hinaus vor die Tür und sah angestrengt in die Dunkelheit, um zu erkennen, ob sich aus ihr ein verräterischer Schatten herausschälte. Sie sah Konrads Spuren im frischen Schnee, und ihr wurde klar, dass man ihn und das Tier bald in ihrer Hütte finden würde, begänne es nicht bald zu schneien.

Es war weit nach Mitternacht, als sie mit dem Zerlegen fertig waren. Ein großes Stück Fleisch zerteilten sie mundgerecht, um es später in die Pfanne zu werfen. Danach vergruben sie die Knochen und den Schädel hinter dem Haus, packten die restlichen Fleischteile in eine große Milchkanne und trugen sie hinauf zu den Felsen, wo sie die Kanne samt Inhalt im Schnee vergruben. Weit nach Mitternacht brutzelte endlich das Festmahl über dem Feuer.

»Wo gehst jetzt nachhert hin?«, fragte Mare, während sie das Essen in sich hineinschlang. Konrad sah sie lange an und schüttelte den Kopf. »Irgendwohin, bis sie mi findn.«

»Willst heit in derer Nacht scho weg?«

Der Mann lächelte sie an und schwieg. Er sah müde und erschöpft aus, weit würde er in diesem Zustand nicht kommen.

»Kannst bei mir bleibn«, schlug Mare vor. »Bis der Tag anfangt.«

»Is eh nimmer lang«, antwortete der junge Wilderer.

Konrad war der erste Mann in Mares Leben, der in der Nacht zugegen war, ein schöner Mann, wenn auch dürr wie ein Gerippe.

Es gab kein Heu mehr im Stall und kein Stroh, auf das sie den Gast hätte betten können. Die Bank in der Stube war zu schmal, der Boden zu kalt.

Im Krieg war alles anders, die Einsamkeit groß, und auf der Alm sah nur Gott sie, niemand sonst. Mare schlüpfte unter die Decke. »Kimm«, sagte sie zu dem Mann.

Konrad blieb eine ganze Woche, bis er wieder zu Kräften gekommen war. Tagsüber hielt er sich in der Hütte versteckt, sein Rucksack war mit Proviant gefüllt, stand jederzeit für die Flucht griffbereit. Mare blickte stündlich hinab ins Tal, ob jemand käme. Doch war das Wetter in diesen Tagen so schlecht, der Schneefall derart dicht, dass der Geigelstein nur den beiden jungen Menschen und den Tieren, die auf ihm lebten, gehörte.

Sie kamen am ersten Tag, an dem die Sonne wieder schien. Mare sah sie schon von weitem, eine kleine Truppe dunkler Gestalten näherte sich langsam von unten herauf durch den Schnee. Eilig zog Konrad den Mantel über, packte Gewehr und Rucksack. »Den Rest der Gams behalt du«, sagte er und schloss Mare in seine Arme, »werst ihn eher brauchn wia i.« Dann kletterte er die Felswand hinter der Hütte hoch, um keine verräterischen Spuren im Schnee zu hinterlassen. Mare räumte die Stube auf, wusch das Geschirr und stellte es zurück ins Regal. Sie drehte das Radio an, suchte nach dem Sender, der Siegeswillen verkündete, und während das Volk auf Treue und Kampf einschworen wurde, kniete sie vor dem Heiland nieder und verfluchte diesen verdammten Krieg, der nicht enden wollte.

Die grauen Gestalten standen bald vor ihrer Tür, Soldaten, kaum älter als Franz und Konrad. Sie polterten gegen das Holz, und als Mare öffnete, schoben die Kerle sie zur Seite und drangen in die Hütte ein. Jeden Winkel durchsuchten sie, leuchteten mit ihren Taschenlampen die Milchkammer und den Keller ab, sie nahmen die junge Sennerin ins Kreuzverhör, bedrohten sie, schimpften sie eine Verräterin und Hure. »Wir wissen, dass sich ein gewisser Landesverräter namens Konrad Gruber irgendwo auf dem

Geigelstein aufgehalten haben soll. »Wer lebt denn hier drobn, ihr oder i?«, pampte Mare zurück. »Und wenn i sag, hier hat's koan Konrad gebn, dann is des so.« Bevor sie gingen, steckten sie noch Mares Kaffeedose, einen Laib Brot und ein Stück Käse in ihre Taschen. »Wenn wir ihn finden, kommen wir zurück, darauf können Sie sich verlassen, Fräulein Wiesbeck.«

Konrad sollte nicht der einzige Fahnenflüchtige auf dem Geigelstein bleiben. Ihm folgten alsbald Scharen von verlorenen Gestalten, die ermattet die Flucht von Österreich nach Deutschland über den Berg angetreten waren, da im Tal die Grenzpatrouillen kaum zu umgehen waren. In den Rucksäcken hatten die Deserteure alte, zerfetzte Kleidung, die sie im Schutz der Geigelsteiner Hütten gegen ihre Uniform tauschten. Die Gewehre warfen sie achtlos weg, überall an den Almen, auf den Hängen und in den Wäldern lagen sie verstreut. War der Berg einst ein Zufluchtsort, an dem das Schöne, Friedliche und Ruhige gesucht wurde, hetzten ihn die Menschen, die nichts anderes wollten als überleben, nun hinauf und hinunter. In ihren Augen lag Panik, die Mägen knurrten, und Mare hatte alle Hände zu tun, ihre Wunden zu pflegen. Auf ihrem Tisch hatte sie allerlei Fläschchen aufgereiht, Heilsäfte, die sie gebraut hatte. Die meisten der Fliehenden blieben nur ein paar Stunden, tranken ein wenig, löffelten die dünne Gemüsesuppe, die Mare angesetzt hatte. Die einen brachten kein Wort mehr heraus, das Erlebte hatte sie verstummen lassen. Die anderen erzählten Geschichten, die Mare den Atem stocken ließen. Dann machten sich die Geschundenen wieder auf den Weg, schleppten sich im Schutz der Dunkelheit durch die Bergwälder irgendwohin ins zerstörte Land.

Der Berg verlor an Erhabenheit, an Stille und Schönheit. Dahin war es mit der Unberührtheit der Natur, der Schnee wurde schmutzig, und als im Frühjahr nach der Schmelze zaghaft die Blumen aus der Erde wuchsen, waren sie von den Flüchtigen schnell zertrampelt. Regnete es, wurden die Wege matschig, und oben, auf dem Nebengipfel des Geigelsteins, lag, in tausend Teile verstreut, ein eiserner Vogel, den man abgeschossen hatte. Mit einem roten Streifen, einer schwarzen Schleppe und zwei jungen Männern war der Bomber auf die Erde hinabgesaust, der Knall bei seinem Aufprall hallte über die Hänge des Bergkessels. Vom Himmel fielen nicht nur Regentropfen, an manchen Tagen fielen auch leere Kanister auf die Erde, die die Kampfbomber zur Gewichtsreduzierung abwarfen. Mare sammelte einige von ihnen auf, reinigte sie und stellte sie in den Stall. Vielleicht waren sie ja irgendwann für irgendetwas zu gebrauchen.

Nie war das Sterben sinnloser als in diesen Zeiten, es erfasste jetzt auch die ganz jungen Burschen, die der Führer für sein Ziel opferte, wenngleich dieses schon lange in unerreichbare Ferne gerückt war. Die Städte waren inzwischen heillos zerbombt, alles lag in Schutt und Asche, und wer noch lebte, litt arge Not. Auch Mare. Das Holz war knapp geworden, das Essen auch. Die Regale der Läden im Tal, vor denen sich lange Schlangen bildeten, waren leer, und Mare kehrte von ihren Ausflügen stets mit knurrendem Magen zurück auf ihre Alm. Sie fror, hungerte, hoffte auf den Sommer, der Beeren und Pilze wachsen ließ und die Kühe zu ihr nach oben bringen würde, zumindest das Vieh, das auf dem Schadhubhof noch übrig geblieben war.

Mitten im Wahnsinn des Zerstörens, am 30. April 1945, stahl sich der Führer davon, indem er sich eine Kugel durch den Kopf jagte. »So a Feigling, dieser depperte Hitler«, schimpfte Mare zum Herrgott, »erst ois zerstörn und über des Leben der andern bestimmn, dann, wenn ois kaputt is, aufhörn zu lebn, damit er seiner grechten Strafe entkimmt.«

Man hatte endlich Frieden geschlossen, die Kampfmaschinen standen still, über den Himmel flogen keine Bomber mehr. Die Almen haben die Kriegsjahre heil überstanden, es hätte ein guter, schöner Sommer werden können in dieser bergigen Oase, in der man keinen Schutt wegzuräumen hatte und wieder Stein auf Stein setzen musste. Die Tiere wurden aufgetrieben, und im Hochkessel klangen wieder die Glocken. Die Menschen zogen nicht mehr als Deserteure durch die Gegend, sondern als hungernde, nach Essbarem suchende Bettler. Nach und nach verschwanden auch sie, und es schien, als sei endlich Ruhe eingekehrt.

Es war eine trügerische Stille von ein paar Wochen. Dann tauchte plötzlich das Fremde am Geigelstein auf, wie es fremder für Mare nicht sein konnte.

Sie kannte das Fremde aus dem *Struwwelpeter*, dort zumindest hatte sie es zum ersten Mal gesehen. Mare war vier oder fünf Jahre alt, als der *Struwwelpeter* zu Weihnachten unter dem Christbaum lag. Sie liebte die bunten Bilder, konnte irgendwann auch die Zeilen, die unter ihnen standen, auswendig heruntersagen. »Schau genau hi und hör genau zu«, hatte die Mutter immer gesagt, bevor sie zu lesen begann. »Lernst fürs Leben.« Das Fremde war Mare unheimlich, es war so dunkel, so anders. Aber man durfte nicht über das Fremde lachen, ansonsten landete man im Tintenfass. »Gott hat alle Menschen gleich gemacht, auch die Mohren in Afrika, von da kemmans nämlich her«, sagte

Großvater, wenn Mare mit dem Finger auf das Fremde zeigte und fragte: »Schau hi, wia der ausschaut. Hoaßt der Mohr aso wia bei uns des Moor, weil er so schwarz is?« Mutter Edith zuckte mit den Schultern. »Ko scho sei.« »Neger san des«, sagte Franz, »Mohr sagt man nimmer zu dene.«

Mare legte im Stall gerade getrocknete Tollkirschen gegen die Mäuse aus, als er plötzlich hinter ihr stand und »Hello« sagte. Sie hatte ihn nicht kommen hören, er war plötzlich da, riesengroß mit breiten Schultern und einem pechschwarzen Gesicht. Seine Zähne strahlten, als hätte man sie mit weißem Lack angestrichen. Mare hatte im Lauf ihrer Sennerzeit viele Menschen kommen und gehen gesehen, die sie nicht kannte, dennoch waren sie ihr auf irgendeine Weise vertraut, sie waren Deutsche oder Österreicher, sagten: »Servus, Grüß Gott, habe die Ehre«, sagten etwas, was Mare verstand. Jetzt aber baute sich vor ihr ein Mann auf, ein Mohr, ein Neger, ein Mensch, der ihr beängstigend fremd war, hier im Halbdunkel des Stalls, durch dessen kleine Fenster nur blasses Licht drang. Mare trat einen Schritt zurück, ihr Kiefer klappte nach unten, doch bevor sie etwas sagen konnte, nahm der Schwarze sie auch schon am Arm und zog sie in die Stube. Er sagte *sitdaun* und zeigte auf die Bank. *Sitdaun*. Das war Englisch, das hatte Mare ab und zu bei Franz gehört, als der Vokabeln übte. »Sit down«, sagte der Schwarze nochmals. Mare setzte sich. Er zog aus seiner Tasche, deren Gurt er sich quer über den Oberkörper gelegt hatte, ein Stück Papier. »Lesen«, sagte er mit einem gewölbten L.

Mare zog das Geschriebene zu sich und sah drauf.

Da standen lauter Namen, die meisten von ihnen klangen vertraut, bayerisch, so wie die Leute in der Gegend halt hießen. »All Nazis, all Verbrecher«, sagte der Fremde. »You have gesehen hier?«

Mare schüttelte den Kopf. »Kenn i net.«

Der Mann lächelte und begann, sich in der Stube umzusehen. Er öffnete die Vorratskammer und sah hinein, dann klappte er den Deckel zum Keller auf und stieg hinab, er durchforstete den Stall, umrundete die Hütte und inspizierte alles von außen. Schließlich setzte er sich wieder neben Mare auf die Bank. »Read again«, sagte er und hielt ihr den Zettel mit den Namen dicht vor die Nase. Mare schüttelte abermals den Kopf. »No?«, fragte der Mann nach einer Weile. »No«, antwortete Mare.

»Tea?«, fragte er, nahm eine leere Tasse, die auf dem Tisch stand, und führte sie zu seinem Mund. Mare verstand, *Ti* könnte Tee sein. Sie machte Feuer und stellte einen Kessel darüber.

Der ausländische Kerl, Mare schätzte ihn auf dreißig Jahre, war freundlich, er redete mit Händen und Füßen, denn seine Sätze, halb Deutsch, halb Englisch, waren kaum zu verstehen. Aber Mare begriff schnell, dass auch er ein Jäger war, ein Jäger, der im Auftrag der Sieger Nazis jagte, die sich in den Bergen versteckten, weil sie für den Führer Verbrechen begangen hatten. Mare wollte von all dem nichts mehr hören. Aus Recht wurde Unrecht, aus Pflicht ein Vergehen, ihre Heimat schien nur noch aus Jägern und Gejagten zu bestehen. Auch sie war einst eine Flüchtige gewesen, die man auf dem Hof nicht mehr haben wollte. Auch Edith war geflohen, immer noch wusste Mare nicht, wohin es die Mutter verschlagen hatte. Und Franz? Zählte er auch zu den Fahnenflüchtigen, die irgendwann die Sinnlosigkeit des Kämpfens erkannt hatten? Lebte er überhaupt noch? Wann wäre endlich Schluss mit all dem? Still saß sie dem schwarzen Mann gegenüber und musterte seine großen Lippen. A Neger in meiner Hüttn, des hätt der Großvater nia glaubt, war das Einzige, was ihr dabei durch den Kopf ging.

Sie war froh, als der Mann endlich gegangen war. Ein Hauch seines Geruchs lag noch in der Luft wie ein Fremdkörper. Mare öffnete alle Fenster und die Tür. Dann nahm sie einen Schrubber und schüttete den Rest heißes Wasser im Kessel über dem Boden aus. Sie reinigte den Tisch, wusch die Teetassen ab und gab den Blumen frisches Wasser.

Nichts von all dem, was draußen in der Welt vor sich ging, sollte in ihrer Hütte Einzug halten. Mare war Sennerin, bald einundzwanzig Jahre alt, unschuldig und gottergeben. Sie lebte bescheiden, hatte sich nichts zuschulden kommen lassen. Sie hatte niemanden getötet, niemanden verraten. Was ging sie die Welt da draußen an?

Nachdem sie ihre Stiefel angezogen hatte, sperrte sie die Hüttentür ab und machte sich auf den Weg zum Geigelstein, wo ihre Kühe friedlich weideten.

Während das Leben auf dem Berg in Grau, Tristesse und irgendwann im Schnee versinkt, kann Adolf Finsterwalder nach einigen Bemühungen die Erbin des Hofes und somit der Alm ausfindig machen. Emmi Ecke lebt inzwischen in Rosenheim. Dorthin war sie ihrer Liebe Kurt gefolgt, einem erfolglosen Autohändler, dessen Aussehen, Gesicht und Körper, umwerfend war. Mit allem anderen, was zum Geldverdienen nötig gewesen wäre, konnte er allerdings nicht dienen, schon gar nicht, wenn es um den Betrieb eines Bauernhofes ging.

In Rosenheim ist Kurt in der Szene, in der sich vor allem Gläubiger bewegen, gut bekannt – eine Nachricht, die Adolf mehr als freut.

Es war ein Leichtes für ihn, Frau Eckes Telefonnummer herauszufinden, etwas länger dauerte es, bis er die Hof- und Almbesitzerin zu einem Treffen überreden konnte. Er schlägt ein Café am Max-Josefs-Platz vor, selbstverständlich sei sie sein Gast, flötet er durch den Hörer. Emmi erscheint reichlich unpünktlich, Adolf kann seinen Unmut darüber nur schwer verbergen.

Emmi Ecke ist eine kleine, blondierte Frau fortgeschrittenen Alters, nicht wirklich hübsch, aber auffallend mit ihren hochtoupierten Haaren und den künstlichen Klunkern um den Hals. Sie trägt ein enges Wickelkleid unter dem Mantel und riecht süßlich nach Parfum, nichts für Adolfs Nase. Der Finsterwalder fragt sich bei ihrem Anblick, wie so ein Mensch aus einer einst ehrwürdigen Bauernfamilie stammen konnte. Kein Wunder, dass die den Hof net haben halten kennan, denkt er.

»Was wolln Sie von mir?«, fragt Frau Ecke gehetzt, nachdem sie Adolf gegenüber am Tisch Platz genommen hat. »Viel Zeit hab i net.«

»Na, an Kaffee solltn wir scho no bstelln und trinkn kennan, so viel Zeit haben Sie hoffentlich mitbracht«, sagt Adolf. Frau Ecke stellt ihre Tasche auf den Boden und legt den Schal über die Stuhllehne. »Es geht um Ihre Tante, die Mare«, beginnt Adolf ohne Umschweife. »Jaja, i woaß, des habn Sie mir scho am Telefon gsagt.« Emmi Ecke wirkt genervt. »Was is denn jetzt scho wieder mit ihr los? Die Lawine hat sie doch gut überstandn, oder? Holz hat sie gnua oben, des haben wir ihr im Herbst raufgfahrn. Und mit Essen wird sie ja immer von der Priener Hütte versorgt, was also is des Problem?«

»Oh ja, knapp hat sie des überstandn«, sagt Adolf und gibt ein paar Löffel Zucker in den Kaffee. »Frau Ecke, i kenn die Mare, seitdem i a kloans Kind bin. War früher als Bua Senner in der Nachbarhüttn. Mare war wia a Mutter für mi, hat für mi kocht und mir Gschichtn verzählt. Sie is mir im Lauf der vielen Jahre sehr ans Herz gwachsn, und i will, dass sie für den Rest ihres Lebens a scheens Leben hat.«

»Soso«, sagt Frau Ecke und schaut auf die Uhr.

»Und wia haben Sie sich des Leben so vorgstellt?«

»Wann warn Sie denn des letzte Mal drobn bei Ihrer Tante?«, fragt Adolf. Frau Ecke zuckt mit den Schultern. »Is lang her, letzten Herbst. Mare legt koan Wert auf meinen Bsuch, sie will ihre Ruhe haben. Und i hab koa Zeit, bei derer vielen Arbeit.«

»San ma amal ehrlich, des is koa Zustand da drobn«, spricht Adolf und zieht ein paar Fotos aus der Jackentasche, die sein Sohn Martin bei einem seiner letzten Besuche auf der Alm heimlich gemacht hat. Das pure Chaos ist darauf zu erkennen, zwölf Quadratmeter Müllkippe mit leeren Flaschen, Plastikbehältern, Dosen, Wäsche, Scherben, die verstreut auf dem Boden liegen, Pappdeckel überall, Sägespäne, und in der Mitte des Raums das schmale Bett, in dem die alte Frau unter verdreckten Decken liegt. »Schauns her, so schaut's aus in derer Hüttn.«

Frau Ecke wirft einen kurzen Blick darauf und scheint wenig berührt. »Und?«, fragt sie. »Was geht Sie das an?«

»Wissens, wir Senner haben unser Leben lang zammghaltn auf dem Berg. Und wenn i seh, wie die Mare dahinvegetiert, kimmt mir das Grausn.«

Frau Ecke schlägt die Beine übereinander. »I hab selbst so viel Stress, da ko i mi net um des ois kümmern. Mare hat ihr Leben lang auf der Alm gut glebt, da schafft sie a no den Rest. Außerdem hat sie testamentarisch das Recht, auf der Alm zu bleibn, bis sie gstorbn is. Oder bis Hof und Alm verkaft worn san. Des hat der Urgroßvater so bestimmt. Und daran haltn wir uns.« Sie blickt Adolf Finsterwalder lange an und fragt ihn schließlich: »Sagn Sie mal, was wollen Sie eigentlich von mir?«

»Helfn«, antwortet Adolf, »nix als helfn, aus alter Freindschaft der Mare gegenüber.«

»Aha«, lächelt Frau Ecke, »des is ja ganz nett, aber wia soll denn Ihre Hilfe genau ausschaun?«

Der Bauer Finsterwalder grinst zufrieden. Es ist so weit, denkt er. Dann erklärt er Emmi Ecke seinen Plan.

Mehr als zwei Stunden sitzen die beiden zusammen, aus der anfänglichen Distanz und Zurückhaltung werden allmählich Nähe und Lockerheit.

Die Stimmung ist überraschend gut, als sich die beiden am frühen Abend verabschieden. Sie sind sich einig.

Der Krieg war vorbei. Nun lag der Geigelstein wieder still und erhaben da. Die Dohlen zogen ruhige Kreise über seinem Gipfel, die Murmeltiere krochen aus ihren Löchern, und die Rehe wagten sich aus den Wäldern. In den Abendstunden schlichen Dachse um die Almen. Die Natur erholte sich. Nach und nach ließen die Behörden all den Unrat des Kriegs, auch die liegengelassenen Waffen, einsammeln. Zuvor hatten die Senner die eine oder andere Gams damit von den Felsen geschossen.

Die Wanderer begannen, in der Schönheit dieser Natur die aufkommende Sonnenseite des Lebens zu genießen. Sie kehrten auf den Almen ein, tranken Buttermilch, Bier, Limo oder Schnaps und aßen Käse- und Speckbrote dazu. Es war nicht zu erahnen, dass die Kämpfe auf dem Geigelstein noch lange nicht zu Ende waren.

Was ist Recht, was Gerechtigkeit?

Wem gehört der Berg und alles, was er zu bieten hat, all die Almen, die sanften und die steilen Hänge, die Weiden, der Wald und dessen wertvolles Holz?

So unendlich die Freiheit und so unberührt die Natur auf dem Berg nach dem Krieg auch erschienen, so reglementiert und bisweilen umkämpft war das Leben dort, wenn man hinter die Traumkulisse blickte.

Da waren die unsichtbaren Kämpfe um das Weiderecht, die in den Schreibstuben der Behörden, oftmals auch vor Gerichten stattfanden. Viele der Almen auf dem Geigelstein waren früh schon in den Besitz der Reichen oder des

Staates gelangt, nachdem man den Bauern ihre Almen und Wiesen für ein paar Goldmünzen oder Holzrechte abgekauft hatte. Immer wieder gab es Zeiten der Neuordnung, wenn ein Bauer ohne Erben verstarb, Hof und Alm nicht mehr gebraucht wurden, oder wenn die Viehanzahl eines Hofes so stark anwuchs, dass man mehr Weidefläche pachten musste. Hatten Großgrundbesitzer, Fürsten, Grafen oder der Staatsforst eine Alm ausgeschrieben, bewarben sich die Bauern, selbst jene, deren Hof weit weg vom Geigelstein gelegen war. In den Schreibstuben wurde dann festgelegt, welcher Bauer wie viel Vieh hinauftreiben und wie viel Weidefläche er bewirtschaften durfte. Es wurde verhandelt und gefeilscht, nicht selten wanderte so mancher Geldschein über den Tisch. Weidefrevel wurde verfolgt und landete vor Gericht, ebenso wurde geahndet, wer unerlaubt Holz aus den Wäldern holte und somit Forstfrevel beging. Behörden schickten ihre Kontrolleure in die Berge, die in Büchern handschriftlich festhielten, wie es um den Zustand der Almen, deren Feuerstätten, der Zäune, der Weiden, der Wege, Pfade und vielem anderen mehr stand.

Alles war bis ins letzte Detail vorgeschrieben. Auch wie lange Senner und Sennerinnen das Recht hatten, auf der Alm zu verweilen. Bleiben durften sie nur die Zeit über, in der das Vieh auf den Weiden war sowie die Tage davor und danach, die man für die Pflege der Almwiesen benötigte. Danach sollte Ruhe auf dem Berg sein.

Lange Zeit hatte sich niemand darum geschert, dass sich eine junge Frau nicht an das Gebot des begrenzten Aufenthalts hielt. Keiner kam, um Mare nach dem Sommer ins Tal zu schicken, ihre Gegenwart auf dem Berg wurde zur Selbstverständlichkeit. Auch dass sie in der Speisekammer stets ein paar Bier- und Limokästen lagerte, um sich ein wenig Zubrot zu verdienen, indem sie durstigen Wanderern das eine oder andere Getränk verkaufte.

Während der Sommermonate ließ sie die Flaschen von unten nach oben transportieren. Im Tal wurde ein Haflinger mit Tragerln Limo und Bier bepackt, und zwei Buben, der achtjährige Werner und sein älterer Bruder verdienten sich ein paar Pfennige, indem sie den Haflinger nach oben auf die Alm führten. Die Buben gingen barfuß, Schuhe für die Sommermonate hatten sie in den harten Nachkriegsjahren nicht. Ihre Füße waren wund von den spitzen Steinen und harten Wurzeln, auf die sie traten, wenn sie oben ankamen. Mare konnte die beiden Burschen gut leiden. Werner vor allem, denn er war anders als die Jungen, denen Mare bislang begegnet war. Er hatte Schalk in den Augen und trug eine wunderbare Neugierde in sich. Alles wollte er wissen, alles von dem Leben, dem wirklichen, vor allem von dem Leben, das nur in der Phantasie und in Träumen stattfand. Mare erzählte Werner Geschichten vom Berggeist, der bei ihr wohnte, dabei fauchte und zischte sie genauso, wie der Geist zu ihr zu sprechen pflegte. Die Sennerin berichtete auch von den Wesen, die sich in den Gebirgen herumtrieben, den Seelen von Verstorbenen, Feen und Hexen, während Werner still neben ihr auf der Bank saß. Es gab Tage, an denen erreichten Werner und sein Bruder die Alm so spät, dass sie über Nacht blieben, zu gefährlich war der Abstieg in der Dunkelheit. Sie legten sich abends ins Heu, bekamen von Mare eine Decke übergelegt und hörten zum Einschlafen phantastische, gruselige, spannende Geschichten.

Im Herbst, Frühjahr, auch im Winter schleppte Mare die Getränke selbst in einem Rucksack nach oben. Es sollte stets genug da sein für alle, die kamen, andernfalls hätte sich in der Gegend schnell herumgesprochen, dass sich ein Besuch bei der Oberkasermare nicht lohnen würde. Ein schrecklicher Gedanke für die Sennerin.

In den Zeiten, in denen sich Deutschland nach dem Krieg neu sortierte, das Zerstörte wieder aufbaute und den Alltag wieder ordnete mit all seinen Reglements, erschien eines späten Herbsttages ein Mann auf der Oberkaseralm. Mare war gerade damit beschäftigt, Brennnesseln um die Hütte zu rupfen, als er keuchend vor ihr stand. Er war ein kleiner, feister Kerl, von dessen Stirn Schweißperlen tropften. Sein Doppelkinn ruhte auf der Brust, und Mare staunte darüber, wie dieser Kloß den Berg hatte hinaufrollen können, nur um zu ihr zu gelangen. »Maria Wiesbeck?«, fragte er, bevor er sich erschöpft auf der Hausbank niederließ. Mare wischte sich die Hände an der Schürze ab und nickte. »Ja, die bin i.«

Der Dicke kam ohne Umschweife auf den Punkt. Das Gesetz, so erklärte er, sehe vor, dass Mare kein Recht habe, außerhalb der Almzeit auf dem Geigelstein zu verbleiben, schon gar nicht, wenn sie dort Bier, Schnaps oder sonstige Getränke ausschenke. Sie solle binnen einer Woche ihre Sachen packen und verschwinden.

»Wer sagt das?«, fragte Mare. »Wir, das staatliche Forstamt.« Mare wies auf ihre Alm. »Sie ghört meiner Familie, und i hab das Recht, hier zu sein, ob's eana passt oder net.«

»Fräulein Wiesbeck, ich habe weder die Lust noch die Geduld, mit Ihnen zu diskutieren. Entweder Sie verschwinden von hier, oder ich lass Sie, verbunden mit einer deftigen Strafe, abtransportieren.«

Wortlos ging Mare in die Hütte und kehrte mit Großvaters Brief zurück. »Da«, sagte sie, »da steht's drin, dass i hier sein derf, solang i will. Des is von meinem Opa Wiesbeck.«

Der Beamte musterte kurz das Papier. »Interessiert mich nicht, was da ein gewisser Herr Wiesbeck geschrieben hat. Hier oben auf dem Berg herrschen die Gesetze des Staates und des Forstamts.«

Mare zeigte auf ihre Alm. »Des is mei Hoamat, seit Jahren scho. Gibt koa andern Ort, wo i hingehn ko und mog«, antwortete sie trotzig.

»In einer Woche komme ich wieder, und dann möchte ich hier oben niemanden mehr sehen.« Der Mann überreichte Mare noch ein entsprechendes Schreiben, in dem alles nachzulesen war, und machte sich auf den Rückweg.

Mare blieb. Sie zog die Vorhänge in der Hütte zu, beseitigte alles, was auf ihre Anwesenheit hindeuten könnte, stellte keine Schuhe mehr vor die Tür, hängte das Bett nicht mehr über den Zaun, ließ die nasse Wäsche lieber im Stall trocknen als draußen. Ihre Kerzen zündete sie erst spät an, wenn sie sicher war, dass keiner von den Gesetzesleuten mehr kommen würde. Tagsüber spähte sie angestrengt den ganzen Bergkessel ab, wie ein Burgfräulein seine Festung. Bewegten sich verdächtige Gestalten auf die Oberkaseralm zu, sperrte sie geschwind die Haustür ab, kletterte den Felsen hoch und versteckte sich irgendwo hinter Büschen oder Bäumen. Beharrlich ignorierte sie weitere Schreiben, die man ihr an die Tür geheftet hatte. Bis der Winter kam und der Schnee zu ihrem Verbündeten wurde, denn durch seine Tiefen wollte niemand mehr stapfen.

Ein paarmal noch tauchten in den kommenden Jahren Beamte auf, mal dieser, mal jener, der eine freundlich, der andere barsch. Bald drohte man Mare, bald versuchte man, sie zu überreden. Die junge Sennerin, wenn sie überhaupt anzutreffen war, zeigte sich von Mal zu Mal dickköpfiger und uneinsichtiger.

Irgendwann ebbten die Behördenbesuche ab, der Aufwand, die ebenso sture wie schlaue Frau ins Tal zu holen, erschien allmählich zu groß. Und so beschloss man, ausnahmsweise ein Auge zuzudrücken und diese einzige Sennerin das ganze Jahr über auf dem Geigelstein zu belassen. Mare war von nun an in ihrer eigenen Heimat auch jenseits des Sommers still geduldet.

Mit dem Berg und den Gesetzen, die ihn umgaben, lernte Mare mit den Jahren umzugehen. Auf ihre Weise.

Was ist Recht, was Gerechtigkeit?

Es gab neben den Gebietsansprüchen und Almverteilungen einen weiteren Kampf auf dem Berg: Arm gegen Reich, der Adel gegen das einfache Volk, Behördenerlasse gegen Traditionen. Vor allem Jäger gegen Wilderer.

Wem gehörte das Tier, das über die Berghänge zog und in den Wäldern lebte? All das Rotwild, die Rehe, Hirsche, Gemsen, Dachse und Auerhähne? Die Menschen, die in den Wäldern der Berge heimlich jagten und dabei um das kämpften, was sie als ihr ureigenstes Recht empfanden, schon lange vor dem Krieg und auch danach, waren berühmt in der Region. Legenden rankten sich um manche von ihnen, und die Frauen begehrten und bewunderten die Wilderer als Helden, als mutige und verwegene Abenteurer und Kämpfer für die Gerechtigkeit. Es waren Männer und junge Burschen, die sich gegen das auflehnten, was man vor langer, langer Zeit nach römischem Recht festgelegt hatte: Herrenloses Gut, und als solches galt das Wild, zählte zum Eigentum der Landesherren, der Reichen, der Adeligen, auch der Kirche. Jede Gemse, die über die Felsen sprang, jeder Auerhahn, der in den Tannen saß, jeder Hirsch, der durch die Wälder strich, war nicht Gottes Lebewesen, sondern wurde einzeln in Listen festgehalten und hatte einen Besitzer, der das Recht aufs Töten und Verzehren und Ausstopfen besaß.

Wildschützen hatte es auf dem Geigelstein immer schon gegeben, wie überall in der Bergwelt. Doch gegen Ende der beiden Weltkriege und in der Zeit danach, in der die Nahrung knapp und der Hunger unerbittlich waren, trieb es besonders viele Wilderer in die Berge, auch auf den mit Wild reich gesegneten Geigelstein. Es waren vor allem Männer aus dem benachbarten Tirol, die über die Grenze zu Mares Heimat pirschten, weil sie hier ein besonders gepflegtes Wildrevier vorfanden.

Neunzig Stück Rotwild
Hundertsechsundsiebzig Stück Gemswild
Vierhundert Stück Rehe
Hundertfünfzehn Stück Hasen
Fünfundsiebzig Stück Birkhühner
Fünfundfünfzig Stück Haselhühner
Zweiundzwanzig Stück Schneehühner
Fünfzehn Stück Wildenten

Die volle Wildkammer, von den Revierförstern stets akribisch beobachtet und gezählt, war der ganze Stolz ihres damaligen Besitzers, des Barons Cramer-Klett, einem leidenschaftlichen Jäger. Der wies seine Revierförster an, sorgsam darauf zu achten, dass das Wildern in seinem Gebiet strikt geahndet würde. Es galt, Listen zu führen, in denen die Förster jede ungewöhnliche Regung im Wald niederzuschreiben hatten.

Es verging kaum eine Woche, in der es keinerlei Vorfall gab.

23.1. Aschental, 9:45, Schuss gehört

9.2. Brandelberg, 8:30, drei Schüsse gehört

16.2. Kögerlseite, Aufbruch und Läufe v. starkem Hirsch gefunden, einen Wilderer abgefasst, Beschlagnahme einer gewilderten Gemse, Zusammenstoß mit drei Wilderern, Schusswechsel, ein Verletzter

Mare sah den Baron oft im Morgengrauen zusammen mit dem Förster, Freunden und Bekannten das Gebiet des Geigelsteins durchziehen, und sie sah das aufgescheuchte Wild über die Hänge stieben, bis irgendwann wieder tödliche Schüsse fielen.

Es gibt wohl niemanden, der mehr Schüsse auf dem Geigelstein gehört hat als Mare. Die Sennerin konnte die Jagd nicht leiden, wer auch immer auf die Tiere schoss, Jäger oder Wilderer. Und hätte sie damals, als Konrad mit der Gemse vor ihrer Tür stand, keinen so großen Hunger gehabt, nie und nimmer hätte sie dem Mann Einlass gewährt. Mare hatte ein paarmal selbst ein Gewehr in die Hand genommen, zu der Zeit, in der Deserteure Waffen in ihrem Stall liegengelassen hatten. Gelegentlich zielte sie spaßeshalber mit den drei Kasersennerinnen auf leere Treibstoffkanister, die die Frauen der Reihe nach nebeneinander an den Felsen gestellt hatten – ein lustiger Wettbewerb, bis irgendwann der Finsterwalderbauer dem Ganzen Einhalt gebot. »Spinnt ihr Weiber?«, hatte er geflucht und ihnen die Waffen abgenommen. Mare hätte mit einer gewissen Übung sicherlich auch ein Tier erlegen können. Doch selbst wenn ihr der Magen knurrte und sie alles für ein Stück Fleisch gegeben hätte, niemals wagte sie, auf eines der Tiere zu schießen. Dabei waren es mitnichten die strengen Verbote des Wilderns, die sie davon abhielten, es war vielmehr ihr Respekt vor der Kreatur, vor ihren Mitbewohnern auf dem Berg. Nach all den Jahren, die Mare nun auf dem Berg lebte, schien sie jedes Lebewesen zu kennen, das er beherbergte. So oft saß sie irgendwo an den Hängen und sah den Murmeltieren zu oder streifte durch die Wälder und begegnete dabei den Rehen, Hirschen und Hasen, manchmal auch den Auerhähnen. Die Tiere waren ihre Gefährten in der Einsamkeit, es tat gut, mit ihnen zu reden, wenn Mare in den menschenleeren Zeiten tagelang keine Stimme mehr gehört hatte, außer ihrer eigenen.

Die vielen Tiere, die auf dem Geigelstein lebten, spiegelten für Mare die Freiheit wider, die man hier oben, weit weg von den Menschen mit ihren Werten und Vorstellungen, hatte. Die Dohlen, die sich vom Wind tragen ließen, die Habichte, Krähen und neuerdings auch die Steinadler, die auf dem Geigelstein eine neue Heimat gefunden hatten. Mare liebte es, den mächtigen Tieren in der Luft zuzusehen, selbst als diese ihr so manch eine Henne stahlen. »Auch in diesem Jahr sind am Geigelstein wieder Steinadler beobachtet worden. So sah im Frühjahr die Tochter des Pächters der Priener Hütte an einem Tag gleichzeitig drei dieser schönen Raubvögel zusammen über dem Geigelstein ihre Kreise ziehen. Die Sennerin auf der Oberkaseralm behauptet, der Steinadler habe ihr ein Huhn weggetragen, was aber keinesfalls bewiesen ist und zu bezweifeln sein dürfte«, hatte man in der Zeitung berichtet. Sollen die doch denken, was sie denken wollen, hatte Mare gefunden. Wer wusste schon wirklich, was auf dem Berg geschah? Zumindest wusste es keiner so gut wie die Sennerin. Anfangs, während der ersten Jahre ihres Almdaseins, schreckte sie noch auf, wenn es plötzlich die Stille zerriss und das Echo der Schüsse im Hochkessel hallte. In manchen Nächten spürte sie, dass jemand ihre Hütte umschlich und hinter den Mauern Deckung suchte. Es gab Wintertage, da sah Mare morgens Fußstapfen, daneben, in einer feinen Linie, zarte Bluttropfen. Konrad kam ihr immer wieder in den Sinn, wie er eines Nachts mit dem Gamsbock vor ihrer Türe gestanden hatte. Auch wenn es lange her war, tauchte vor ihren Augen wieder seine zarte Gestalt auf, und Mare fühlte für einen kurzen Moment Wehmut. Lebte Konrad noch?

Fünf Jahre war Mare inzwischen auf der Alm, aus ihr war eine ansehnliche Frau geworden, immer noch schmal und dünn zwar, ausgestattet jedoch mit einer gehörigen Portion Selbstbewusstsein und Witz. Trotz der Kargheit verliehen ihr die Eigenbestimmung und Freiheit, die sie auf dem Berg genoss, eine faszinierende Ausstrahlung, der auch die Männerwelt erlag.

Ihre kleine Alm hatte Mare zum Schmuckstück gemacht, innen liebevoll und gemütlich ausgestattet, dekoriert mit allerlei Bergpflanzen, die gerade wuchsen. Auf der Bank lagen Kissen, die Mare selbst genäht hatte, an den Wänden hatte sie bunte Bilder und Fotografien befestigt, die sie geschenkt bekommen hatte. In einem Holzregal standen bunte Becher, Teller und Gefäße für Zucker, Mehl, Salz. Großvaters Volksempfänger tat immer noch seinen Dienst, jetzt kamen keine Kriegsnachrichten mehr aus ihm heraus, sondern fröhliche Musik.

So rückte Mares einstiges Leben langsam in Vergessenheit. Nachrichten vom Schadhubhof drangen kaum mehr zu ihr, allenfalls ein paar kärgliche, wenn Landarbeiter das Vieh zur Sommerweide auf die Oberkaseralm brachten. Dianas Tochter Emmi gedieh, Mutter Edith arbeitete als Haushälterin in einem Ort irgendwo bei Bayreuth, es ginge ihr recht ordentlich, berichtete man Mare. Anlass zur Sorge gab nur ihr Bruder Franz, der seit dem Krieg nicht mehr der alte war. Er schlummerte tagsüber in einem Kabuff im Austragshäusl des Hofes und wurde nur noch gesehen, wenn er Nachschub an Alkohol holte. Er versoff all das Geld, das er von Großvater Wiesbeck geerbt hatte. Und Xaver? Immer noch wollte Mare von diesem Kerl weder etwas hören noch sehen. Es hätte ihrem Seelenfrieden nicht gutgetan, selbst nach all den vielen Jahren, die seit seinem Betrug und ihrer Enttäuschung darüber vergangen waren. Xaver steckte wie ein giftiger Stachel in ihrem Herzen, der es verschloss für all die Burschen und Männer, die des Weges kamen.

Einsamkeit, Hunger, Stille, Entbehrungen waren Umstände, die Mare eher stärkten als schwächten. Enttäuschungen aber, die durch falsche Hoffnungen, Erwartungen und irrende Gefühle entstanden waren, wollte Mare nie mehr erleben. Und so hatte sie früh gelernt, nichts mehr von der Liebe zu erwarten, sondern das zu schätzen, was ihr sicher schien. Ruhe, Frieden, ihre Heimat, ihre Alm. Die diversen Auseinandersetzungen auf dem Geigelstein interessierten die junge Mare nicht. Weder die ums Wild noch die um Besitz und Weiderecht. Auch nicht die Veränderungen und der Wandel, den die Streitigkeiten mit sich brachten. Die drei Kasersennerinnen waren irgendwann verschwunden, das Geschäft der Kaserei rentierte sich nicht mehr, zu aufwendig war sie inzwischen geworden. Die Kaseralm bewirtschaftete inzwischen der Senfterbauer mit seinen Sennern. Ludwig Finsterwalder hatte weiteres Weiderecht gepachtet und seine Alm vergrößert. Er selbst war eher selten zugegen. Den Sommer über schickte er meist seinen Sohn auf die Berge, Adolf. Der war keine zwölf Jahre alt, als ihn der Vater von der Schule nahm, damit der Bub die Sommermonate als Senner arbeiten konnte, als billige Arbeitskraft, oh ja, der Finsterwalder achtete auf sein Geld.

Die direkt neben Mares Alm liegende Grenzhuberhütte war immer noch verwaist. Sie verkam zusehends, Regen und Schnee nagten an den Dachschindeln, der Kamin war eingestürzt und das Mauerwerk brüchig. Die Niederkaseralm, wo einst Rosas Eltern aufgetrieben hatten, hatte man, nachdem die Soldaten gegangen waren, ebenfalls aufgegeben. Auch die Aschentaler Almen, von Mare eine knappe Stunde Fußmarsch entfernt, wurden aufgegeben, nachdem dort eine Kuh bei schwerem Hagelschlag ausgerutscht und zu Tode gekommen war. Die Umgebung der am steilen Hang gelegenen Almen war für die Tiere schwer gangbar, der Steig hinauf zu beschwerlich und das Gras zu spärlich. Und so lugten dort, wo sich einst sieben schöne Kaser befunden hatten, bald nur noch Mauergerippe zwischen wuchernden Hollunderstauden und Brennnesseln hervor. Das Sterben der Almen bedeutete auch ein Abschiednehmen von den Sennern und Sennerinnen, die dort gearbeitet hatten. Kommen, gehen, kommen, gehen, alles war im Wandel, in dessen Mitte die junge Wiesbeck wie ein Fels in der Brandung stand. Mare begriff Veränderungen nunmehr als die Gegenwart der Vergangenheit, als ein Abschiednehmen ohne Wehmut und Trauer, als wichtigen Bestandteil ihres ansonsten gleichförmigen Lebens.

Doch dieses beschauliche und friedliche Leben, das sich Mare auf dem Berg aufgebaut hatte, endete jäh. Das Unheil kam im frühen Sommer zusammen mit den Kühen den Berg heraufgezogen. Zuerst dachte Mare, es wäre eine Magd, die die Tiere antrieb. Doch als das Unheil vor ihr stand, mit breitem Grinsen im Gesicht und einem Kind an der Hand, war Mare schnell bewusst, dass sich ihr Leben von nun an ändern würde. »Servus Mare, gell, da schaugst. Jetzt bin i da herobn auf der Alm, wannst mogst, kannst meine Magd bleibn und ma helfn, aber a Geld gibt's nimmer.«

Diana war gekommen.

»Schau Emmi, des is die Tante Mare«, sagte Diana zu ihrer kleinen Tochter. »Gib ihrer mal die Hand.« Das Mädchen versteckte sich hinter Mutters Rockzipfel. Mare verschränkte ihre Arme vor der Brust. »Was willst hier?«, fragte sie die Schwester. »Hast hier nix zum Suchn.«

Diana verzog den Mund zu einem Grinsen. »Is mei Alm, net die deine, vergessn?«

»Aber i hab des Wohnrecht da«, entgegnete Mare. »Dann wohn halt da«, brüllte Diana zurück. »Aber musst di dran gwöhnen, dass übern Sommer i und die Emmi auch da san und uns um des Vieh kümmern. Und wenn dir des net passt, nachhert gehst halt.«

Ausgerechnet der junge Finsterwalder Martin findet die fast Verhungerte. Mit zusammengekrümmtem Körper liegt sie auf dem Bett. Die Kellerluke ist geöffnet, auf dem Boden sind Scherben eines Schnapsglases zerstreut. Obwohl draußen die Sonne scheint, ist es in der Stube eisig.

An diesem freundlichen Tag hat es für Martin kein Entrinnen und keine Ausreden mehr gegeben. Er musste auf den Berg, um nach der Sennerin zu sehen, denn Vater Adolf hatte soweit alles vorbereitet. Mit Frau Ecke bildet der alte Finsterwalder inzwischen ein gutes Team, mit dem Ziel vor Augen, die alte Sennerin vom Berg zu holen. Die beiden hatten für Mare einen Platz in einem Altersheim ausfindig machen können. Es lag in der Nähe von Rosenheim, das Gebäude eher unscheinbar, das Preis-Leistungsverhältnis annehmbar. Frau Ecke erklärte der Heimleitung, Frau Maria Wiesbeck sei nicht mehr ganz dicht im Kopf, ein echter Pflegefall sei sie aber auch nicht, könne noch gehen, sich auch selbst anziehen und Breiiges löffeln. »Sie müssten halt aufpassen, dass sie nicht abhaut, zurück auf den Berg«, hatte Adolf geschmunzelt. Das Zimmer, das man für Frau Wiesbeck nun bereithält, ist klein, ebenso karg wie praktisch und lieblos schlicht ausgestattet: Tisch, Stuhl, Schrank, Bett, Waschgelegenheit. An der Wand hängt ein Heiland, die Vorhänge sind gelb, die Heizung warm. Was will Mare mehr? Der Blick aus dem Fenster zeigt gen Norden direkt auf die bleiche Häuserwand des anliegenden Krankenhauses. »Ist wurscht«, hat Frau Ecke gemeint, »die alte Mare sieht eh kaum mehr was.« Für die Kosten könne ihre Tante selbst aufkommen, Näheres über den finanziellen Stand der Sennerin wollte die Nichte nicht preisgeben. Der alte Finsterwalder war insgesamt zufrieden, seine Strategie war aufgegangen, denn im Gegenzug für seine Bemühungen sicherte Emmi Ecke ihm die Alm zu, auf die der Finsterwalder seine immer größer werdende Viehschar treiben, auf der er zugleich aber auch das Schankrecht nutzen wollte. Zunächst war zwischen den beiden Partnern noch eine Pacht der Oberkaseralm vorgesehen, ein späterer Kauf sollte jedoch nicht ausgeschlossen sein. Das Geld kann Frau Ecke dringend brauchen, Ehemann Kurts Geschäfte laufen schlechter denn je.

»Is jetzt bloß die Frage, ob wir die Rechnung net ohne den Wirt machn«, grübelte Emmi, die nicht glaubte, dass Mare sich für die Vorstellung, in ein Heim zu ziehen, erwärmen würde. Adolf Finsterwalder hatte beruhigend seine Hand auf ihren Arm gelegt. »Des werd scho, jetzt is droben auf dem Berg a bsonders harte Zeit mit dem Wetter.«

Während Martin Finsterwalder auf seinen Skiern langsam den schneebedeckten Ziehweg hochstieg, jagten ihm die unterschiedlichsten Gedanken durch den Kopf. Seit knapp zwei Wochen hat er nicht mehr nach der Alten gesehen, die ungewöhnlich lange Pause zwischen seinen Besuchen war dem schlechten Wetter geschuldet und der Tatsache, dass Conny nicht mehr erreichbar war. Conny, die ihn gewöhnlich mit der Schneeraupe vom Tal bis zur Priener Hütte mitgenommen hatte, war offenbar abgetaucht. Seine Anrufe auf dem Festnetz der Wirtschaft endeten stets in Freizeichen. Man munkelte, Conny habe den Geigelstein wegen diverser Unstimmigkeiten von heute auf morgen verlassen. Und Martin verspürte nicht die geringste Lust, bei dem

Schneetreiben mit den Skiern von ganz unten bis nach ganz oben zu steigen.

Dem Finsterwaldersohn ist nicht wohl bei all dem, was der Vater mit der Alm und deren Sennerin vorhat. Und nicht nur der Vater. Martin scheint es, als verfolge schon beinahe ein jeder, der auf der Oberkaser ein- und ausgeht, sein spezielles, meist übles Ziel. Die alte Mare tut ihm leid, seine Kindheitserinnerungen an sie sind schön: Eine liebe, umsorgende Frau war sie für ihn. Er ärgert sich über all die Menschen, die nun mit der Sennerin ihr Spiel treiben. Sobald das Wetter annehmbar ist, es nicht regnet oder Schnee auf den Wegen liegt, trifft Martin auf der Oberkaser immer die gleichen Leute an. Einer von ihnen ist Torsten, ein arbeitsloser Musiker. Er bringt der Sennerin stets kleine, wie er sagt, »Geschenke« mit, selbstgepflückte Heidelbeeren zum Beispiel oder Leberkäse von Mares Lieblingsmetzgerei Angermann, Kuchen von der Konditorei König, Köstlichkeiten, die Mare liebt. Und dann geschieht immer wieder das Gleiche. Mare kramt in ihrer Jackentasche und bezahlt für diese sogenannten Geschenke. Hundert Euro für einen kleinen Topf Heidelbeeren, zwanzig Euro für hundert Gramm Leberkäse, fünfzig Euro für ein Stück Kuchen oder auch hundert, je nachdem, was für einen Geldschein ihre Hand gerade aus der Tasche zieht. Torsten nickt dann wortlos und steckt das Geld schnellstmöglich in seine Hose. Besonders großzügig zeigt sich Mare, wenn der mittellose Musiker seine Gitarre mit auf die Alm nimmt und Mare ein paar Lieder trällert. Eine Zeitlang hatte der Typ sogar Zugriff auf Mares Konto, so zumindest munkelten die Leute. Er versorgte Mare mit ihrem eigenen Geld und zweigte für diese Dienstleistung des Abhebens und Raufbringens eine ordentliche Gebühr für sich ab. Ihr Geld versteckt Mare an unterschiedlichen Orten, mal in einer Vase, mal in alten Strümpfen oder unter dem Kopfkissen, die Scheine für die Barauszahlungen in der Westen-, das Sparbuch in der Hosentasche. Vor einigen Monaten hatte Mare diesen Torsten jedoch mit Gezeter vor die Tür gesetzt. Sie hatte nämlich entdeckt, dass sich der Gauner heimlich von ihrem Baren bediente. Meinte er, die Alte sei durch irgendetwas abgelenkt, hob er schnell das Kissen oder griff in die Vase und stahl den einen oder anderen Geldschein.

Außer Torsten traf Martin noch weitere Typen auf der Oberkaseralm an, die alles andere als seriös auf ihn wirkten. Einer von ihnen, Hubert hieß er, erklärte Martin tatsächlich, Mare sei so etwas wie ein Omaersatz für ihn. Die Seine hätte er zu früh verloren, und nun wolle er sich um Mare kümmern, indem er ein Mal in der Woche nach ihr schaute. Dass Mare dafür viel und gut zahlte, war selbstverständlich.

Etliche der sogenannten Mare-Kümmerer, dessen ist sich Martin gewiss, sind nichts anderes als Schmarotzer, die ahnen, dass die Sennerin Geld besitzt, zumindest mehr als die Lumpen selbst. Wie viel die Greisin, die so bescheiden wie kaum ein anderer Mensch lebt, tatsächlich auf ihrem Konto oder ihren Konten liegen hat, weiß niemand genau zu sagen. Feststeht, sie hat Geld. Nahezu gesichert ist: Mare hat viel Geld. Fast ließe sich behaupten, Mare ist eine wohlhabende Frau. Irgendwann, so mutmaßt man im Tal und auf dem Berg, soll Mare von einem Verwandten stattlich beerbt worden sein. Conny hatte Martin von ihrem Einkauf mit der Sennerin erzählt, für den diese zehntausend Euro abgehoben hatte und dabei von dem Bankangestellten wie eine Großkundin behandelt worden war. Conny, die Liebe, denkt Martin. Sie ist eine der wenigen, die es wirklich gut mit der alten Frau meinen. Conny und der Sepp, und noch ein paar andere Senner und Bauern, die Mare, seitdem sie in den letzten Jahren gebrechlich wurde, liebevoll zur Seite stehen. Wenn Wetter und Zeit es zulassen. Welche Rolle sein eigener Vater bei der ganzen Mare-Umsorgung spielt, kann Martin nicht so richtig einordnen. Adolf wollte nie gut über die Frau sprechen, im Gegenteil, er hatte Martin immer vor ihr gewarnt, böse sei sie, unberechenbar und merkwürdig wie eine alte Hexe, außerdem nicht ganz richtig im Kopf. Dennoch fühlt sich Martin der betagten Frau verbunden, sie gehört zum Geigelstein wie jeder Felsen, der dort zu finden ist. Als kleiner Bub war er öfters zu ihr auf die Alm gegangen, wo Mare ihm aus dem Märchenbuch vorgelesen hat oder mit ihm auf Kräutersuche gegangen ist. Später zeigte sie ihm, wie man Schnaps braut. Gab es Ärger mit dem Vater, trollte sich Martin zur Oberkaser, wo er heimlich das eine oder andere Glas Alkohol zum Trost trank.

Jahrelang hatte sich sein Vater einen Dreck um Mare geschert, jetzt auf einmal scheint sie ihm aber wichtiger zu sein als alles andere sonst in seinem Leben.

Nach guten drei Stunden Skiwanderung erreicht Martin endlich die Hütte. Die Schneedecke bis dorthin ist glatt und unberührt, und Martin ahnt sofort, er ist seit Tagen der erste Mensch, der den Weg zu Mares Alm hinaufgeht.

Aus dem Schornstein steigt kein Rauch, die Tür ist verschlossen, ebenso die Vorhänge. »Mare, mach auf, der Martin is da!«, ruft der junge Finsterwalder. Als sich trotz allen Rufens und Klopfens nach zehn Minuten immer noch nichts im Innern regt, beschließt Martin, die Tür mit einem festen Tritt aufzubrechen.

Er tritt in die eisige Stube und sieht die Greisin in ihrem Bett liegen. Regungslos, kalt, kurz vor ihrem Tod.

Ein Tag später und Mare wäre sicherlich verhungert.

Offenbar hat es bei Connys plötzlichem Fortgang Missverständnisse in der Kommunikation gegeben, wer Mare in den kommenden Wochen zu versorgen hat.

Eine knappe Woche bleibt Martin auf der Alm und peppelt Mare wieder hoch. Er holt sämtliche Vorräte herauf, die die Finsterwalder in ihrer Hütte gelagert haben, hackt Holz, heizt den Herd ein, kocht Suppe und Haferbrei. Auf die erfrorenen Zehen kommt eine Salbe, die Mare vor unzähligen Jahren aus zerstampften weißen Rüben, Öl, Gänseschmalz und Hammelfett selbst angerührt und seitdem in der Nebenkammer in einer kleinen Schachtel aufbewahrt hat. Die zähe Frau kommt schnell wieder zu Kräften. »Jetzta hätt mi der Herrgott scho fast wieder gholt«, schmunzelt sie. »Dann hat er es sich aber wohl nochmal anders überlegt«, antwortet Martin. Mare zuckt mit den Schultern. »I woaß a net, was er mit mir vorhat, an Narrn ko er net an mir gfressn habn, sonst hätt er mi scho längst zu sich in den Himmi gholt.«

»Werst auf der Erdn noch braucht, Mare.«

Die Alte schüttelt den Kopf. »Neamand braucht mi, is anders rum, i brauch de Leit, ohne eich täts mi nimmer gebn.«

Dann erzählt sie Martin von ihren Sorgen, den Menschen zur Last zu fallen. »Nie hab i jemand braucht in meinem Lebn, hab immer ois alloa gmacht.« Und jetzt? Ständig müsse jemand nach ihr sehen, müsse Essen bringen, Wäsche waschen oder aufräumen, putzen und all den sinnlosen Kram. »Das Lebn is jetzt scho a Kreuz worn.«

»Mare«, fragt Martin, »hast scho amal drandacht, dass es druntn im Tal Leit gibt, die sich um di kümmern tätn? Da gibt es Altersheime, wo genau so Leit drin san, wia du oane bist. Da hast a scheens Zimmer, werst guad versorgt, muasst net friern und hungern.«

Mare sieht Martin fassungslos an. Sie öffnet den Mund, um etwas zu sagen, schließt ihn gleich wieder, bevor sie das erste Wort spricht. Dann lässt sie sich auf das Bett sinken und sagt mit tonloser Stimme: »Martin, sag des nie wieder, verstehst? Nie wieder. Bin scho paarmal vertriebn worn, zuerst vom Schadhubhof, dann von dera Alm hier. Und später von der andern Alm, immer san die Leit kemma und habn mir sagn wolln, wo i lebn soll. Und jedes Mal hat's mir das Herz brochn.« Sie lässt ihren Oberkörper zur Seite fallen, zieht die Füße hoch aufs Bett und kriecht unter die Decke.

»Bevor i von hier weggeh, geh i lieber in den Himmi. Meinetwegen auch in die Hölle, weil schlimmer als in so an Heim ko die Hölle auch net sein.«

Sie zieht die Decke über den Kopf und murmelt unter ihr hervor. »Vergelts Gott für alles, und jetzt, Martin, jetzt hau ab und lass mi.«

Martin geht. Bevor er die Tür hinter sich schließt, wirft er noch einmal einen Blick auf die alte Frau unter der Decke. Die Greisin ist so dünn und schmal, dass man meinen könnte, das Bett sei leer. Einzig das graue lange Haar, das zur Seite über den Rand fällt, verrät, dass hier ein Mensch lebt.

Nachdenklich kehrt Martin zurück ins Tal. Und als abends Vater Adolf zufrieden sagt: »Werst sehn, der Tod steht scho vor ihrer Tür und erledigt ois für uns«, sieht Martin auf einmal all das Böse, das seinem Vater innewohnt.

Das Zusammenleben von Mare und Diana nebst fünfjähriger Emmi auf der Oberkaser erwies sich erwartungsgemäß als schwierig. Das kleine Kind quengelte, wollte nicht einschlafen, wollte morgens nicht aufstehen, wollte nicht auf den Berg, wollte nicht alleine im Stall aufs Klo gehen. Diana fluchte über ihr Mutterdasein, über ihren Mann, über die Arbeit am Berg, über die Kargheit der Alm, über das Leben allgemein. Dem Schadhubhof ging es von Jahr zu Jahr schlechter. Die Zeiten nach dem Krieg waren mager, und um die Ehe von Diana und Xaver stand es schlimm. Das Paar stritt immer häufiger, ein jeder wusste, dass es Xaver mit der Treue anders hielt, als Diana es sich von ihrem Mann gewünscht hätte. Das Geld wurde knapp, und weil der Großvater testamentarisch verfügt hatte, dass bis zur dritten Generation nichts von all dem Besitz verkauft werden durfte, war auch keine Besserung in Sicht. Bruder Franz schlug sich inzwischen mit Gelegenheitsjobs durch, nachdem er sein Erbteil durchgebracht hatte. Ansonsten lebte er zurückgezogen in dem alten Austragshäusl auf dem Hof. Kein Wort sprachen die beiden Geschwister mehr miteinander, nachdem Diana und Xaver monatelang auf Franz einzuwirken versucht hatten. Es war eine Schreierei auf dem Hof zu hören gewesen, dass jedermann im Ort über das Treiben auf dem Hof redete. Und nachdem Xaver einmal die Hand ausgerutscht war und er Franz die beiden Schneidezähne mit den Worten: »Du faule Sau, du faule«, ausgeschlagen hatte, ging Franz mit dem Messer auf den Bauern los. Seitdem waren die Fronten so verhärtet, dass nichts und niemand sie mehr aufweichen konnte. Die Mutter schickte gelegentlich etwas Geld. Zu wenig, um die Sorgen loszuwerden. Edith arbeitete jetzt irgendwo bei Augsburg in einem Gasthof, immer noch als Bedienung, wo sie auch einen netten Mann kennengelernt hatte. »Vorerst kimm i nimmer zruck«, hatte sie Diana in einem Brief geschrieben und Mare einen lieben Gruß ausrichten lassen.

Dianas Anwesenheit und die Berichte vom Schadhubhof stimmten Mare wütend und traurig zugleich. »I will nix hörn«, bat sie ihre Schwester und hielt sich die Ohren zu. Doch Diana war noch lange nicht am Ende angelangt. Es musste gespart werden an jedem Eck, an den Mägden und Knechten, aber auch an der Sennerin Mare.

»Mir kennan di nimmer zahln, muasst umsonst bei mir sennern oder dia a andre Arbeit suchn«, sagte die böse Schwester.

Ein paar Wochen hielt Mare diesen unerträglichen Zustand aus, dann beschloss sie, ihn zu beenden. Sie betrat den Stall nicht mehr und trieb sich den ganzen Tag aushäusig herum. Das Vieh, das sie in diesen Sommermonaten nicht mehr als ihr eigenes empfinden durfte, würdigte sie stur keines Blickes mehr. Sollte Diana doch sehen, wie weit sie alleine mit ihrer nichtsnutzigen Tochter kommen würde. Als die Spannungen zwischen den Schwestern derart angewachsen waren, dass ein kleiner Funken genügt hätte, um alles in einer wahren Explosion ausarten zu lassen, packte Mare ihren Rucksack, stieg auf den Kamm des Berges und auf der anderen Seite wieder hinunter zu ihrem Freund, dem Senner Alois von der Rossalm.

Alois konnte in diesen Monaten dringend jeden Menschen brauchen, der ihm zur Hand ging, denn er war gerade dabei, seine marode Alm von Grund auf zu erneuern. Es war ein abenteuerliches, wahrhaft schweres Unterfangen, denn alles, was man für den Bau benötigte, musste Alois auf dem Berg herstellen, zu beschwerlich war der Aufstieg aus dem Tal zu seiner Alm.

Den ganzen Sommer über blieb Mare bei Alois und seiner Familie, schuftete sich den Kummer über ihr verlorenes Heim von der Seele. Die Arbeit, die sie in den kommenden Monaten vollbrachte, sollte die härteste in ihrem Leben sein. Bauholz aus dem fünfhundert Meter weit entfernten Wald herbeischleppen, schwere Steine ausgraben und zu Bruch schlagen, für die Errichtung der Mauern wurden fünfundzwanzig Kubikzentimeter gebraucht. Gemeinsam schnitzte man aus Lärchenholz dreitausend Schindeln für das Dach. Mare half, einen Kalkofen in die Erde zu graben und diesen mit Steinen und Lehm auszukleiden. Die Abdichtung erfolgte durch einen Steinhaufen, der mit einem Schürloch versehen war. Ganze drei Tage und ebenso viele Nächte musste der Ofen brennen, ohne Unterlass. Pro Brand benötigte man dreißig Ster Holz, und die mussten ebenfalls erst einmal herangeschafft werden. Mares ganzer Körper schmerzte, und doch ackerte sie wie ein Muli. An den Tagen, an denen sie frei hatte, ging sie auf dem Geigelsteingebiet von Hütte zu Hütte und fragte, wie es mit Arbeit für den nächsten Sommer aussehe. Diana, das hatte die Schwester ihr gleich nach dem Almauftrieb angekündigt, würde nämlich auch das folgende Jahr wieder selbst auftreiben und auf der Alm verbleiben. Kommendes Jahr und all die weiteren Jahre ebenso. Doch wo und wen Mare auch immer fragte, es war vergebens. Auf dem Geigelstein sollte es keine Arbeit mehr für sie geben.

Nach dem Almabtrieb und Dianas Rückkehr auf den

Schadhubhof brachte Mare ihre Oberkaser wieder halbwegs auf Vordermann. Sie reinigte den Stall, wusch Bettwäsche, Handtücher und Vorhänge, sie beseitigte das Unkraut ums Haus und hackte Holz für die kalten Tage. Bei einem Bauern im Tal kaufte sich Mare zwei Hennen, als Ersatz für die beiden, die der Adler geholt hatte, weil Diana das Federvieh abends nicht rechtzeitig in die Stube geholt hatte. Eine der geliebten Katzen war während Mares Abwesenheit verschwunden. »So is des Leben«, sagte Mare zum Berggeist, der durch die offenen Fenster fegte und die Vorhänge hin- und herwehen ließ. »Jetzt habn wir ein Vieh weniger im Winter zum versorgn. Wenigstens hat sie di daglassn. Wärst eh net mitganga zum Schadhubhof, gell? Ghörst ja schließlich aufn Berg.« Sie lächelte. »Und zu mir.«

An einem kühlen, stürmischen Spätsommertag stieg Mare langsam den Pfad hinauf. Der Wind peitschte ihr entgegen, ließ Haare und Kleidung flattern. Die Wolken sausten wie kleine Wollfetzen über den Himmel. Keuchend erreichte sie den Gipfel und setzte sich unter das Kreuz. Ihre Blicke schweiften über ihre Heimat, und Mare fühlte, wie Betrübnis sie erfasste. Menschen, Tiere, das Lebendige waren fort, Einsamkeit brach wieder an. Es war stets eine schwere Zeit, wenn alle den Hochkessel verlassen hatten und weder Muhen noch das Klingen der Glocken zu hören waren. Mares Augen wanderten von Alm zu Alm. Rosas Niederkaseralm war in den letzten Jahren immer mehr in sich zusammengefallen. Aus dem Mauerwerk bröckelten Steine, und das Dach, auf dem Gräser zu wachsen begannen, war an einer Seite zur Hälfte eingebrochen. Die Soldaten hatten die Hütte während ihrer Bergaufenthalte nicht gerade pfleglich behandelt. Das letzte Mal, als Mare dort durch das Fenster gelugt hatte, bot sich ihr ein Schlachtfeld: zertrümmertes Mobiliar, zerbrochene Gläser und Flaschen, überall Zigarettenkippen und Daunen von zerfetzten Kissen. Niemand wusste, was nun mit der Hütte geschehen würde. Rosa, das hatte Diana erzählt, sei inzwischen verrückt geworden. Sie lebte irgendwo in der Stadt, mal hier, mal dort. »Is a Gspinnerte, hat immer ganz a merwürdigs Zeugs an und tragt immer an groß̧n Hut. Lang bleibt sie nia, wenn sie mal aufn Samerberg kimmt, muss immer glei wieder weg.«

Abschiednehmen, dachte Mare nun, während der Sturm an ihr zerrte. Fortgehen musst von hier. Was nützte ihr das ewige Wohnrecht auf der Oberkaser, wenn es dort keine Arbeit und kein Geld mehr gab? Sie würde ihre Freunde vermissen, die sie liebgewonnen hatte, die Senner und Sennerinnen der Umgebung, mit Ausnahme des alten Finsterwalderbauern. Dessen Alm war inzwischen zur größten und schönsten hier auf dem Berg gewachsen. Ludwig hatte vergangenen Sommer das Dach erneuern lassen, und von Jahr zu Jahr pachtete er weiteres Weideland hinzu. Mare konnte den düsteren boshaften Mann immer noch nicht leiden und umgekehrt. Die ganzen Jahre, die Mare nun auf dem Berg lebte, waren sie sich aus dem Weg gegangen, so gut es sich unter Nachbarn, die sich die Zäune teilten, eben einrichten ließ. Sein Sohn Adolf war inzwischen zwölf Jahre alt, ein Bub mit rundem Schädel und ordentlich gezogenem Scheitel. Wann immer Mare ihn traf, hatte er seine linke Hand tief in der Tasche seiner speckigen Lederhose vergraben, mit dem Zeigefinger der rechten bohrte er Nase, dass es einem grauste. Vater Ludwig erzog den armen Kerl mit eiserner Strenge, bisweilen hörte Mare Adolfs Geschrei bis zu ihrer Hütte. Manchmal flüchtete sich der Junge zu Mare, die ihm kühle Tücher auf seine glühenden Wangen legte oder die blauen Flecken mit Arnika einrieb. Dazu gab es eine heiße Suppe und liebe Worte. Ein einziges Mal nahm Mare den jungen Adolf in den Arm und wiegte ihn sachte hin und her, wie Mütter es mit ihren traurigen, verletzten oder verängstigten Kindern zum Trost tun.

Eine Krähe setzte sich auf das Gipfelkreuz und legte den Kopf schief, der Wind zerzauste ihr Gefieder, einen kurzen Moment hielt sie seiner Wucht stand, dann erhob sie sich und ließ sich vom Sturm hinwegwehen. Fort von hier, dachte Mare, während sie dem Vogel hinterhersah. Doch wohin sollte sie gehen? Zur Mutter nach Augsburg in die Wirtschaft? Oder als Sennerin in einer anderen Bergregion arbeiten, wo man sie vielleicht brauchen könnte? Haushälterin wäre auch eine Möglichkeit, irgendwo im Tal putzen gehen, waschen oder kochen. Die Krähe sank hin- und herschaukelnd die Hänge hinab in die Tiefe, bald war sie nur noch ein kreisender, schwarzer Punkt, den der Wald verschluckte. Mares Augen wanderten vom Wald zur Oberkaseralm, ihr erst zugesprochenes, dann verlorenes Zuhause. Man müsste es eigentlich dringend renovieren, das Dach, durch das der Regen tropfte, abdichten, die zerbrochenen Fensterscheiben im Stall ersetzen, ein paar Bretter der Kellerklappe austauschen. »Abgrissen und neu aufbaut ghört die Hüttn«, hatte Ludwig Finsterwalder zu Diana gesagt. Im Vergleich zur Nachbarhütte war die Alm aber noch ansehnlich. Bald, dachte Mare, wird die Grenzhuberalm mit einem lauten Krachen in sich zusammenfallen.

Der Wind auf dem Berg wurde stärker und wilder. Er schlug die Latschen auf den Boden und neigte die Kiefernwipfel. Vom Wilden Kaiser her verdunkelte sich der Himmel, Ankündigung schlechten Wetters. Mare schlang die Jacke fest um sich und ging langsam den Pfad zurück. Sie hatte beschlossen, Herbst und Winter noch auf dem Geigelstein zu bleiben. Das Geld, das sie sich beim Almbau verdient hatte, würde noch ein paar Monate reichen. Dann, so überlegte sie schweren Herzens, werde ich mich im Frühjahr auf den Weg machen. Irgendwohin, mir Arbeit und eine neue Heimat suchen und erst wieder zurückkehren, wenn Diana die Oberkaser nicht mehr in Beschlag nehmen wird.

Kurz bevor der Schnee zu fallen begann, klopfte eines Tages ein fremder Mann an Mares Tür. »Mare Wiesbeck, servus, bin der Simmering Max. I tät dir gern an Vorschlag machn.«

Der Tod mag Mares Hütte umschleichen, er mag vor ihrer Türe stehen, aber er tritt nicht ein.

Der Allmächtige lässt Mare nicht sterben. Stattdessen macht er Einsamkeit und Stille zum Geschenk, in die er all die Erinnerungen an Schönes packt: An die Zeiten, in denen Mare ein junges Mädchen war. Der Herr lässt sie vom Schadhubhof träumen, wo alle zusammen sind. Den Bruder Franz schickt ihr Gott noch als Menschenwesen, nicht als ein ausgehöhltes Wrack, zu dem der Bruder nach dem Krieg geworden war, eines, das vergessen und verloren zwischen Schnapsflaschen in einem Verschlag dahinvegetiert, auf dass der Tod ein Erbarmen habe. Großvater, der liebe, ist auch noch am Leben. Er ruht auf der Ofenbank, sein großes Haupt im Kissen versenkt, die Pfeife im Mund und erzählt von damals. Mutter Edith ist ebenfalls zugegen, sie riecht nach Kernseife, während sie bei ihrer kleinen Tochter am Bett sitzt und Märchen liest.

Gott füllt Mares alten Kopf auch mit Bildern, in denen sie mit dem kleinen Schemel den Geigelstein hinaufsteigt, um die Kühe zu melken. Da hockt sie, den Eimer zwischen den Beinen, zieht mit gewohnter Gleichmäßigkeit und leichtem Druck von oben nach unten an den Zitzen und blickt, während die Milch spritzt, in die Ferne. Bisweilen setzt der Allmächtige Mare vor ihrer Hütte auf die Bank und wendet ihren Kopf nach links zur Grenzhuberalm. Dann erscheinen all die fröhlichen Menschen, die einst dort ein- und ausgegangen sind. Mare steht am Herd, rührt die Suppe oder zieht einen Schweinsbraten aus dem Rohr.

Die Musik spielt, die jungen Burschen lachen, und man tanzt die Nächte hindurch. Es gibt auch Stunden, da lässt der Allmächtige im Himmel die greise Mare an einen ihrer Gönner denken, der ihr eine andere Welt zeigte, eine neue Welt, die des Glanzes, Reichtums, der Üppigkeit und Verschwendung. Hin und wieder erscheint auch Conny, das Engerl.

Gott lässt in Mares Hirn das Hier und Heute in nostalgischer Vergangenheit versinken, begleitet von Wehmut und Dankbarkeit. Die Zeit der Gegenwart ist jetzt nicht mehr lang, sie quält nicht mehr, vergeht schneller denn je. Und die Einsamkeit ist schon lange verflogen inmitten all der schönen Erinnerungen. Mare lebt ihr Leben ein zweites, drittes Mal, immer wieder. Gott bewirkt auch, dass die alte Frau langsam vergisst, was nicht gut war und ist.

Und so vergehen die nächsten Jahre, Sommer wie Winter, Frühjahr wie Herbst. Jahr für Jahr.

Nicht nur Mares gegenwärtiges Leben entschwindet ihrem Kopf, auch ihr Körper wird allmählich zu etwas, das nichts anderes auf der Welt zu tun hat, als zu existieren und Mares Seele zu umhüllen.

Er kennt kaum mehr Schmerzen, sagt ihr kaum mehr, wann er Hunger und Durst verspürt. Er lässt sie die Stiegen in den Keller steigen, ein paar Meter auf- und abgehen, Becher und Gabel zum Munde führen. Das Herz klopft regelmäßig wie ein Uhrwerk und will nicht stillstehen.

Wenn sich der schwarze Sensenmann um Mares Hütte stiehlt, die Türe öffnet, nach innen huscht und sich auf das Bett setzt, um die Greisin zu holen, schwebt der Berggeist über der alten Frau. Er war auch da, als der Tod Mare vor einiger Zeit verhungern lassen wollte. Er war gegenwärtig, als der Tod die Stube in Flammen aufgehen ließ und der Hilflosen die Luft zum Atmen nahm – oder sie erfrieren lassen wollte, auch das hatte der Tod mit der Sennerin versucht. Vergebens. Schickte er Mare ins Jenseits, holte der Berggeist sie wieder zurück ins Diesseits. Inzwischen war Mare schon so oft zwischen Tod und Leben hin- und hergeglitten, dass sie den Respekt vor dem Sensenmann verloren hatte. Todsicher, a bleeds Wort, des gibt's gar net, denkt Mare oft, denn nichts ist bei ihr, der Zähen, bislang so unsicher gewesen wie der Tod.

Und doch weiß Mare, dass er auf dem Geigelstein immer zugegen ist, wie überall in der Bergwelt, weil dort das Wetter launisch ist, die Wege anstrengend und gefährlich sein können. Mare weiß nicht mehr, von wie vielen Toten sie im Lauf der Jahre gehört hat und wie viele Verunglückte sie selbst gesehen hat. Der Tod hat junge, wagemutige Burschen von den Felswänden zu sich geholt, indem er die Kletterer unachtsam hat werden lassen oder müde, so dass sie in die Tiefe fielen. Er hat Menschen unter Lawinen erstickt und einen Flieger vom Himmel geschleudert, um die Piloten verbrennen zu lassen. Manchmal war der Tod auch gnädig gestimmt und ist es weniger blutig und grausam angegangen, wenn er Wanderern einfach das Herz ausgeschaltet hat. Sie sanken dann in sich zusammen und waren einfach fort von dieser Welt, schnell, laut- und schmerzlos. Der Tod, findet Mare, ist zu denen besonders grausam, die hinterblieben sind und trauern. Selten hat Mare einen unglücklicheren und verzweifelteren Menschen gesehen als den Förster eines nahegelegenen Reviers. Ein Jäger hatte dessen Sohn mit einer Gemse verwechselt und den kleinen Bub vor den Augen des Vaters erschossen.

So sehr der Tod auf dem Geigelstein bisweilen wüten

mochte, in der Oberkaseralm hatte er bislang nichts zu suchen gehabt.

Nur Mares Katzen hatte er entdeckt.

Nach und nach holte er sie. Die eine fand Mare kalt und steif hinter einem Holzhaufen, das Maul weit geöffnet, die Pfoten von sich gestreckt. Die andere lag eines Morgens leblos in Mares Bett, die dritte verschwand von heute auf morgen, die vierte verriet ihr Dahinsiechen durch einen Gestank, der Mare unter das Dach führte, wo das Tier halb verwest neben verschimmelten Kartoffeln in einer Obstkiste lag. Die fünfte erhielt von Mare einen Hieb mit der Axt auf den Schädel, nachdem ein Marder das arme Wesen halb tot gebissen hatte. In den Monaten, in denen der Boden nicht gefroren war, begrub Mare ihre Tiere hinter dem Haus, betete für sie ein Vaterunser. Später, im Winter, als Gevatter Tod auch die sechste Katze zu sich geholt hatte, heizte die Sennerin den Ofen ordentlich ein und warf den Kadaver hinein. Der Tod, was war er schon? Mare fürchtete ihn nicht mehr, es begleitete ihn keine Trauer, keine Furcht. Und während die Katze im Feuer vor sich hin schmorte, es zischte und Funken sprangen, saß Mare vor dem Herd und schüttelte den Kopf. »Wia lang bist bei mir gwesn?«, fragte sie das brennende Tier. »I woaß es nimmer. Warst a liabs Vieh, Zeit is halt worn, dass di der Herrgott holt. Alle holt er, nur mi net. Will mi net im Himmi habn. Aber was soll i no da heruntn auf der Erdn, wo i allen nur a Last bin?«

Nun gab es nur noch Miez. »Sieben Leben hab i, wia du«, sagte Mare zu dem alten Vieh, das inzwischen mehr auf drei als auf vier Beinen ging. Wie die Greisin hat auch Miez alle Zähne verloren, das Fell ist schütter wie Mares Haar und der Gang unsicher und steif, wie das unbeholfene Tapsen der Sennerin. »Miez, derfst net vor mir sterbn, des musst mir versprechn«, sagte Mare zur Katze, die sich auf dem Schoß der Greisin zusammengerollt hatte. »Bin sonst so alloa.« Sie wandte ihren Kopf zum Heiland. »Na, is scho guad, du bist a no da.« Ein Fauchen durchzog den Herd, und Mare lächelte. »Ja, und du a, Berggeist. Aber du redst ja net mit mir, wehst nur durch die Hüttn, bist mal im Feuer, mal im Kamin oder saust durchs Schlüsselloch.« Die Sennerin legte ihre Hand auf den Kopf der Katze, zufriedenes Schnurren, Knistern, ansonsten Stille bei der Einäscherung.

Mare stirbt und stirbt nicht, egal, was für ein Schicksal sie ereilt. An manchen Tagen hadert sie deswegen mit Gott, an anderen steht sie mit gefalteten Händen vor dem Kruzifix und bittet, den hundertjährigen Geburtstag erleben zu dürfen. Acht Jahre wären es noch.

Fast alle Menschen, die mit ihr aufgewachsen waren, sind inzwischen beerdigt worden. Ludwig Finsterwalder ist schon lange tot, Diana, Franz, die Mutter sowieso, viele Freunde, Senner und Sennerinnen.

Nur Rosa lebt noch. Die Freundin einsam in einem Pflegeheim im Tal, Mare einsam in der Hütte auf dem Berg. Zwei verrückte Frauen, die bisher so ungewöhnlich, so anders gelebt haben als all die Menschen, die die geregelten Bahnen gegangen und inzwischen verstorben sind. Rosa, die Gspinnerte, für die die Welt nicht weit genug sein konnte, lebt jetzt in einem kleinen engen Zimmer, Gedanken im Kopf, die überall in der Welt umherfliegen und Dinge sehen und auch hören, die ganz woanders geschehen, auch auf dem Geigelstein. Die beiden alten Frauen, die ihre Freundschaft spät, fast ein halbes Jahrhundert, nachdem sie sich zum letzten Mal gesehen hatten, wiederentdeckt haben, sind enger verbunden denn je, seitdem Rosa wieder in Mares Leben getreten ist.

Zwischen ihren Mädchenjahren und dem Greisendasein haben sie sich nur zwei Mal gesehen:

Das erste Mal stand Rosa plötzlich vor der Oberkaseralm mit einem komischen Strohhut auf dem Kopf und einem bunten Kleid am Körper. »Servus Mare, Zeit is worn, dass i di mal bsuch«, sagte sie lachend. Sie schien verändert, nicht nur, dass sie wie Mare inzwischen in die Jahre gekommen war, sie hatte auch etwas eigenartig Unruhiges, Gehetztes im Blick.

Rosa blieb drei Tage und drei Nächte. Die beiden Frauen erzählten sich gegenseitig ihr Leben, das verrückte, unstete von Rosa, das ungewöhnliche, stete von Mare.

Nach Rosas Fortgang schrieben sie sich gelegentlich Postkarten, auf deren Rückseite meist Belangloses stand. »Wie geht es? Bist noch gesund? Steht die Hütten noch? Wo bist gerade?«

Seitdem man Mare ein Telefon in der Hütte eingerichtet hat, rufen sich die beiden Freundinnen beinahe täglich an, falls Mare den Telefonstecker nicht mal wieder aus der Wand gezogen hat, weil Rosa zu viel ahnt oder warnt. Mare weiß, dass Rosa alles weiß. Rosa fühlt im Tal, wenn sich oben auf dem Geigelstein die Terroristen tummeln und um Mares Haus schleichen. Rosa spürt auch, wenn die Geister in der Leitung stecken. Sie hört von überall die Stimmen flüstern, die sagen: »Mare, muasst vom Berg. Und wennst du net gehst, werst nimmer lang lebn.« Je häufiger Mare und Rosa miteinander telefonieren, desto mehr verändert sich die Oberkaser zu einer Festung. »Vorsicht, sie kemman, sie holn di, sie bringn di weg oder glei um«, klingt Rosas warnende Stimme in Mares Ohr. Nach jedem dieser beängstigenden Telefonate sucht die Sennerin nach weiteren Gegenständen, die sie innen noch vor die Tür stellen könnte, damit die Terroristen sie nicht von außen aufbrechen. So gibt es Zeiten, in denen nahezu alles, was Mare besitzt, in der Stube zu einem großen Haufen vor der Eingangstür geschichtet ist. Bleibt das Telefon stumm, weil die Sennerin den Stecker aus der Wand gezogen hat, verliert sich Mares Angst und weicht der Vernunft, die das Hirn noch aufzubringen vermag. Die Tür ist dann geöffnet, Mare sitzt draußen auf der Bank und lässt sich die Sonne ins Gesicht scheinen.

Kurz nachdem Mare fast verhungert wäre und der Finsterwaldersohn sie mit Suppe und Brei wieder auf die Beine gebracht hat, hört Mare zwei Schneequads den Berg hochrattern. Die Alte streift sich eine dicke Jacke über, wickelt sich einen Schal um den dünnen Hals und schlüpft barfuß in ihre Stiefel, um nachzusehen, wer zu dieser ungewöhnlichen Zeit kommt. Es ist Martin. Er wird von zwei Personen begleitet, die Mare in ihrem Leben noch nie gesehen hat, einem Mann, der sich als Herr Fritsche vorstellt und Arzt ist, und einer etwas älteren Frau, die Erika Gundlach heißt und vom Sozialdienst kommt. »Was wolln die da?«, fragt Mare Martin.

»Vater hat des so eingrichtet«, meint der Finsterwalder Junior und fügt schnell hinzu: »Deine Nichte Emmi übrigens auch.« »Dei Vater und die Emmi? Was habn die in meim Leben zum Sagn?« Mare ist erzürnt. »Der Herr Fritsche, der tät di jetzt mal untersuchn«, erklärt Martin. »Brauch koan Arzt«, murrt die Alte, »bin nia krank und wenn scho, nachhert hab i meine Kräuter. Und jemand vom Sozialamt brauch i erst recht net.«

»Wir wollen nur dafür sorgen, dass es Ihnen gutgeht, Frau Wiesbeck«, beschwichtigt Frau Gundlach, eine füllige Frau mit fussligen, ausgebleichten Haaren und einem nach rechts außen schielenden Auge.

»Wer sagt, dass es mir schlechtgeht?«, fragt Mare und taxiert das eine Auge, das auf sie gerichtet ist.

»Man hat uns erzählt, dass Sie vor kurzem fast verhungert wären.«

»Na und? Irgendwie muss i ja mal sterbn.«

»Mare, aber net so«, erwidert Martin.

»Ich würde Sie gerne mal auf ihren körperlichen Zustand untersuchen«, bittet Arzt Fritsche. »Sie langn mi net an«, jetzt wird Mare richtig wütend, und als Frau Gundlach noch etwas von einem schönen Platz im Altersheim erzählt, den ihre Nichte organisiert hat, beginnt Mare zu schreien.

»Martin, bring die Leit weg, aber schnell, und lasst euch nia mehr blickn da herobn, du a net Martin, will di nimmer sehn.«

Sie dreht sich um und holt aus dem Verschlag neben dem Eingang einen Besen, mit dem sie auf die ungebetenen Gäste zugeht. »Frau Wiesbeck, zwingen Sie uns bitte nicht, andere Schritte einzuleiten, und das werden wir, wenn wir sehen, dass Sie hier nicht genügend versorgt werden.«

Später war es Mare, als hätte der Herrgott einen schützenden Engel zu ihr geschickt, keinen himmlischen, sondern einen irdischen. Dieser Engel stapft jetzt auf Skiern den Berg hoch. Er trägt keine Flügel, dafür einen fetten Rucksack auf dem Rücken. »Mare, geh, was machst denn mit dem Besen?«, fragt der Engel, als er vor Mare steht. »Wer sind Sie?«, will Frau Gundlach wissen. »Das«, erklärt Martin, »das ist die ehemalige Wirtin der Priener Hütte.«

»Conny hoaß i«, sagt der Engel und nimmt Mare den Besen aus der Hand.

»Kimm, mir gengan eini, is kalt da heraußn. Wir gengan in die Stube, hab dir an Knödel mit Sauce mitbracht. Und noch viel mehr.«

»I werd versorgt«, grinst Mare den ungebetenen Helfertrupp an. »Sie werd versorgt«, bestätigt Conny lächelnd.

Dann verschwinden die beiden Frauen.

Was hat die Conny eigentlich noch aufm Geigelstein verlorn?«, fragt Adolf Finsterwalder seinen Sohn biestig, nachdem dieser von der misslungenen Altersheimaktion erzählt hatte. »Ois hat sie versaut«, flucht der Alte.

Es war so glatt nach Plan verlaufen. Mit der Versorgungslücke, die fast zum Tod der alten Sennerin geführt hätte, war weiß Gott der richtige Moment gekommen, um die Behörden davon zu überzeugen, dass man die Greisin vom Berg holen musste. In Gedanken hatte Adolf Finsterwalder die Oberkaseralm bereits zur schönen Hütte mit Bewirtung umgebaut. Er wollte den vorderen Teil abreißen und im Wiederaufbau vergrößern, den Stall könnte man stehen lassen, der war noch halbwegs in Ordnung.

Adolf war sich sicher, bei dem wachsenden Wandertourismus wäre die Hütte ein lukratives Geschäft. Zudem könnte er mit dem gewonnenen Almweideland seine Landwirtschaft erweitern und noch mehr Vieh halten als bisher.

Familie Finsterwalder sitzt zu Tisch. Der Vater ist missgelaunt, Mutter Brigitte ratlos, und Sohn Martin hat auf all das Mare-Theater keine Lust mehr. »Lass di Oide doch in Friedn«, sagt er schließlich zum Vater. Ein Streit beginnt. »Is ois nur für di, damit gnua hast mal später fürs Lebn, wann i nimmer bin.« Mutter Brigitte wirft ein, man hätte doch ohnehin schon genug, mehr als alle anderen Landwirte, und für den Sohn würde es allemal reichen. Martin aber will alles der Zeit überlassen, damit Mare in Würde ihren Tod an jenem Ort finden könne, wo sie ihr Leben lang lebte. »In Würde?«, brüllt Adolf seinen Sohn an. »Was verstehst'n du von Würde? Die Frau spinnt, sie hat nimmer alle beinander im Kopf, mit ihrem Terroristenschmarrn. Die woaß nimmer, was sie will, also müssn andre für sie bestimmn.«

»Und diese andern, des bist du? Geh Vater, wannst die Mare ins Altersheim tust, stirbt sie sofort.«

»Dann merkt mans wenigstens gleich, wenns tot is, und net nach Wochen erst«, entgegnet Adolf.

Brigitte nickt. »Des will i mir net vorstelln, so zu sterbn, dass i dann verwes, weil neamand gmerkt hat, dass i tot bin, grausig, und wia des stinkn duad.«

»Stinkt sowieso scho gnua in derer Hüttn«, wettert Adolf weiter. »Als normaler Mensch hältst des da koane zehn Minuten aus in dem Saustall.«

»Und?«, fragt Brigitte. »Wia geht's jetzt weiter mit der Mare?«

Es würde jemand bestimmt werden, der sich ab jetzt fest um Mare kümmert, so hatten sich Mare und Conny mit Frau Gundlach geeinigt. Es gäbe da laut Conny auch schon jemand, der sich dazu bereit erklärt hätte. Das ganze Organisatorische wie zum Beispiel das Zufahrtsrecht auf den Geigelstein habe sich ausgerechnet nach dem Fortgang der Priener Wirtin blöderweise in die Länge gezogen, und so wäre es zu dem Engpass gekommen, der fast zu Mares Tod geführt hatte, erzählt Martin von dem Gespräch, das auf der Alm stattgefunden hat. »Ja, und dann sans wieder gfahrn, der Arzt und die Sozialfrau, und habn die Mare oben glassn. Is erst mal nix mit dem Altersheim. Und i derf mi nimmer bei ihr blickn lassen, hat die Mare gsagt. Des vergisst sie mir nie, dass i mit am Arzt und derer Sozialtante kemma bin.«

»Ach, des vergisst die doch sowieso glei wieder«, sagt Gitti. »Und wia geht's jetzt weiter?«

Adolf Finsterwalder verschränkt die Arme vor der Brust und hebt selbstbewusst das Kinn. »Die Frau werd entmündigt, so geht's weiter.«

Frieden mit dem Leben zu schließen, das einen beutelt und herausfordert, ist eine Kunst. Kein Hadern, kein Jammern mit dem Schicksal, kein Zurück-, sondern ein Nachvorneblicken, sich arrangieren und das Beste daraus machen, das alles ist eine Gabe, die Kraft verleiht und Leid erspart. Für Mare bedeutet diese Gabe nichts anderes, als auf Gott zu vertrauen.

Der Herr woaß scho, was er will und wohin er mi bringt, dachte die Sennerin, als sie das Angebot von Max Simmering annahm, dem Bauern, der nun neuer Pächter der benachbarten Grenzhuberalm war. Zuvor hatten er und der Finsterwalderbauer einen langen Kampf um das dazugehörige Weiderecht ausgefochten. »Hat net solln sein für an Ludwig, dem alten Gauner und Schlitzohr«, grinste Max Simmering, »hab so meine Beziehungen zum Forstamt. Zwölf Stück Jungvieh treib i kommenden Sommer auf. Hab viel von dir ghört, Mare, sollst a ganz a guade Sennerin sein, sagn die Leit. Magst für mi arbeitn? Nimmst den Kaser, den richt i dir aweng her. Und ausschenkn derfst a. Hab a Schankrecht auf derer Hüttn. Was moanst?«

Im Frühjahr zogen Pferde schwere Wägen nach oben, in die man allerlei Baumaterial geladen hatte. Und einen großen Herd. Die alte Grenzhuberalm wurde instand gesetzt, mehr noch, man machte ein schmuckes Kleinod aus ihr. Maurer kitteten das brüchige Mauerwerk, das Dach wurde repariert, Wasserleitungen gelegt, der Stall aufgeräumt und gereinigt. Das obere Stockwerk machte man bewohnbar und stattete es mit einem Bett nebst richtiger Matratze aus. In der Stube baute man den Holzherd ein und stellte ein paar Tische und Bänke hin. Mare wünschte sich eine Tapete, so, wie man sie in den fünfziger Jahren hatte, modern, mit schönen Mustern.

Pünktlich, ein paar Tage vor Almauftrieb, war alles fertig. Mare räumte aus der Oberkaser alles aus, was ihr gehörte, und trug es hinüber in ihr neues Zuhause. Sie nagelte den Spiegel an die Wand, stellte Großvaters Radio auf eine Kommode und hängte den Heiland in die Ecke. Die Hennen erhielten ihren Platz im Stall, die Katzen gewöhnten sich mit der Zeit daran, dass ihr neues Heim nicht mehr nebenan war.

Mare rüstete sich für den Sommer. Sie ging hinab ins Tal, stopfte ihren Rucksack mit allerlei Lebensmitteln für die Speisen voll, die sie für die Gäste kochen wollte, und schleppte alles wieder hinauf. Es war ein schweißtreibendes Rauf, Runter, Rauf, Runter, vor allem, wenn sie Getränke auf dem Rücken trug: Bier, Schnaps, Rum. Und jedes Mal, wenn sie am Finsterwaldkaser vorbeikam, schauderte ihr, so sehr war der Hass zu spüren, den der Bauer Ludwig nach seiner Niederlage empfand.

Es fiel der jungen Mare nicht schwer, sich schnell an die so schön hergerichtete Hütte zu gewöhnen, endlich hatte sie ein eigenes Schlafzimmer unter dem Dach mit einem kleinen Fenster, das einen Blick über die Felsen in den Himmel freigab. Die Stube war behaglich, von Mare hübsch dekoriert mit allem, was die Natur hergab, und der Herd spendete wundervolle Wärme.

Als Diana in diesem Frühsommer mit Emmi auf der Oberkaseralm erschien, war alles auf der Grenzhuber erledigt. Diana lächelte spöttisch, als sie sich in Mares neuer

Hütte umsah. »Des findest also schee«, sagte sie kopfschüttelnd. Sie hob ein Glas in die Höhe und hielt es gegen das Fenster. »San dreckert und voller Wasserflecken, und so willst an Ausschank machn? Jessas, kleine Mare, des werd nix wern. Und wenn die Wanderer bei mir was trinkn wolln, sog i net na.«

Wenngleich die beiden Schwestern nun in getrennten Hütten lebten, setzte sich ihr Konflikt fort. Diana wollte kein gutes Haar an Mare lassen und umgekehrt. Täglich stritten die Schwestern über alles, was sich ihnen an Gelegenheit bot: Das Leben im Allgemeinen, die Sennerarbeit im Besonderen, das Aufräumen und Putzen der Almen, die Zubereitung der Brotzeit, wenn Gäste zu bewirten waren, die Ordnung in den Stuben, die Katzen, die auf die Tische sprangen, die Hennen, die den Boden aufscharrten und Dreck hinterließen. Gründe fanden sich immer, um einen heftigen Zwist auszutragen. Besonders laut zwischen den Schwestern wurde es, wenn Männer ins Spiel kamen. Diana, deren Selbstwertgefühl durch Xavers Untreue und Nachlässigkeit einen harten Schlag erlitten hatte, ließ keine Gelegenheit aus, um dieses wieder zu stärken. Sobald ein paar fesche Männer auf der Grenzhuber zugegen waren, erschien sie bei Mare, stets geschminkt, adrett gekleidet und voller Charme. Is nur an Sommer lang, versuchte sich Mare zu beruhigen, nur ein paar Monate, dann is die Schwester wieder weg. Und wer wusste schon, wie viele Jahre Diana die Almzeit überhaupt noch hier verbringen wollte. Vielleicht hatte sie bald genug von der harten Sennerarbeit. Irgendwann, dessen war sich Mare gewiss, würde sie wieder in ihre alte Oberkaser ziehen.

Jetzt aber hatte erst einmal eine andere Epoche begonnen, eine ungewöhnliche, eine glückliche, ausgelassene, eine über die die Menschen, vor allem die Männer im Tal, noch lange sprechen würden. Wenn die Zeugen dieser Zeit über das berichten, was in den nachfolgenden zehn Jahren geschah, dann tun sie das meist mit einem schelmischen Lächeln auf den Lippen: »Mei, des war a Mordsgaudi bei der Mare auf derer Grenzhuberalm. Is ganz schee zuaganga.« Die Frauen dieser Männer zwinkern dann mit den Augen und erinnern sich: »Oh ja, des warn Zeiten, da seid ihr Burschn oft drobn gwesn, oft net hoamkemma in der Nacht. Möcht net wissn, was ihr da ois triebn habts.« Die Männer, die damals jung, stark und ausgelassen waren, überdies Bier, Schnaps, Verwegenheiten und fesche Mädel liebten, hüten ihre Geheimnisse um die Grenzhuberalm bis heute.

Auf der Alm, da gibt's koa Sünd, weil der Pfarrer net auffikimmt.

Die Grenzhuberalm mit ihrer neuen Sennerin wurde in den kommenden Jahren zu einem beliebten Treffpunkt. Mare war eine ebenso fröhliche wie gute Gastgeberin. Sie buk den Schmarrn, wie sie es von Mutter Edith gelernt hatte. Ihre Suppen waren würzig, und noch heute schwärmen die Menschen von Mares Schweinebraten mit Klößen. Schnaps, Rum und Bier gab es natürlich auch. Und als die Gesundheitsbehörde die Qualität des Wassers anmahnte, mit dem die Gläser abgewaschen wurden, gab es die Getränke eben nur noch direkt aus den Flaschen. Großvaters Radio war im Dauereinsatz, wenn nicht gerade mal irgendjemand seine Ziehharmonika, Gitarre oder Trompete mit auf die Grenzhuber genommen hatte. Mares Alm wurde zum Ort der Fröhlichkeit. Es wurde gegessen, Karten gespielt, musiziert, getanzt, bisweilen auch auf den Tischen. *Ganz Paris träumt von der Liebe*, *Wenn bei Capri die rote Sonne im Meer versinkt*, *Junge, komm' bald wieder*, *Ein Schiff wird kommen*, hießen die Schlager, die damals rauf und runter gespielt wurden. War reichlich Alkohol geflossen, wurde es auf der Grenzhuber noch turbulenter. Dann donnerte Rock'n Roll aus dem Radio, Rockabilly mit wilden Rhythmen. Wie überall nach dem Krieg, träumte man in diesen Jahren von der Ferne, der Weite, der Unbeschwertheit und Ausgelassenheit, vor allem aber von der Liebe. Im Hochkessel des Geigelsteins träumte man es nicht nur, man lebte es dort auch ungehindert aus. Niemand sah zu, keiner kam und störte sich daran. Ein jeder wusste, dass das Leben, das auf Mares Hütte gelebt wurde, auch dort oben blieb. Mare war diskret, verschwiegen. Ratschereien, vor allem Tuscheleien hinter dem Rücken der Betroffenen, duldete sie nicht auf der Grenzhuber.

Die Sennerin wusste, viele der Burschen hatten im Tal eine Freundin, etliche der Männer gar eine Ehefrau. Doch das minderte den Spaß, den sie alle mit Mädeln und Frauen hatten, die nicht die ihren waren, nicht im Geringsten. San alle gleich, die Männer, alle sans Wilderer und Jäger, so wia der Xaver, dachte Mare, die Kerle sans net wert, dass man das Herz an sie verliert. Dieser Gedanke verfestigte sich bei ihr während all der Jahre, in denen sie die Alm bewirtschaftete. Die Flegel machn Frauen nur dann scheene Augn, wenn's net die eigenen san. Männer san untreu und Meister im Lügn. Kaum jemand wusste dies besser als Mare, wenn die Gäste auf ihrer Alm Feste feierten. Adolf war da ein ganz Besonderer. Nur zu gut konnte sich Mare noch an den kleinen verdrucksten, ängstlichen Buben erinnern, der sich einst hinter seinem Vater Ludwig versteckt hatte. Später, das hatte Mare sehr wohl bemerkt, hatte der Junge heimlich ihre Hütte ausspioniert und überall auf dem

Geigelstein herumerzählt, sie sei eine Hexe. Jetzt war der Kerl Gast bei ihr, tat den Frauen schön, und daheim wartete seine junge Frau Brigitte. So sans, die Finsterwalder, dachte Mare insgeheim, der oide Ludwig und der Sohn, a falsches Pack.

Über nichts sprachen die Männer damals lieber als über die Traumfrauen, die es damals in den Filmen zu sehen gab. Mare war ein einziges Mal im Kino gewesen, zusammen mit Rosa in Rosenheim. Das war eine Woche, bevor sie den Schadhubhof verlassen hatte, im Jahr 1941 gewesen. *Anton der Letzte* mit O.W. Fischer und Hans Moser. Sie erinnerte sich noch gut, wie sehr sie sich über diese Geschichte übers Heiraten und all die Scherereien, die damit verbunden sein konnten, geärgert hatte. Aber muss man als Wirtin überall mitredn können?, dachte Mare. Weil das Kino zu weit weg war, kaufte sie im Tal Zeitschriften, auf deren Titelseiten all die schönen Traumfrauen abgebildet waren.

Abends, wenn sie alleine war, blätterte sie die Hefte im Kerzenschein durch. Liz Taylor, Romy Schneider, Marilyn Monroe und wie sie alle hießen. Sie waren ungefähr im gleichen Alter wie Mare, meistens etwas jünger, stets schöner. Von solchen Frauen also träumte die Männerwelt. Blickte Mare dann in den Spiegel, schüttelte sie den Kopf. Was auch immer sie tat: Den Zopf lösen, die dichten Haare kämmen und über die Schulter fallen lassen, den Kopf lasziv schräg legen, wie es auf den Zeitschriften zu sehen war, die Lippen mit dem Lippenstift, den sie irgendwann einmal in einem Anflug von Eitelkeit gekauft hatte, nachfahren, verführerisches Lächeln und die Augen weiten – Mare blieb Mare, immer noch hager, mit flacher Brust, das Gesicht markant, die Lippen schmal, die Nase groß. »Werst mit der Zeit a net scheener, Mare«, zischte sie dann bissig ihrem

Ebenbild zu, band die Haare wieder zusammen und wischte sich das Rot von den Lippen.

Mares Schönheit, so erzählten es später die Männer, bestand aus ihrer Leichtigkeit, aus ihrer Fähigkeit, das Leben so zu nehmen, wie es kam, gelassen, mutig, unbeirrt. Man bestaunte ihre Kraft, ihren Willen, ihren unbeugsamen Stolz. Und ihre Zähigkeit, die schlimmsten Stürme, die bitterste Kälte, die stärksten Regenfälle und die härtesten Winter zu überstehen. Die Männer liebten ihren besonderen Gesichtsausdruck, eine Mischung aus Verschmitztheit, Entschlossenheit und Stolz. Und jeder bewunderte ihr dichtes, festes Haar, das stets so schön glänzte und zu wundervollen Frisuren gebunden war.

Morgens erledigte die Sennerin die Almarbeit, zählte das Vieh, versorgte es mit ausgewählten Kräutermischungen, wenn es krank oder verletzt war. Sie molk, mähte Gras, machte Heu, hielt Wiesen und Boden instand, breitete Mist zur Düngung aus, entfernte Disteln und reparierte Zäune.

Zur Mittagsstunde kochte sie, richtete Brotzeit für die Wanderer her, bediente, räumte ab, spülte Geschirr und hörte zu.

Abends zog sie ein fesches Gewand an, band die Haare zu einem Kranz und war bereit für all die Leute, die nach der Arbeit im Tal den langen Gang auf die Alm antraten, um auf dem Berg ein paar Stunden Ausgelassenheit zu erleben oder um die Nacht über dortzubleiben, denn Quartiere gab es bei Mare zuhauf im Heu.

Maria Wiesbecks Leben war erfüllter denn je.

Das Licht ist schwach, wie immer um diese Tageszeit. Mare liegt im Bett und starrt auf die Stelle, wo die Decke über der Anrichte schwarz verfärbt ist. Auf dem Bauch der alten Frau liegt Ediths Märchenbuch. Viel ist nicht mehr von ihm zu erkennen, denn es ist verkohlt. Die Greisin ist erschöpft. Drei Eimer Wasser hat sie heute Früh schleppen müssen und das bei ihrer wehen Ferse. Niemand hat ihr geholfen, der Berggeist ist ein fauler Sack. Dabei war er schuld an dem, was passiert war. Er hat die Kerze umgeweht, die auf der Anrichte stand, ganz heimlich, um die schlafende Mare ein wenig zu ärgern. Er hat auch das Märchenbuch brennen lassen, das neben der Kerze lag, und als Mare aufwachte und mit heftigen Handbewegungen das Feuer löschen wollte, kippte die Rumflasche um, der Alkohol brannte lichterloh und die Anrichte stand in Flammen. Hinkend schleppte Mare Wasser hin und her und schüttete es über das Feuer. »Brauchst net zischn«, schimpfte sie den Geist.

Dann war Ruhe, es stank. Mare öffnete die Fenster, schickte den Rauch hinaus ins Freie. »Kannst di a gleich schleichn«, murrte sie den Berggeist an.

Bald ist es dunkel, denkt Mare und kratzt mit dem Fingernagel etwas Ruß vom Holz. Dann dämmert sie vor sich hin. »Schlafn duad guad, Denkn macht müd«, murmelt sie. Sie muss in letzter Zeit viel grübeln. Über den Kummer, den sie den Menschen bereitet, weil sie so alt ist und nicht stirbt. Die Leute müssen sich kümmern um sie, dabei war Mare immer diejenige, die sich um andere gekümmert hatte, ihr

Leben lang. Um das Vieh, die Katzen, das Muli, die Hennen, gelegentlich auch um die Schweine und Schafe, die Almen und die vielen Gäste. Sie kümmerte sich um Liebeskummer, denn die Burschen erzählten ihr, der Verschwiegenen, was sie bewegte. Sie kümmerte sich um den kleinen Adolf, um dessen Sohn Martin, um den kleinen Werner und dessen Bruder. Sie wiegte die kleine Sophie in ihren Armen hin und her, ja, an all das kann sie sich noch vage erinnern.

Der Knöchel schmerzt wieder. Mare zieht die Beine an, setzt sich im Bett auf und schlägt das Märchenbuch auf. Dort, wo die Seiten nicht verbrannt sind, kleben sie aneinander. Das Buch war seit Generationen weitergereicht worden, von der Mutter zur Tochter, zur Enkelin und wieder zu deren Tochter. Jetzt war es ein feuchter, rauchiger Klumpen. Mare wirft ihn auf den Boden. »Kann eh nimmer lesn«, knurrt sie. Ihre nackten Füße landen auf dem Boden und schleppen sie zum Tisch. »Was nemma heit für a Salbe?«, murmelt Mare, während sie sämtliche Cremetiegel, die sie in der Schublade findet, nacheinander dicht vor ihre Augen hält. Salbe gegen erfrorene Glieder aus gestampften weißen Rüben, Öl, Schmalz, Spitzwegerich. Mare grämt sich über ihre Ferse, weil sie nicht schnell genug heilen will. Immerhin kann die Sennerin wieder mit dem Fuß auftreten. Ohne Arzt und Krankenhaus und all dem Schmarrn. Sie überlegt kurz, wie lange der Sturz her ist. Eine Woche, zwei? Nein länger, Conny war an dem Tag zu Besuch gewesen, ja, sie erinnert sich, braves Gedächtnis, Conny, das Engerl, war da und hat den Hubschrauber weggeschickt, den dieser Finsterwalderbub gerufen hatte. Martin. Der war auch da an dem Tag. Der ist immer da, wenn was passiert, vielleicht ist er doch ein Terrorist?

Mare reibt sich die Ferse ein, nimmt einen Schluck aus der Schnapsflasche und kriecht zurück ins Bett. Ihr Blick wandert wieder zur Decke. »Kimm Miez, wo bist du? Schlafn wir a bisserl. Du brauchst di net um mi kümmern, i kümmer mi um di.«

Die Alte schließt die Augen und grinst vor sich hin. »Wer sich kümmert, hat an Kummer.« In letzter Zeit schaut bei Mare immer wieder ein Kerl vorbei, der sagt, er würde sich um sie kümmern. Er trägt einen langen blonden Pferdeschwanz im Nacken. »Das hat man so zur Zeit«, sagt der Mann. Die Greisin kann sich seinen Namen nicht merken, zu frisch ist der Kerl in ihr Leben getreten. Heißt er Peter oder Fritz? Oder Rudi? Mare wühlt in ihrem löchrigen Gedächtnis, doch der Name will dort nicht erscheinen. Wenn dieser Mann kommt, tut er all das, was Conny sonst immer mit ihr getan hat, als sie noch Wirtin auf der Priener Hütte war. Essen bringen, Kopf, Gesicht, Arme, Beine waschen, kämmen, Abfall entsorgen, Boden kehren, wischen und ein wenig reden. Wo is Conny?, überlegt die Sennerin stets, wenn der Mann erscheint. Conny soll kommen, nicht dieser Mann mit seinen merkwürdigen Haaren. Sie solle sich vor ihm ausziehen, sagt dieser Mensch immer, damit sie nicht so schmutzig sei und stinke. Gewaschen gehöre sie und gewickelt. Wie heißt dieser Mann doch noch schnell einmal?

Verdammt und verflucht sei das Gedächtnis. Es ist so launisch geworden, bald findet Mare in ihm, was sie sucht, bald ist alles im Nebel verschwunden, bald in einem schwarzen, tiefen Loch, unauffindbar, fort für immer. Es ist die Zeit des Vergessens, das spürt die alte Frau, die das kürzlich Gewesene nur noch vage erahnt und verzweifelt zu packen versucht. Doch sie kann es nicht mehr festhalten. Der

Mann mit den langen blonden Haaren sagt ihr immer wieder aufs Neue, er würde sie mögen. Und er würde sie nun schon seit Monaten besuchen. Allmählich sollte sie ihn kennen.

Immer sagen die Leute, sie seien jemand, den Mare kennen müsste. Sie behaupten es mit einer Hartnäckigkeit, die die Greisin zu einer törichten, vergesslichen Alten macht. »Mare, jetz geh weiter, werst mi doch net vergessn habn, woaßt no, damals, wo mia zammen tanzt habn in deiner Hüttn, und der Ferdi hat Musi gmacht, hat mit der Trompeten gspuit. Mare, woaßt es nimmer? Oh mei, Mare.« Ja, es gab Feste auf der Alm, vor ganz langer Zeit, schwach kann sich Mare daran erinnern, an die Musik und das Tanzen. Die Erinnerungen sind jedoch von Lücken durchzogen. Es ist nicht mehr viel Platz im Gedächtnis der Greisin. Über neunzig gelebte Jahre müssen dort um ihren Platz kämpfen. Der Schadhubhof, die Familie, eine Liebe, der Berg, sein Geist, die Chefs, die eines Tages auf dem Geigelstein auftauchten und alles veränderten, auch das Leben der Sennerin.

Als sie die Augen aufmacht, steht plötzlich wieder dieser Mann mit dem Pferdeschwanz vor ihr. »Wer bist? Wia bist einikemma?«, fragt sie erschrocken. »Ich habe einen Schlüssel, hast des vergessen?«, antwortet der Mann. »An Schlüssel? Woher? Wer bist?«

»Oh Mare, jetzt musst mal überlegn, vielleicht fällt es dir endlich mal von selbst ein.« Er verdreht die Augen und seufzt. Dann zeigt er mit dem Finger auf die verkohlte Anrichte. »Was hast denn da schon wieder angstellt?«

»Warn die Terroristn«, antwortet Mare, »oder der Geist, i woaß es net.«

»Alles nass hier«, schimpft der Mann und beginnt, das

Wasser vom Boden aufzuwischen. »Und schon wieder so dreckig, ich habe doch vorgestern erst aufgeräumt. Sachen machst, Mare, Sachen machst.« Er hebt ein Stück Wiener Würstchen, ein Stück angebissenen Käse und eine halbleere Packung Kekse auf. »Mare, Essen schmeißt man nicht auf den Boden, merk dir das mal.«

Mare setzt sich im Bett auf und verschränkt die Arme. »Die Katz muss auch was essen.«

Der Mann holt tief Luft. »Mare, du hast keine Katze mehr, die ist seit Wochen tot. Das sag ich dir jedes Mal, wenn ich komme.«

Miez soll tot sein? Mare schüttelt langsam den Kopf, sie hat das Tier doch erst eben in den Armen gehalten. Oder war es gestern, vor einer Woche? Verfluchtes Gedächtnis.

Ruhig sieht sie dem Mann zu, wie er von einer Ecke zur anderen wirbelt, um Ordnung zu schaffen. Wozu?, fragt sich Mare, is eh sinnlos. Sie hat ihre eigene Ordnung, und das wird auch so bleiben. »Miez, gell, bist net tot?«, sagt sie auf einmal. Der Mann stöhnt.

Jetzt hält er eine Schere in der Hand. »Mare, komm, setz dich zu mir, hier auf die Bank. Deine Haare sind so zerzaust, dass ich mit dem Kamm nicht mehr durchkomm. Wir müssen sie abschneiden. Ist auch praktischer mit dem Waschen. Ich mach dir einen schönen Haarschnitt, einen ganz modernen, so wie ihn die Frauen heute tragen.« Mare schaut den Mann lange an und schweigt. Wer ist er? Freund oder Feind?

Wer sind all die Menschen, die meinen zu wissen, was ihr guttut und was nicht? »Was willst mit derer Scher?«, fragt Mare schließlich. »Deine Haare abschneiden«, wiederholt der Mann. »Schneid lieber deine Haar ab, a gscheider Mo hat net so a langes Gflecht«, erwidert Mare. Er lächelt. »Wia heißt schnell wieder?«, fragt sie ihn nach einer kurzen Pause. »Geh, jetzt sag ich es dir nicht noch einmal, seit Wochen stellst du mir die gleiche Frage. Jetzt steh auf und setz dich da mal her«, mit sanftem Druck zieht er die alte Frau in die Höhe und schiebt sie Richtung Bank, wo sie mit einem Seufzer Platz nimmt. »Geh, schau mal, ob der Ofen noch brennt«, bittet sie. Der Mann öffnet die Herdklappe, es lodert und zischt. »Ah«, sagt Mare zum Berggeist. »Machst mir schee warm.«

»Ich bin der Carsten, und da hast zwei Socken und Schuh, die ziehst dir jetzt mal an«, sagt der Mann. Er stülpt ihr noch eine Jacke über und stellt sich hinter Mare, wo er mit einem sanften Zug die Samtschleife in ihrem Haar löst. In Mares Hirn arbeitet es. Freund oder Feind? Die widersprüchlichen Gedanken jagen einander von einer Seite zur anderen. Wer steht hinter mir, wer löst mir das Haar? Wer wagt es, mich anzufassen? Freund oder Feind, ein Terrorist mit einer Schere in der Hand? Sie hasst alles, was Zweifel in ihr aufkommen lässt, und noch mehr verabscheut sie es, wenn sie die Kontrolle zu verlieren scheint, über was auch immer.

Einer, von dem sie meinte, er sei ein Freund, hatte ihr einmal einen Kaiserschmarrn zum Essen mitgebracht, woraufhin ihr derart schlecht geworden war, dass sie sich drei Tage und drei Nächte übergeben musste und nur Kamillentee zu sich nehmen konnte. Dieser Freund wurde zum Feind, denn der, dessen war sie sich gewiss, wollte mit dem Schmarrn nichts anderes erreichen als das, was die Terroristen mit ihr vorhatten: Mare vergiften, damit sie, die Alte, endlich weg wäre von der Alm. Rosa sagt am Telefon immer, dass die bösen Menschen Mare töten wollen, entweder gleich auf der Hütte, oder unten im Tal, wo sie sie in ein Altersheim stecken, in dem das Sterben nicht mehr lange auf sich warten lässt. Die bösen Menschen, so berichten es ihr auch andere Freunde, erzählen schlimme Dinge über Mare. Sie sagen, sie hause in ihrer Hütte schlimmer als Schweine im Verschlag. Das Bettzeug sei verdreckt, seit Monaten nicht mehr frisch bezogen. Überall stünden halbleere Bier- und Schnapsflaschen herum, in den Ecken lägen benutzte Windeln, Kleidungsstücke und Schuhe flögen und stünden herum, das Geschirr sei schon lange nicht mehr abgewaschen, die Essensreste verschimmelten oder wären hart wie Stein. So kann man einen Menschen nicht verkommen lassen, sagen die bösen Menschen, all die Terroristen.

Verkommen?

Mare blickt sich in ihrer Stube um. Auch wenn ihre Augen nicht mehr so gut sehen wie früher, erkennen sie doch das Wesentliche: Den Tisch vor ihr, das Bett, den Herd, auch das Holz, das sie daneben geschichtet hat. Das ist jetzt modern, das hat man so. Holzscheite in der Stube, nicht draußen in einem Verschlag. Man hat es in der Stube, weil es gemütlich aussieht, hat zumindest Conny gesagt. In der Ecke hängt Jesus, die Gefriertruhe, die sie mal vom Chef geschenkt bekommen hat, ist geöffnet, das Kabel zur Steckdose ist durchgeschnitten. Elektrik, dieses moderne Zeug, ist gefährlich, sagt Rosa. Mare ertastet in ihrer Jackentasche das Sparbuch. Es ist alles in Ordnung. Pulver ist da. Der Mann mit dem Pferdeschwanz bringt ihr immer Geld aus dem Tal mit. Mare möchte niemandem etwas schuldig bleiben. Alles soll bezahlt werden, auch die Arbeit, die die Menschen mit ihr haben. »Unterschreibst mir des«, hatte der Mann gesagt und ihr einen Zettel vor die Nase gehalten. »Ist eine Vollmacht für die Bank, damit ich dein Geld abheben kann, wenn du eines brauchst.« Mare hatte kurz überlegt, dann den Stift in die Hand genommen, »is eh scho wurscht« gesagt und ihren Namen krakelig mit schwarzer, verschwommener Schrift unten auf das weiße Papier gesetzt.

»Halt mal still, sonst wird das nichts mit dem guten Haarschnitt«, sagt der Mann jetzt und rückt Mares Kopf gerade.

Eine lange Haarsträhne rieselt neben ihr auf die Bank. Mare fegt sie mit der Hand auf den Boden. Worüber also regen sich die Leute auf? Nie hatte es einen Menschen gekümmert, wie sie lebte, all die einundneunzig Jahre nicht. Oder war sie schon älter? Zweiundneunzig? Dreiundneunzig?

Egal. Jetzt, da es wahrscheinlich bald dem Ende zugeht, wollen diese Menschen bestimmen, was gut und was schlecht für sie ist? Ihre Augen sehen nichts, was sie stört, ihre Nase riecht nichts, was stinkt. Mare ist umgeben von allem, was ihr wichtig ist, dem Milcheimer, in dem sie Kardätsche und Striegel für die Kühe verstaut hat, an der Tür hängt die Plastiktüte mit den Socken, die sie in all den Jahren gestrickt hat, auf der Anrichte weiß sie Großvaters vergilbten Brief, dessen Inhalt ihre Augen nicht mehr lesen können, Schraubenzieher, alte Fotos vom Geigelstein, Ansichtskarten von Rosa, die verkohlten Reste des Märchenbuchs, Mutter Ediths Kräuterbuch, ein Kamm, ein paar Nägel, die man immer brauchen kann. In der linken Schublade befinden sich allerlei Postkarten von der Mutter, auch deren Todesanzeige und die von Diana und Xaver, vergilbte Papierservietten von damals, als auf der Grenzhuber noch die Tische gedeckt waren, und weitere Dinge, über die sie sich freut, wenn sie sie sieht. In der rechten Schublade weiß Mare den Korkenzieher, eine Frischhaltefolie, die sie sich in kalten Tagen um die Nieren wickelt, um diese zu wärmen, drei Schnapsgläser, die ein Geschenk des Rossalmpeter sind. Das Kreuz und Quer der Gegenstände hat ihre Entstehungsgeschichte, es ist gewachsen wie Mares Leben, die Dinge hatten Momente, in denen sie dort gelandet sind, und es gab Gründe, warum sie den Ort nicht gewechselt haben. Wenn die bösen Menschen also meinen, das sei ein heilloses Durcheinander, täuschen sie sich.

Haarbüschel landen auf dem Tisch, an Mares Kopf ziept es. Sie dreht sich um. Der Mann mit der Schere lacht. »Gut schaust bald aus, Mare, ein wenig dauert es noch, halt still«, sagt er.

Sie brauchen nicht zu kommen, die Menschen, die sich an einem verschmutzten Boden und schlechtem Geruch stören. Was spielt der Zustand ihrer Hüttenstube für eine Rolle? Was sind zwölf Quadratmeter Unrat, wenn man erlebt hat, wie die Welt zusammengestürzt ist, wenn man den Krieg erduldet hat und all die geliebten Menschen betrauerte, die er mit sich gerissen hat? Wenn man die vielen Stürme, Gewitter, die über den Geigelstein hereingebrochen waren, die schweren Schneefälle, sogar die Lawinen überlebt hat? Und noch mehr hatte Mare überstanden: Das Feuer, das der Berggeist verursacht hatte, auch den Hunger, der ihr fast das Leben nahm. Diese bösen Menschen, die wollen ihr, Mare, der alten Sennerin, jetzt nun sagen, wie sie zu leben hat?

Sie fährt sich mit der Hand über den Kopf, die Spitze der Schere sticht ihr in einen Finger. »Hörst auf, was machst da?«, fährt sie den Mann an. Haare fallen ihr über die Nase in den Schoß. »Wenn wir dich nicht ordentlich pflegen, kommst in ein Heim, Mare, und das willst doch nicht, oder?« »Neamand bringt mich in ein Heim.«

»Doch, das Sozialamt, Mare, und dagegen kannst nichts machen, wenn die eines Tages wieder vor deiner Hütten stehen und dich mitnehmen, weil alles verwahrlost ist.«

Mare wirft einen Blick auf den Heiland. »Des wern wir sehn«, murmelt sie in Richtung des Gekreuzigten.

Dann verliert sich ihr Blick im Nichts. Sie schließt die Augen, spürt Hände auf dem Kopf und hört das Schnippen der Schere. Klack, klack.

»Fertig«, sagt der Mann. »Schau dich im Spiegel an.« Mare öffnet die Augen. Eine Fremde blickt sie an. Eine dürre Alte mit ein paar Federn auf dem Kopf, zerzaust, hässlich wie eine gerupfte Gans. »Jetzt schaust wieder ordentlich aus, Mare«, sagt der Mann und kämmt ihr die Federn nach hinten. Vor ihr auf dem Tisch liegt die samtene Schleife. Mare wickelt sie langsam zusammen, zieht die Schublade auf und legt sie hinein. Für später, wenn die Haare wieder nachgewachsen sind. Ein wenig will sie doch noch mit dem Sterben warten, denn vor den Herrgott will sie fesch und ordentlich treten, die Haare lang, seidig und gebunden.

Auch wenn sie abgeschieden lebte, wusste Mare gut darüber Bescheid, wie es in der Welt zuging. Weil es schon lange keine grausamen Kriegsnachrichten mehr gab, genoss sie nun die Stunden, in denen sie Zeitschriften las oder vor dem Radio saß und zuhörte, wie sich das Leben veränderte, mal zum Guten, mal zum Schlechten. Ein Mann schwirrte im Weltall herum, landete gar auf dem Mond, wo er umherspazierte. In Deutschland zerstörte die große Elbflut Dörfer und Felder. Außerdem wurde eine Mauer hochgezogen, die das Land teilte. Gottlob weit weg vom Geigelstein, dachte Mare. Der amerikanische Präsident John F. Kennedy wurde ermordet, später auch noch sein Bruder. Man konnte mit dem Flugzeug den großen, weiten Atlantik ohne Unterbrechung überfliegen und landete in den USA. Dort gab es junge Menschen mit langen Haaren, fransigen Anziehsachen und lärmender Musik. Hippies nannten sie sich. Gingen Frauen zum Baden oder lagen bräsig in der Sonne, waren sie fast nackt, denn, Mare konnte es nicht fassen, sie trugen dabei nichts, außer einem Bikini, bestehend aus einer bunten Unterhose samt BH. Allerorts begannen die jungen Menschen, über Sex zu reden, als tauschten sie Kochrezepte aus. Die Musik, die im Radio gespielt wurde, veränderte sich ebenfalls. Mare hörte ab und an Lieder von den Beatles, Jonny Cash, und wie sie alle hießen. Wirklich leiden konnte sie die allerdings nicht. »Mei Großvater, wenn du des Gejaule hörn tätst, tätst dich im Grab umdrehn«, stöhnte sie dann und schaltete das Radio schnell wieder ab.

Deutschland wurde reicher und satter. Die Autos auf den Straßen vermehrten sich wie die Karnickel, waren laut und verpesteten die Luft. Deutschland, fand Mare, wurde jenseits des Geigelsteins aber auch bequemer und komfortabler. In den Küchen hielten Elektrogeräte Einzug. Das interessierte Mare als Wirtin besonders. Ein Herd mit Strom statt mit Feuer, ein Mixer, der den Schneebesen ersetzte, und da waren jetzt auch in fast allen Haushalten diese großen Kästen, in denen man die Lebensmittel kühlte. Mare fand, dass es ein großer, in kaltes Wasser gestellter Eimer mit Deckel auch tat. Modern wurde nun auch, dass man kleine Küchenschränke nebeneinander und untereinander geschachtelt an die Wände hängte, alles passend, sauber und aufgeräumt.

Das Leben wurde bequemer im Tal, aber es verlor an Lebendigkeit, fand Mare bedauernd. Wenn die Sennerin hinters Haus ging, um Holz für den Herd zu hacken, spürte sie den Wind in den Haaren oder Regentropfen auf der Haut. Die Sonne wärmte sie, Schnee und Eis ließen sie frösteln. Wenn die Sennerin den Herd einschürte, hörte sie das Knistern des Feuers, sah dessen Flackern durch die Luke. Der Berggeist war zugegen, die Katzen strichen ihr um die Beine, und oft besuchten die Hennen sie in der Stube und pickten auf, was zu Boden gefallen war. Es war Leben um sie, und um nichts in aller Welt hätte sie eine Änderung in ihrer Heimat geduldet, zumindest keine solche, wie sie im Tal und sonstwo im Land stattgefunden hatte. Alles sollte so bleiben, wie es war, Mare war von ganzem Herzen die Enkelin des alten Wiesbeck.

Der ganze Schmarrn mit dem Wirtschaftswunder, von dem jedermann sprach, und der Wirbel ums Geld, hinter dem alle her waren, interessierte Mare nicht. Mehr als sie auf ihrer Alm und ihrem Berg hatte, wollte sie nicht besitzen. Luxus und Reichtum machen nur bequem und faul, urteilte die Sennerin.

Reichtum, was war das schon?

Die Reichen, all die wohlhabenden Leute, hatten Mare nie besonders beeindruckt. Geld machte noch lange keinen Erdenbürger aus, das tat allein die Arbeit, der die Menschen nachgingen. Harte Arbeit – Arbeit von der man Schwielen an den Händen bekam und einen krummen Rücken sowie feste Sehnen und stahlharte Muskeln –, das war für Mare die echte Arbeit. Denn wo wären all die Menschen ohne die Bauern, die für Nahrung sorgten?

Schon als Kind hatte sie so empfunden, wenn Mutter Edith ihr aus dem Märchenbuch vorlas. Die Reichen, die Herrscher, all die Königinnen und Könige gruben sich in Mares Gedächtnis als gierige, geizige, neidische und hinterlistige Menschen ein. Sie lebten in großen Schlössern, machten sich die Hände nicht dreckig, waren stinkend faul und ließen sich bedienen. Zu Fuß gehen kam für diese Leute nicht in Frage, sie saßen hoch zu Ross, in einer Kutsche oder ließen sich gar in einer Sänfte tragen.

Rosa hatte damals, als die beiden Mädchen noch klein gewesen waren und in Märchenwelten schwelgten, durchaus eine Königin sein wollen. »Da muasst net arbeitn und hast nia an Hunger. Wenn i groß bin, heirat i mal an König«, hatte sie immer gesagt. Und dann erzählte sie, wie es bei ihr am Hof aussehen würde. Mare dürfte Dienerin im Schloss sein und Königin Rosa die Schleppe tragen. Ein Mal hatte es mit der Schule einen Ausflug zum Schloss Herrenchiemsee gegeben. Dort konnten sie mit eigenen Augen sehen, wie die Herrschaften einst lebten, in welchen Betten sie schliefen, aus welchen Tellern sie aßen und wie golden und schwer die Möbel waren. »Oh Gott«, staunte Rosa mit offenem Mund. Und Mare sagte schnell: »I wohn im Schadhub liaber.« »Mare, du spinnst«, erwiderte Rosa. »Mal wia die ganz Reichen lebn, des tät i mir scho amal wünschn.«

Den einen oder anderen aus dieser oberen Gesellschaftsschicht hatte Mare dann Jahre später kennengelernt, den reichen Baron Cramer-Klett beispielsweise, wenn der Industrielle und Geschäftsmann mit Freunden oder Kollegen auf der Jagd war. »A Mensch isser wia jeder andre a, nix bsonders, nur weil er a Pulver hat.«

Reichtum bestand für die Sennerin nicht aus einer schönen Küche mit all der blöden Elektrik, auch nicht aus einem großen Auto, teurer Kleidung und all dem anderen Zeugs, das man mit Geld kaufen konnte. Für Mare bedeutete Reichtum Freiheit und Selbstbestimmung, niemandes Untertan zu sein, sah man einmal von der Natur ab, die vorgab, wann das Vieh aufgetrieben wurde, und die mit ihrem launischen Wetter auch bestimmte, wann gemäht und geheut werden konnte. Reichtum war für Mare zudem die Schönheit ihrer Heimat, die Erhabenheit der Gipfel, das Rauschen der Wälder, die Blumenteppiche auf den Hängen, das Glitzern der Schneekristalle, die Wolkengebilde am Himmel und die Leichtigkeit, mit der sich die Vögel vom Wind treiben ließen. In so vielen Stunden gehörte diese Welt einzig und allein ihr, weil niemand zugegen war, kein Mensch weit und breit.

Ein besonderer Reichtum war für Mare darüber hinaus außerdem die schwere Erreichbarkeit dieser schönen Landschaft.

Den Weg nach oben trat nämlich nur an, wer das Hinaufsteigen schätzte, und das, was einen oben auf dem Berg erwartete. Die anderen, die Faulen, Bequemen, die Naturignoranten, die blieben unten. Was Mare nur recht war.

Doch eines Tages kamen Arbeiter mit schweren Geräten, Baggern, Fräsen, Presslufthammern und Dynamit. Man hatte beschlossen, den Berg endlich zugänglicher zu machen und dazu einen breiten Fahrweg in ihn zu schlagen. Viele Jahre baute man am Berg, fällte Bäume, sprengte Felsen und verschob Erdreich. Man schüttete Kies auf, befestigte ihn, zog Wasserrinnen, und die Straße schlängelte sich von Jahr zu Jahr weiter nach oben, zweigte dabei mal zu dieser, mal zu jener Alm ab, landete bei der Niederkaseralm und Priener Hütte – und irgendwann auch auf der Oberkaser. Als die Arbeiter schließlich ihre Geräte niederlegten, weil alles fertig war, schloss Mare sich in ihrer Alm ein, zog die Vorhänge zur Seite und blickte aus dem Fenster. Der Hochkessel des Geigelsteins war jetzt nicht nur für alle erreichbar, er war auch durch die Schneise verwundet, die man in ihn geschlagen hatte. »Werst sehn«, raunte sie dem Berggeist zu, »werd ois anders werdn da herobn.«

Es kam, wie es kommen musste, laut und rege wurde es auf dem Geigelstein. Mare konnte den Lärm nicht leiden, den die Fahrzeuge verursachten. Täglich fuhren irgendwelche Autos vom Tal den Berg hinauf, Lieferanten, die die Priener Hütte mit Waren versorgten, Handwerker, die das eine oder andere zu richten hatten. Auch die Jäger kamen nun angefahren, um das geschossene Wild abzutransportieren, ebenso die Herren von den Gemeinden, die nach den Almen sahen, die Forstleute, die im Wald ihre Arbeit verrichteten und die Tierärzte, die sich um krankes Vieh kümmerten.

Eines heißen Sommertages kam auch das erste Auto zur Oberkaser gefahren. Mare eilte vor die Tür, als sie sein

Kommen hörte. Zwei Menschen stiegen aus einem Jeep, ein großer Mann mittleren Alters im Lodenmantel und eine reife Frau in Stöckelschuhen und einem leuchtend roten Kleid. Auf dem Kopf hatte sie einen schwarzen Hut, am Handgelenk eine rosa Handtasche. Etwas ungelenk stakste die Frau den Weg zu Mares Eingang hinauf. Dann stand sie da, und Mare blickte in ein feixendes Gesicht, in große, lila geschminkte Augen und auf einen knallroten, mit Lippenstift beschmierten Mund.

Mare schüttelte den Kopf. »Rosa«, sagte sie, nachdem sie sich von ihrer Überraschung erholt hatte, »Rosa, nach so a langer Zeit, jessas, hätt dich fast net erkannt.« Sie legte einen Finger auf Rosas knallfarbenen Mund. »Wia schaust denn aus?«

Rosa fegte Mares Hand mit einer energischen Bewegung weg. »Net anlangen!«, schnaubte sie. Und sogleich lächelte sie wieder sanft. »Seh i di endlich mal wieder. Guad schaust aus, halt a bisserl mager.« Dann lachte sie, als sie sagte: »Warst ja immer scho so, woaßt no, am Schadhubhof, mei, was war des für a Zeit.« Die beiden Frauen sahen sich lange an, so als kramten sie in ihren Gedächtnissen nach all den schönen gemeinsamen Erlebnissen. »Soso, wohnst jetzt auf der Grenzhuber?«, fragte Rosa schließlich und fügte schnell hinzu: »Die Niederkaser hab i vakaft.« Dabei zeigte sie auf den Mann, der sich inzwischen zu ihnen gesellt hatte, nachdem er seine Blicke über die Berge hatte schweifen lassen. »An diesen Herrn hier hab i die Hüttn verkaft.« Der Lodenmantelmann verbeugte sich höflich und stellte sich als Matthias vor. »Hat was mit Film zu tun, irgendwas mit Kameras«, erklärte Rosa. »Kriegn ma bei dir was zum Trinkn?« Sie tippelte zum Tisch, setzte sich und zupfte nervös an der Tischdecke. »Schee hast es dir gmacht, in deiner kloanen Alm.« Der Herr fragte, ob er sich die Hütte mal von innen anschauen dürfe, und als Mare nickte und mit dem Kinn gen Eingang wies, verschwand er in der Stube. »Der hat ganz a scheens Zaster«, tuschelte Rosa. »Hat an Teil der Straß zahlt, damit er besser auffikimmt zur Niederkaser.«

»Soso, wieder so a fauler Hund, hat doch zwei Füß, hätt doch gehn kenna, wenn er aufn Berg will«, zischte Mare. Sie betrachtete Rosas Hände, an allen zehn Fingern steckte ein bunter Ring. Das waren keine Arbeiterhände, so bleich und filigran, wie die waren. Der Zeigefinger tippte unerlässlich auf den Saum des Kleides, dann der kleine Finger, bald auch der Mittelfinger, irgendwann wirbelte Rosas Hand quer über den Stoff des Kleides.

»Wie lange habn mir uns nimmer gsehn?«, fragte Mare schließlich und legte ihre Hand auf die ihrer Freundin. »Warum hast di so lang net gmeldet?«

Rosa zuckte mit den Schultern und verschränkte die Arme. »Du bist ja abghaun, so weit weg von dera Welt, da herauf aufn Berg.«

»Wia geht's dir denn?«, fragte Mare.

»Guad«, sagte Rosa und schloss die Augen, als müsse sie konzentriert darüber nachdenken, ob sie die Frage auch richtig beantwortet hatte. »Wohn meistens in der Stadt, in Minga, arbeite mal hier, mal da. Und zwischendurch fahr i fort, Italien, Schweiz, England, Frankreich.« Sie klappte ihre Augendeckel wieder auf, flatterig war ihr Blick, als sie auf ihre Tasche wies: »Und die is aus Spanien.«

Mare sah Rosa erstaunt an. »Da warst überall scho?«

Rosa nickte lächelnd. »Und bald geht's no weiter weg. Sobald des Geld für die Niederkaser auf meim Konto is, fliag i nach Amerika.«

Mare blieb der Mund offen stehen. Rosa vom Samerberg, im Flugzeug, in Amerika, in all den fremden Ländern, Rosa so weit weg. »Hast koan Mo?«, fragte Mare leise. »Einen?«, kicherte Rosa. »Und wia is's bei dir? Is ja scho saubläd glaufn mit dem depperten Xaver, na ja, jetzt muass si di Diana mit eam rumschlagn.«

Bevor Mare antworten konnte, setzte sich Herr Matthias zu ihnen an den Tisch. »Gemütlich haben Sie es hier«, sagte er.

Mare brachte Bier und Schnaps für die besonderen Gäste und für sich selbst.

»Diese Urigkeit hat was«, meinte der Mann. Er zeigte mit dem Finger den Berg runter auf die Niederkaseralm. »Ich mach ein Schmuckstück daraus, was ganz Besonderes.« Zu Mare gewandt setzte er hinzu: »Für meine Arbeiter, wissen Sie, die brauchen auch mal eine Auszeit.« Er stieß mit seiner Bierflasche an die von Mare. »Prost, hübsche Sennerin, auf gute Nachbarschaft.«

Vor Anbruch der Dunkelheit stiegen die beiden Gäste wieder in das Auto und rollten langsam den Berg hinunter. Es war endlich kühler geworden, die lästigen Fliegen hatten sich verzogen, Zeit, das Vieh wieder auf die Weide zu lassen. Mare folgte ihren Tieren ein Stück weit des Weges nach oben. Irgendwo legte sie sich ins Gras und blickte in den Himmel, bis die Nacht hereinbrach. Der Mond erhob sich über dem Kaisergebirge und tauchte es in silbriges Licht, der Abendstern funkelte, bald würde der Große Wagen erscheinen.

»Bestimmst du da drobn, was die Menschen mal wern?«, fragte sie in die Dunkelheit. Dann faltete sie die Hände und schickte ein Gebet zu Gott. Für Rosa.

Mit der leichteren Erreichbarkeit des Hochkessels wuchs die Begierde nach dessen Besitz.

Die Wohlhabenden eroberten langsam aber sicher große Teile des Geigelsteins. Es begann mit Siemens. Die Angestellten des Unternehmens, die den ganzen Tag in einem großen Bürohaus ohne Bewegung, ohne Natur, ohne würzige, reine und frische Luft hockten, sollten eine Gelegenheit bekommen, sich zu erholen, um weiterhin gute Arbeit zu leisten. Und so ermöglichte das Unternehmen die Errichtung eines respektablen Hauses am Wandberg unweit des Geigelsteins. Indes, es kamen keine einfachen Arbeiter zum Müßiggang, vielmehr bevölkerten die höheren Angestellten den Berg. Von Männern in teurem Zwirn begleitet, stiegen Frauen mit schicken Kostümen und hochhackigen Schuhen aus den Fahrzeugen. Die Siemensleute feierten luxuriös, gingen edel gekleidet frische Luft schnappen und kehrten elegant bei Mare ein. Dort, so sagten sie, sei es nicht nur urgemütlich, sondern sähe es auch noch aus wie anno dazumal. Es war Mares ungewöhnlicher Gastgeberschaft zu verdanken und der guten Lage der Hütte, dass die Leute in Scharen vom Siemenshaus zur Grenzhuberalm pilgerten. Sie ließen sich von der Sennerin zeigen, wie Heilkräuter aussahen, wie man Schnaps brannte und welche Tricks bei der Zubereitung von Kaiserschmarrn und Schweinebraten bedacht werden mussten. Kühe durften gestreichelt, Kätzchen auf dem Schoß gehalten und Eier aus den Nestern geholt werden. Mare konnte kaum glauben, wie fremd das Natürlichste der Welt für diese Stadtmenschen war.

Die Tage, an denen das Wetter schön war und besonders viele Menschen durch die Bergwelt wandeln ließ, waren für Mare ausgesprochen anstrengend: Sennerarbeit, heuen,

Stall misten, melken, Gäste bewirten – keine einzige Sekunde Rast. Und abends kamen dann auch noch die hiesigen Männer und Burschen aus dem Tal.

Es waren ausgelassene, unbeschwerte Zeiten voller Geselligkeit und Fröhlichkeit. Mare verdiente gutes Geld, auch wenn sie einen Teil davon an den Grenzhuberpächter Simmering abtreten musste.

Von ihrem Verdienst erstand sie im Tal Bilder und hängte sie an die Wand, Bergszenarien, Jagdbilder und solche, die Wilderer zeigten. Sie kaufte Kissen, hübsche Kerzen und Kerzenhalter aus Messing, und irgendwann hatte sie so viel Geld beisammen, dass sie ihre Stube sogar mit neuen Möbeln ausstatten konnte.

An einem milden Herbsttag blieb Mares Hütte geschlossen, obwohl das Wetter herrlich war und viele Wanderer zu erwarten waren.

Die Sennerin trug ihr schönstes Dirndl, die Schuhe waren geputzt und glänzten. Das Haar war sorgsamer denn je gebunden, Mare hatte lange vor dem Spiegel gestanden und sich gefragt, ob sie der Mutter so gegenübertreten könne. Ordentlich und sauber muss eine Frau sein, hatte Mutter Edith stets gemahnt und Mare vorgelebt, auf sich zu achten und gut zu sich zu sein. Für Edith bedeutete dies in erster Linie, frisch gewaschene und gebügelte Wäsche zu tragen.

Mare steckte eine Jacke, ein wenig Proviant und Blumen in den Rucksack. Dann machte sie sich auf den Weg ins Tal. In Sachrang stieg sie in den Bus, wechselte diesen ein paarmal und ging die letzten Kilometer zu Fuß. Gegen Mittag erreichte sie den Samerberg. Zum ersten Mal, seitdem sie mit knapp siebzehn Jahren ihre alte Heimat verlassen hatte, kehrte sie zurück. Mare wählte den Weg über den Schwarzsee. Still und ruhig wie einst lag er dort, der Stachel in ihrem Herzen rührte sich, aber nur kurz und kaum mehr spürbar.

Sie wollte lediglich einen kurzen Blick auf den Schadhubhof werfen, keinesfalls dort eintreten und sich dummen Fragen stellen.

Also blieb sie oben auf dem Hügel stehen und sah auf das Gebäude hinab. Es hatte sich wenig geändert, der Blumengarten stand noch, die Geranien hingen vor den Fenstern, einzig die Vorhänge hatten andere Farben als zu Mutter Ediths Zeiten. Jetzt trat Diana ins Freie. Sie trug ein blaues Schürzenkleid, ihre Haare waren unter einem Kopftuch versteckt. Diana rief Xavers Namen, wartete eine Weile vergeblich auf dessen Antwort und verschwand wieder im Haus. Wahrscheinlich hatte sie gekocht, den Tisch zu Mittag gedeckt, nur Xaver fehlte. Mare hätte einfach hinunter zum Hof gehen, eintreten und sagen können: »Servus, bin kurz auf Bsuch.« Sie hätte Xaver mit kühlem Blick begegnen können, genug Zeit war inzwischen vergangen. Nie hatte sich der Bauer auf der Alm blicken lassen, Mare hielt dies für den Ausdruck seines schlechten Gewissens, sicher war sie sich aber nicht. Sie ahnte auch nicht, was mit ihrem Herzen geschehen würde, wenn sie ihrer ersten, vielleicht sogar einzigen, großen Liebe plötzlich gegenüberstehen würde. Emmi, Dianas und Xavers Tochter, hüpfte seilspringend vom Stall quer über den Platz zum Haus. »Mir kemman glei«, schrie sie in den Hausflur und verschwand hinter dem Gebäude. Das Mädchen war inzwischen zum Backfisch herangewachsen, groß und schon wohlgeformt. Sie hatte lange, blonde Haare wie ihre Mutter. Sie passt net auf an Hof, dachte Mare bei ihrem Anblick, werd nia a Bäuerin wern, niamals.

Wie anders wäre ihr Leben verlaufen, hätte sie, Mare Wiesbeck, hier auf dem Schadhubhof bleiben können?

Was wäre geschehen, wenn Xaver sie und nicht Diana zur Frau genommen und ihr ein paar Kinder geschenkt hätte? Wäre Xaver ihr ein besserer Mann geworden, als er es der Schwester war? Wäre Mare ihm eine gute Ehefrau gewesen, eine, die gerne in der Küche steht, Wäsche wäscht, Kinder und Mann umsorgt? Wäre es ein schöneres Leben gewesen als jenes, das sie auf ihrem Berg führte?

Derlei Fragen quälten Mare immer wieder, meistens drängten sie sich ihr auf, wenn sie Diana mit Emmi auf der Alm sah. Dann presste sie die Lippen zusammen und suchte sich eine besonders kräfteraubende Arbeit, damit diese dummen, weil so unendlich sinnlosen Gedanken wieder verschwanden. Mare hackte dann Holz oder stieg in die Hänge und schnitt Latschen, sie schrubbte den Boden ihrer Stube oder reinigte den Stall, so dass kaum mehr ein Staubkörnchen zu sehen war.

Jetzt atmete sie tief durch, geschehen ist geschehen. Franz könntest bsuchen, dachte sie kurz und blickte zum Austragshäusl. War er da? Die Fenster schienen geschlossen, die Vorhänge, die noch aus den ganz alten Zeiten stammten, waren zugezogen. Kurz überlegte sie, wann sie ihren Bruder das letzte Mal gesehen hatte. Eine Ewigkeit ist es her, dass er aus dem Krieg heimgekehrt ist. Mare ahnte, sie würde ihren Bruder nicht wiedererkennen. Der Alkohol zerstörte sie alle, die Trinker. Er machte sie blöde im Kopf, albern, anzüglich oder peinlich im Benehmen. Franz, der liebe, Franz, der Säufer. Was ist nur aus meiner Familie geworden?, fragte sie sich, als sie ihren Blick über den Schadhubhof wandern ließ. Auseinandergebrochen, durch den Krieg zerrissen und in alle Winde verstreut, verletzt, zerstritten und einander manchmal sogar feindlich gesinnt waren sie, nachdem sich Diana auf dem Berg allzu überheblich und stur benommen hatte. Der Großvater würde sich im Grab umdrehen.

Mare schüttelte sich, weg mit den unschönen Gedanken. Mutter Edith wartete, es war Zeit zu gehen. Mare setzte ihren Weg fort, der sie an Rosas Elternhaus vorbeiführte. Der Hof war inzwischen dem Verfall überlassen worden, ein Teil des Daches war eingestürzt, dichte Hollerbüsche wuchsen dort, wo sich einst der Misthaufen befunden hatte. Ein paar Fensterscheiben waren zerstört, man hatte sie mit Pappe und Holzplatten abgedichtet. Im ehemaligen Gemüsegarten umwucherte wildes Gewächs alte Traktorreifen und Schrottteile. Rosa wollte es wohl nicht anders.

Mare erreichte das Dorf, öffnete das kleine Eisentor, Kies knarzte unter ihren Füßen, es war still in diesem Moment an diesem Ort. Mücken schwirrten in der Luft, eine Meise saß auf dem Eisenkreuz, an das schwarze Spitze gebunden war. Mare bückte sich und sah Mutter Edith in die Augen, sie hatte sich in all den Jahren kaum verändert. Nur das Haar war etwas schütterer geworden und der Mund schmaler. Mares Blicke wanderten am Kreuz ein paar Zentimeter nach oben zum Großvater, in dessen Mund die Pfeife steckte. »Jetzt bin i kemma, jetzt bin i da, eure Mare, bin kemma, um servus zu sagn«, sagte sie, zog einen kleinen Strauß Alpenrosen aus dem Rucksack und legte ihn auf das frische Grab.

Dann setzte sie sich neben es in die Wiese und begann zu erzählen. Von ihrer Freude und von ihrem Leid, ihrem

Glück und von ihrer Hoffnung, dass trotz allem alles so weitergehen möge wie bisher. »Hab a guads Leben, Mutter, bin nia krank und wenn, hast mir beibracht, wia i schnell wieder gsund werd mit dene Kräuter. Und du, Großvater, du hast mir die Liebe zu de Viecher gschenkt, bin a guade Sennerin worn, des sagn alle. Und von dir hab i des Kochen glernt, Mutter, deswegen kemman die Leit so gern zu mir auf die Alm. Wohn jetzt auf der Grenzhuber, Großvater, is a schee. Und wenn die Diana nimmer auffitreibt, geh i wieder zruck zur Oberkaser.« Mare fuhr mit ihrer Hand zart über die Graberde. »Rosa is auf die Alm kemma. Ihre Niederkaser hat jetzt a ganz a Reicher kaft. Baut sie jetzt um. Für seine Arbeiter, hat er gsagt. Woaßt Großvater, des machens jetzt, die Reichen, die schickn jetzt ihre Leit in die Berg, damit sie hinterher no besser arbeitn.« Gedankenverloren ließ sie Erde durch die Finger rinnen.

»Großvater, Mutter, wenn ihr die Rosa gsehn hättet, ihr hättet sie nimmer kennt. Komisch is sie worn, mit Lippenstift, Hut und Tasche, duad so wia a feine Dame. I woaß net, was mit derer is.« Mare lächelte. »Hat immer a Königin sein wolln, nia a Bauersfrau. Jetzt will sie nach Amerika fliegn, mei, in so a andre Welt, des duad net guad.« Mare strich mit ihrer Hand über Mutters Gesicht, voller Liebe im Herzen.

»Mei, Mutter, an Mo hab i net, i moan, so direkt, auch wenn mei Herz scho öfters mal klopft hat. War nia der Rechte dabei. So an Mo wia di, Großvater, so an liabn und gscheidn, den hätt i gern ghabt. Aber den gibt's net.« Mare hielt kurz inne. »Obwohl«, fuhr sie fort, »da wär scho oaner. Ferdi hoaßt er, der spuilt Trompetn und arbeitet drunt bei der Niederkaser. Der huift mir, wann er ko, is eigentlich a netter.« Mare spürte das Rot auf ihren Wangen.

Eine Amsel landete auf dem Nachbargrab, hüpfte in die Wasserschale und badete ihr Gefieder. »Aber es is halt so, dass es scheenere Weiber gibt wia mi. Und jetzt bin i ja auch scho fünfundvierzig Jahre oid, die Faltn san kemma. Und a paar Zähn san nimmer weiß, alle san eh nimmer da.« Der Vogel schüttelte sich, spreizte die glänzenden Federn und flog in die Lüfte. Nachdenklich sah ihm Mare hinterher. »Die Zeit fliagt dahi, is so schnell vergangn am Berg. A jeder fragt mi, wia des is, so alloa des ganze Jahr zum lebn, so mittn in der Einsamkeit. D'Leit fragn mi, ob die Zeit auf der Alm gar net vergeht, sondern stehenbliebn is.«

Die Zeit, sie ist so schön, wenn einzig die Natur sie taktet. Aufstehen, bevor der Morgen graut, mähen, wenn die Sonne scheint, ruhen in der Mittagshitze, zu Bett gehen, wenn es dunkel wird und die Sterne am Himmel stehen. Die Tätigkeiten den Jahreszeiten anpassen, nicht dem Zeiger einer Uhr unterordnen. Nie wurde Mare die Zeit zu lang, selten zu kurz, sie machte sich keine Gedanken um die Zeit auf dem Berg. Dennoch gab es bei Mare sichtbare Zeugen der Zeit. Schneller als bei den Frauen im Tal gruben sich, der Sonne und Mares Hagerkeit geschuldet, tiefe Furchen in ihr Gesicht. Auch begannen sich die Zähne zu verfärben, drei hatte die Sennerin schon verloren. Im Haar zeigten sich vereinzelt graue Strähnen, die Augen wurden schwächer und die körperliche Kraft ließ nach.

»Werd Zeit, dass i geh, muass auf der Alm sei, bevor's dunkel werd.«

Und zum Schluss, bevor sie das Grab verließ, flüsterte sie den Verstorbenen noch zu: »A anders Leben hätt i nia wolln, is schee, so wias is. Weil mir neamand was zum Sagn hat. I bin mei eigener Herr, was will i mehr?«

Adolf Finsterwalder hockt am Computer und googelt nach den ältesten Menschen der Welt. »Bis zu hundertzweiundzwanzig Jahre können sie werden, die Weiber«, murmelt er und rechnet nach. Mare blieben dann noch an die dreißig Jahre. »Des erleb i nimmer, bei dem zähen Weib«, flucht er.

Die Greisin durchkreuzt all seine Pläne, die Zeit läuft ihm davon, und die Konkurrenz schläft nicht. Überall munkelt man, dass sich inzwischen auch andere für das Alm- und Weiderecht interessieren. Es gibt Gerüchte über Gerüchte, niemand weiß, wie sie entstanden sind und was an ihnen dran ist.

Angeblich geistert sogar noch ein alter Heiratsschwindler auf dem Berg herum, einer, der Mare besucht und um ihre Hand anhält. Unfassbar. Es soll ein über achtzigjähriger Mann sein, der plötzlich aufgetaucht ist. Vielleicht war es dieser komische Werner, den sein Sohn Martin vor einer Woche auf dem Geigelstein getroffen hat, als er gerade auf dem Weg zur Mare war, um sich mit der alten Frau nach dem Besuch der Sozialtante wieder ins Vernehmen zu setzen. Dieser Mann hatte Martin gefragt, ob er die Sennerin kenne. »Ich bin gerade auf dem Weg zu ihr«, antwortete Martin. Der alte Mann erklärte ihm daraufhin, er habe als kleiner Bub während der letzten Kriegsjahre und noch einige Zeit danach in Sachrang gelebt und sei oft bei Mare gewesen. Nun wolle er sehen, wie es der alten Sennerin ginge.

Martin und der Fremde traten in die Stube der Alm. »Martin, was willst hier und wer is des?«, wollte die Sennerin wissen. »Kennst mich nicht mehr, ich bin der Werner«, antwortete der Mann. »Ist lange her, war während und nach dem Krieg bei dir, ich bin der Bub, der immer mit dem Haflinger gekommen ist. Zusammen mit meinem Bruder. Wir haben dir immer Tragerl Bier und Limo gebracht. Und manchmal haben wir bei dir im Heu übernachtet und sind frühmorgens wieder ins Tal zur Schule gegangen.« Mare schwieg, sie dachte nach. »Woaß i nimmer«, sagte sie schließlich. »Später haben wir uns noch mal getroffen«, fügte der Mann hinzu, »beim Matthias auf der Niederkaser, weißt nicht mehr?« Mare sah Werner lange an und schüttelte den Kopf. »Und wo wohnst jetzt?«, fragte sie. »In Amerika und in München«, antwortete dieser Werner. »Ahh«, sagte Mare. »Und gerade komme ich aus China.«

»Aus China?«, fragte Mare ungläubig. »Was machst denn immer überall auf derer Welt?«

»Filme, Mare, ich bin ein Regisseur«, antwortete der Mann.

Dann nannte er seinen ganzen Namen: Werner Herzog.

Genau so hatte Martin seinem Vater Adolf die Geschehnisse erzählt. Werner Herzog war zu Besuch, ein Mann, der Filme machte. Ist er etwa der Heiratsschwindler?, grübelt der alte Finsterwalder. Der Finsterwalder löscht auf der Suchmaske die Seite über die ältesten Menschen der Welt und tippt *Werner Herzog Regisseur* ein. »Na, dann wern wir mal sehn, Meister, wer du wirklich bist.« Wikipedia spuckt Dinge über diesen Mann aus, die Adolf Finsterwalder zwar nicht besonders beeindrucken. Für Filme und großes Kino interessiert er sich nicht besonders. Aber er ist jetzt sicher, dass Werner Herzog nicht dieser seltsame Heiratsschwindler sein kann. Ein Mann, der so viele Preise gewonnen hat, braucht kein Geld von einer alten Frau.

Sei's drum, denkt Adolf, ist nur ein Gerücht unter vielen anderen.

Am meisten reden die Leute über einen Mann namens Carsten. Ein verrückter Arbeitsloser mit langen Haaren, die er zu einem Zopf gebunden hat. Der soll inzwischen die Verantwortung für die alte Sennerin übernommen haben, auch für ihr Geld. Er soll Vollmachten von ihr haben, wie er an diese gekommen ist, weiß niemand. Jedenfalls ist er im Besitz von Mares sämtlichen Sparbüchern. Der Kerl soll täglich zur Oberkaser hochfahren, und das bei jedem Wetter. Er bringt Essen, putzt die Stube, wickelt Mare. Angeblich. Wozu? Warum? Wieso macht er das, fragt sich jeder, der Mare kennt. Noch dazu wohnt dieser Typ siebzig Kilometer vom Geigelstein entfernt, ein Fremder also, keiner von hier, kein alter Freund der alten Sennerin.

Sein Sohn Martin hat den Pferdeschwanztypen einmal bei Mare getroffen. Es war keine schöne Begegnung. Der Typ, so hatte Martin erzählt, würde es auf Dauer nicht dulden, dass die Menschen in der Hütte ein- und ausgingen. Das Türschloss hatte Carsten zu diesem Zweck schon ausgetauscht. »Wieso soll neamand zur Mare einikemma?«, hatte Martin den Mann gefragt. »Weil sonst jeder Gerüchte verstreut, wie es hier aussieht. Und weil jeder mitreden will. Mare muss in Ruhe gelassen werden, die vielen Menschen, die bei ihr ein- und ausgehen, verwirren sie nur. Also sorge ich dafür, dass niemand mehr hier reinkommt.« So hatte der Pferdeschwanzmensch geantwortet.

Und die Gerüchte brodeln weiter: Dieser Carsten wolle sich nur auf Kosten der Sennerin bereichern, sei hinter ihrem Geld her wie der Teufel hinter den armen Seelen. Adolf Finsterwalder überlegt, wie mit diesem Gesellen am besten umzugehen ist. Angeblich kooperiert dieser mit

Mares Anwalt, einen solchen soll es auch geben. Wegen der Erbschaft.

»So a oide Frau und so viel Wirbel und Ärger«, grummelt Adolf in den Computer. Er löscht *Werner Herzog Regisseur* und gibt den Begriff *Entmündigungsverfahren* ein.

Sein Entschluss steht fest. Wenn Mare nicht freiwillig ins Altersheim geht, muss Frau Ecke dazu überredet werden, Mare einen Vormund zuzuweisen. Aufgrund des Zustandes, in dem sich die alte Frau befindet, dürfte das ein Kinderspiel werden.

Und dann, wenn man die Greisin Wiesbeck erst einmal ins Pflegeheim gesteckt hätte, dürfte die Bahn frei sein. Er würde Frau Ecke ein schönes Angebot für das Weiderecht und die Alm machen.

Abschied von der Stille, Abschied von dem, was Mare liebte und so wertvoll für sie war. Der Wandel auf dem Geigelstein zeigte sich unerbittlich und unaufhaltsam.

Es wurde lauter denn je in Mares Heimat. Man hatte Bagger und Raupen in den Hochkessel gebracht. Die Niederkaseralm, in der Mare als junges Mädchen mit Rosa gespielt hatte, der Ort, an den später die Soldaten zur Erholung kamen, das alte Haus, dem in den vergangenen Jahren die Vergänglichkeit anzusehen war, weil alles einzustürzen drohte, war bald nichts anderes mehr als ein Haufen Steine und Erde. Man hatte die Niederkaser niedergerissen.

Der reiche Matthias, der auf dem Geigelstein etliche tausend Quadratmeter Weidefläche und Rosas Alm erstanden hatte, machte ernst. Er ließ auf den Ruinen ein großes Haus erbauen. Mehr noch, auf dem Weg hinauf zu Mares Alm entstand eine weitere Hütte: die Mitterkaseralm.

Machten die Bauarbeiter Pause, kehrten sie bei Mare auf ein paar Bier und Brotzeit ein. Manchmal gesellte sich auch Matthias zu ihnen und seine rechte Hand, Ferdi. Der Mann war in Mares Alter, groß und schlank gewachsen, mit dichtem Haar. Seine Augen strahlten ähnlich wie einst die von Xaver, tief und dunkelblau. Seine Hände packten bei jeder harten Arbeit mit an, konnten aber auch die wohlklingendsten Töne aus der Trompete zaubern. Ferdi war ein Mann, der die Sennerin mit langen Blicken verfolgte, vor allem war er der erste seit Jahrzehnten, der Mares Gefühle in Wallung versetzte.

Bald verbrachte Ferdi jede freie Minute seiner Zeit bei

Mare, ging ihr zur Hand, wo es gerade nötig war, zerkleinerte das Holz und stapelte es auf. Er richtete Zäune und half, wenn eine Kuh ein Kalb gebährte. An seinen arbeitsfreien Tagen begleitete er die Sennerin frühmorgens auf den Berg, wenn sie nach den Tieren sah, deren Klauen, Beine und Fell kontrollierte, ob alles in Ordnung war. Abends, nach getaner Arbeit am Bau, saß Ferdi stundenlang in Mares Stube, trank mit ihr und den anderen Gästen Bier. Verstohlene Blicke wanderten zwischen der Sennerin und Ferdi hin und her.

Waren alle Besucher fort, und hatten die beiden die Alm für sich alleine, sprachen sie über das, was in der Welt so alles geschah. Großvaters Radio, das Mare mit dem Geschehen jenseits des Berges verband, tat noch immer seinen Dienst. »Des Ding überlebt mi, werst sehn«, schmunzelte Mare, wenn sie gemeinsam lauschten, was über den Äther kam.

In den Nachrichten war zu vernehmen, dass Ulrike Meinhof und Gudrun Ensslin ihren Gesinnungsgenossen Andreas Baader aus dem Knast befreit hatten. Die Rote Armee Fraktion hatte sich gebildet. Die Beatles wollten nicht mehr zusammen sein und trennten sich. *Oh, wann kommst du?*, *Deine Tränen sind auch meine*, *Wunder gibt es immer wieder* – aus dem Lautsprecher trällerten Daliah Lavi, Heintje und Katja Ebstein. Manchmal schalteten Ferdi und Mare auf Musiksender um, die englische Lieder spielten. Deep Purple, Bee Gees, Tom Jones. »Negermusik«, befand Mare. »Tät di des interessiern, mal nach Amerika zu fahrn?«, fragte Ferdi. »Fliegn? I? Und noch dazu übers Meer? So a depperte Frage, Ferdi.« »Interessiert di net, wias woanders ausschaut?«, wollte er wissen. »I hab's in meinem Kopf, wias woanders ausschaut. I hör's im Radio und i les Bücher, weißt. I leb im Paradies, warum sollt i wegfahrn?«

Bald waren die Bauarbeiten an der Niederkaser fertig. Anstelle der alten Hütte stand dort jetzt ein respektables Haus. Mit Swimmingpool, mit Wahnsinnsaussicht, mit Hubschrauberlandeplatz. Luxus begann, den Geigelstein zu erobern.

Auch die Mitterkaseralm war schnell einzugsfertig. Ein modernes, ansehnliches Almhäuschen mit schönen Schlafräumen, gemütlicher Stube und einem ordentlichen WC samt Dusche. Eine Küche gab es auch, ausgestattet mit Kühlschrank, modernem Holzherd mit allerlei Raffinessen und Einbauschränken. »Sag, Mare, wär des was für di?«, fragte Ferdi sie, als er die Sennerin zum ersten Mal in den fertig gebauten Kaser führte. Mare zuckte mit den Achseln. »Ach«, sagte sie, »so wias grad is, kann's net besser sein.«

Im Frühjahr 1970 kamen abermals Wandel und Abschied in Mares Leben. Den einen wusste sie zu verschmerzen. Ludwig Finsterwalder, der Gierige, dessen Landwirtschaft inzwischen zur größten des Tals gewachsen war, hatte ausgerechnet an jenem Tag, an dem Jesus die Sünden der Menschen auf sich genommen hatte und ans Kreuz genagelt worden war, eine Fischgräte verschluckt. Röchelnd war er zusammengebrochen und qualvoll erstickt. Wenige Monate später gebar Brigitte Finsterwalder ihrem Mann Adolf einen Sohn. Martin war auf Erden und der ganze Stolz seines Vaters. Mare sah das Baby zum ersten Mal, als es gerade zwei Monate alt war, ein Winzling mit einem feuerroten Storchenbiss im Nacken.

Max Simmering hatte sich aus der Grenzhuberpacht zurückgezogen. Er gab die Landwirtschaft auf, schickte im Sommer keine Kühe mehr zu Mare, deren Zuhause nun zum Verkauf stand.

Es dauerte nicht lange, da war notariell besiegelt, wer der neue Eigentümer sein würde. Mare kannte seinen Namen von klein an. Er stand auf einer gelben Pappschachtel, auf der ein kleiner Fratz fröhlich seine Ärmchen in die Luft streckte. Darüber konnte man lesen: »Soooo groß durch …« Und unter dem kleinen Buben mit den runden, gesunden Wangen war geschrieben: J. Hipp.

Das Zwiebackmehl stand zu Mares Kindheitszeiten in den Regalen eines jeden Kramerladens. Sie selbst, Franz und Diana waren einst mit diesem Brei gefüttert worden, wenn es mit dem Essen schnell gehen sollte. Hipp-Pulver in eine Schüssel geben, Wasser oder Milch dazu, umrühren, fertig.

Claus Hipp, der Sohn des Firmengründers, erstand die Grenzhuberalm und pachtete das Weiderecht. Als er eines Tages, kurz bevor das Vieh nach oben getrieben wurde, bei Mare auftauchte, sagte Mares Bauchgefühl: Des is a ganz a guader Mo.

Mare sollte seine Sennerin werden. Das Ausschenken in seiner Alm und das Wirtschaftsambiente mit Herd, Tischen, Blümchen, Dekorationen an den Wänden, jedwedes Zeug, das sich in der Hütte angesammelt hatte, wollte Hipp jedoch nicht mehr. Es störte ihn auch, dass keine dreißig Meter von der Alm entfernt all der Müll, den die Wirtschaft absonderte, unter einem Felsen entsorgt wurde. Naturschutz, Gedanken an die Umwelt waren bisher nie ein Thema für Mare gewesen, auch wenn kaum ein Mensch die Natur so liebte wie sie.

Aus war es mit Mares Wirtschaft. Der neue Chef ließ

alles entfernen, was sich in der Hütte befand, den Herd, Tisch und Stühle, und baute die Alm zu dem um, was sie einst vor vielen, vielen Jahren gewesen war. Die Stube wurde wieder karg, kalt und schlicht und funktional wie ehedem: ein hübscher nostalgischer Ort aus der guten alten Zeit. Mare sah mit Schwermut zu, wie die Bauarbeiter sämtliche Erinnerungen an frohsinnige, bier- und schnapsseelige Stunden in einen Container warfen. Stühle, Bänke, Plastikblumen, Tischdecken, Kerzenständer, Geschirr, Töpfe – alles Dinge, die Mare nun nicht mehr brauchte und haben wollte.

Der Sennerin blieb neben dem Bett, der Daunendecke, der Matratze, dem alten Spiegel, den Büchern, darunter auch Mutters vererbte mit den Märchen und den Kräutern, all den Briefen und Postkarten, die sie erhalten hatte, dem Strickzeug und ein paar sonstigen Gegenständen nicht sehr viel mehr. Sie packte alles in eine große Kiste und stellte sie in den Stall der Oberkaser.

Mare selbst schlief für einige Wochen in ihrer alten Oberkaseralm, in dem Bett, in dem während der Sommermonate Diana zu nächtigen pflegte. Die Schwester hatte den Strohsack inzwischen durch eine Matratze ersetzt, ansonsten war alles weitgehend unverändert geblieben. Drei ungestörte Monate blieben ihr noch auf ihrer Alm, die sie schon lange nicht mehr als die ihrige empfand. Solange Diana auf der Oberkaser das Schadhubvieh selbst versorgte, fühlte Mare sich in der vertrauten Umgebung nur mehr als Gast, und ihr schien, als habe sich in den Gemäuern ihrer alten Hütte ein fremder Geist festgesetzt. Es roch anders, die Luft war schwer, das Licht schien fahler durch die Fenster, und die Katzen wollten nicht mehr in der Stube schlafen, sondern kuschelten sich im Stall ins Heu. Der Berggeist fauchte und zischte nicht mehr, war er überhaupt noch da? »Lang bleibn wir net da«, lockte sie ihn, »bald gemma woanders hi, wohin, wern ma sehn. Der Herrgott schickt uns net weg vom Geigelstein. Und irgendwann kimmt die Zeit, da sammer wieder hier, in unserer Oberkaser.« Sie strich mit der Hand die Wände entlang. Sie waren kalt und feucht.

Fünf Wochen blieb Mare auf der Oberkaser, dann bestimmten der Berg, das Schicksal, Gott, Ferdi und der Filmemann Matthias, dass Mare eine neue Bleibe erhalten sollte.

Matthias fragte sie, ob sie neben den Tieren von Hipp auch noch die seinen versorgen wolle. Sie könne in der Mitterkaser wohnen, auch dort bestünde die Möglichkeit eines Ausschanks. Mare könne weiterleben wie bisher, nur viel komfortabler, ein paar hundert Meter von ihrer alten Alm entfernt.

In ihrer Heimat auf dem Geigelstein wurde Mare allmählich Gast an verschiedenen Orten. Wieder richtete sie sich in einer neuen Hütte ein, verteilte ihre Habseligkeiten in den Räumen der Mitterkaser.

Der Filmemann ließ die Stube zu einem veritablen Wirtsraum ausstatten, Mare sollte es an nichts fehlen.

Der Sennerin kam es fast so vor, als wäre sie jetzt in ein Schloss gezogen, mit Schlafgemach, blitzsauberem Badereich, eigenem Wirtsraum, einer Küche für die wahren Köche. Das alles mit viel Platz, Helligkeit, Freundlichkeit, Komfort. Nur eines fehlte: Großvaters Radio. Es hatte den Umzug nicht überlebt. Als Mare es in ihrer neuen Stube aufstellte und einschaltete, blieb es stumm. Fast fünfzig Jahre lang hatte der Kasten durchgehalten, hatte Mare mit den Geschehnissen außerhalb des Hochkessels verbunden, mal gute Laune verbreitet, mal schlechte, manchmal auch Angst oder Sorgen. Mare nahm Großvaters Erbe und stellte es im Schlafzimmer unter ihr Bett, nachdem ein Elektriker das Gerät kopfschüttelnd auf- und wieder zugeschraubt hatte.

Mare besaß inzwischen sieben Katzen, sie alle durften mit in die Mitterkaser, ebenso wie die vier Hennen, für die Mare einen kleinen Stall erhielt, den sie hinter der Hütte aufstellte. Immer noch war sie in erster Linie Sennerin, doch zunehmend auch Wirtin, Köchin, Bedienung und magischer Anziehungspunkt all derer, die von Mares Leben fasziniert waren. Von einer Sennerin, die nicht mehr ins Tal wollte.

Die Jahre auf der Mitterkaser vergingen schnell, die Zeit eilte nur so dahin, kein Wunder, denn Mares Leben war ausgefüllt, aufregend und schön. Immer mehr Menschen kehrten bei der Sennerin ein, ihre Stube war stets gut gefüllt. Ferdi, Wanderer, die Senner und Sennerinnen der Umgebung kamen ebenso wie betuchte Angestellte, gelegentlich auch Adolf und Frau Brigitte mit ihrem kleinen Martin. Der Finsterwalderbauer zeigte sich Mare gegenüber zwar zurückhaltend, war aber dennoch weitaus freundlicher als sein verstorbener Vater. Man wechselte ein paar belanglose Sätze miteinander, die üblichen halt. Wenn Martin mal das Fieber erwischte, oder er sich, nachdem er zu laufen begonnen hatte, die Knie aufschlug, suchten sowohl sein Vater als auch seine Mutter Hilfe bei Mares Heilkünsten. Und bald kamen sogar Tage, an denen das Ehepaar Mare bat, gelegentlich auf Kleinmartin aufzupassen. Wenn des der alte Ludwig wissen tät, dass i auf sein Enkerl schau, tät er sich im Grab umdrehn, dachte Mare schmunzelnd, während sie Martin aus Mutter Ediths Märchenbuch vorlas. Der Bub war ein lieber, anhänglicher und ein klein wenig scheuer. Bis zu seinem fünften Lebensjahr lutschte er am Daumen, der schon ganz wund geworden war. Als Strafmaßnahme packte Adolf die Hände des Kleinen in Arbeitshandschuhe und wickelte ein enges Band darum. Sobald sich Martin auf Mares Hütte befand, befreite die Sennerin den Kleinen von den Fäustlingen und gab eine bittere Tinktur auf die Daumen. »Dann schmeckt er nimmer«, sagte sie grinsend zu Ferdi, wenn sie über die Finsterwalder sprachen. »I sag's dir, da steht koa guader Stern über derer Familie, Ferdi. Der Bua ko froh sei, dass der Großvater nimmer lebt. Mei, der Ludwig, der war a ganz a Böser. Und der Adolf is a ganz a Spezieller, schleicht immer so durch die Gegend, und i woaß nia, was eam im Kopf umananander geht.«

Ferdi hörte zu, immer hatte er ein Ohr für die Sennerin. War es Liebe, was die beiden verband? War es eine Beziehung tiefster Vertrautheit? War es eine Freundschaft wie eine von vielen? »Geht neamand was o«, sagte Mare stets, wenn man sie auf den Mann an ihrer Seite ansprach.

Ferdi hatte der Sennerin aus dem Tal ein neues Radio mitgebracht. »Sonst weißt gar nimmer, was los is auf derer Welt«, hatte er geschmunzelt.

Wieder saßen sie gemeinsam in der Stube und lauschten den Nachrichten. In Afghanistan begannen Gefechte, zwischen Iran und Irak entflammte ein Krieg, Ronald Reagan sprach sich für die Neutronenbombe aus. Auf dem Münchener Oktoberfest ging eine Bombe hoch, es gab einen Anschlag auf die Peterskirche im Vatikan, der ägyptische Präsident wurde ermordet, man begann, sich vor Aids zu fürchten, und die Sängerin Nicole gewann den European Songkontest mit einem Lied, das *Ein bisschen Frieden* hieß.

Am 8. Mai 1985 wurde der vierzigste Jahrestag des Endes des Zweiten Weltkrieges begangen. »Der 8. Mai ist für uns Deutsche kein Tag zum Feiern«, tönte es aus dem Lautsprecher. »Des is unser Präsident«, sagte Ferdi. »Weizsäcker«, antwortete Mare knapp. »… der eine kehrte heim, der andere wurde heimatlos … Verbittert standen Deutsche vor zerrissenen Illusionen, dankbar andere Deutsche für den geschenkten neuen Anfang.«

Mare nickte an dieser Stelle. Aufgeregt saß sie da, die Hände gefaltet, als spräche Gott zu ihr. »Wir gedenken heute in Trauer aller Toten des Krieges und der Gewaltherrschaft …«

Mare beugte sich zu Ferdi und flüsterte ihm ins Ohr. »Woaßt, mei Bruder hat immer gsagt, der Hitler bringt a Unglück. Mei, is des lang her. Und jetzt? Jetzt sauft der Franz, das ganze Leben hat dieser Krieg eam versaut, eam und so vielen andern.«

Ferdi nahm Mare in den Arm, und Weizsäcker sprach: »Den vielleicht größten Teil dessen, was den Menschen aufgeladen war, haben die Frauen der Völker getragen.«

Ferdi drückte Mare fest und lächelte. »Wo er recht hat, hat er recht, unser Richard.«

»Am Ende des Krieges haben sie als Erste und ohne Aussicht auf eine gesicherte Zukunft Hand angelegt, um wieder einen Stein auf den anderen zu setzen.«

Als der Präsident über all die Opfer sprach, auch über die Tötung der Geisteskranken, erzählte Mare vom Hiasl, wie sie den armen Mann eines Tages abgeholt und irgendwohin gebracht hatten, von wo aus er nie mehr zurückgekehrt war.

»Lassen Sie sich nicht hineintreiben in Feindschaft und Hass gegen andere Menschen, gegen Russen und Amerikaner, gegen Juden und Türken, gegen Alternative oder Konservative, gegen Schwarz oder Weiß. Lernen Sie, miteinander zu leben, nicht gegeneinander.« Weizsäckers Rede neigte sich dem Ende zu. Nachdem er die letzten Worte gesprochen hatte, blieben die Sennerin und ihr Freund eine Weile still sitzen. Dann atmete Mare tief ein und langsam wieder aus. »Mein Gott, is so lang her«, sagte sie, »vierzig Jahr, so viele Menschen san gstorbn, die Juden, die Behinderten, und was haben's glernt, die Herrn Politiker und wir?« Mare sah Ferdi fragend an. »Nix«, antwortete dieser.

»Mir habn an Frieden da herobn, a Stille, wann net a Auto kimmt oder da Hubschrauber fliagt, mir habn koa Feinde, mir arbeitn, habn a Freud am Leben. Na«, Mare schüttelte den Kopf, »na, gibt nix Besseres für mi auf derer Welt. So frei und dem Himmi so nah.«

Alte Menschen ziehen sich zurück, wenn sie schwach und müde werden, und machen Platz für die Jüngeren. Früher, als Mare noch auf dem Schadhubhof lebte, zogen die betagten Bauern ins Austragshäusl, das sich neben dem Hauptgebäude befand. Die Altbauern standen den Jungbauern zur Seite, wann und wo immer ihre Kräfte es zuließen. Der Großvater und die Großmutter waren auch hilfreich, wenn es um die Erziehung der Kinder ging. Mare kannte es nicht anders. Auf jedem Hof hielt man es so, das machte das Leben der Jungen und der Alten einfacher. Die Familien hielten zusammen, über mehrere Generationen.

Matthias, der Filmemann, kam in die Tage. Der Sennerin fiel auf, wie sehr der liebe Mann abgebaut hatte, dass er wackelig auf den Beinen und im Kopf lange nicht mehr so genial war wie einst zur Zeit seiner Erfindungen. Eines Tages erschien er nicht mehr auf dem Geigelstein. Man hatte ihn in ein Altersheim gesteckt, wo das Ende und das Sterben nicht gerade würdevoll verliefen, hieß es auf dem Berg. »So a armer Mo«, sagte Mare, als Ferdi ihr irgendwann erzählte, Matthias sei gestorben. »Des ganze Geld, was er ghabt hat, hat eam nix mehr gnutzt. Wenn andere bestimmen, was mit dir gmacht werd, bist wia im Gfängnis.«

Matthias' Sohn Korbinian übernahm von nun an die Geschäfte samt den Almen, und, so dachten viele, irgendwie auch den Berg mit seinen Wiesen und Wäldern, Quellen und Bächen.

Auf dem Geigelstein entstand eine Welt, wie für einen ganz speziellen Film gemacht, in dem die illustren Menschen die Hauptrolle spielten, nicht mehr die Senner, die Natur und die Erhabenheit des Berges.

Landesvater Franz Josef Strauß kam, Schauspielerin Uschi Glas und andere Sternchen, Starkoch Schuhbeck, viele honorige, reiche Leute, Menschen mit Einfluss und Sehnsucht nach der heilen Bergwelt waren zugegen. Motorräder ratterten die Forststraße hoch, Geländewagen brachten die Besucher der Niederkaser schnellstmöglich und einfach ans Ziel.

Und jedes Mal, wenn der Hubschrauber in den Hochkessel gedonnert kam, stieg irgendeine besonders wichtige Person aus, entweder der Korbinian selbst oder einer seiner einflussreichen Gefährten.

Politiker, Schauspieler, Millionäre, sie alle gingen ein und aus auf der Niederkaser. Es gab Champagnerpartys, feuchtfröhliche Feste am Swimmingpool mit Blick auf den Wilden Kaiser. Öfters, so munkelte man auf dem Geigelstein, brachte der Hubschrauber auch Prostituierte aus Kufstein, schöne, willige Mädchen für die Prominenz. »Auf der Alm, da gibt's koa Sünd.« Mein Gott, wie oft schon hatte Mare die Leute diesen Satz sagen gehört, sobald die Senner unter sich waren und über das sprachen, was inzwischen aus dem Berg geworden war. Und wenn sich die Reichen, Schönen, Mächtigen auf der Niederkaser zu langweilen begannen oder sich die Füße vertreten und dabei vielleicht auch die besondere Sennerin vom Geigelstein erleben wollten, dann kehrten sie oben bei der Mitterkaser ein.

Mare ließ auch diesen Wandel am Geigelstein voller Gelassenheit über sich ergehen. Sie begegnete jedem, auf den sie traf, mit gleicher Freundlichkeit, egal, wie er aussah und woher er kam, ob er Geld hatte oder nicht. Es spielte keine Rolle. Mensch war Mensch, was zählte, war Mares untrügliches Gefühl, ob es ein guter oder ein schlechter war. Der Chef, wie sie Claus Hipp nannte, war gut, Matthias war gut gewesen, sein Sohn Korbinian war irgendwie auch gut, dessen Freunde und Bekannte mal so, mal so, einige hochnäsig, arrogant, andere freundlich und Mare zugewandt. Die Welt der Reichen erweckte in der Sennerin nie ein Gefühl von Neid und auch nicht den Gedanken, im Leben lieber anderes getan zu haben, als auf der Alm zu leben und als Sennerin ihr Brot zu verdienen.

Mare ruhte in sich, nichts konnte sie mehr beirren.

Auch nicht die Bedrohung ihrer Heimat durch die wohl schlimmsten Spekulanten – Leute, die auf Kosten der Natur den größtmöglichen Profit aus dem Berg ziehen wollten.

Wie ein Krebsgeschwür zog sich diese Bedrohung den Berg hoch, zuerst auf der anderen Seite des Gipfels, wo der Geigelstein ins Tiroler Achental fällt. Bereits in den Fünfzigerjahren hatte man dort eine Skipiste mit Seilbahn nach oben errichtet, allerlei Wettkämpfe wurden abgehalten, 1953 gar die Deutsche Alpine Meisterschaft. Mare hatte dies reichlich wenig gekümmert, sie interessierte sich nicht für diesen Sport. Sie selbst war alles andere als eine gute Skifahrerin. Irgendwie schaffte sie es immer nach unten, mehr schlecht als recht. Vom Skirummel an den Hängen auf der anderen Seite hatte sie bislang auch nichts mitbekommen. Die wenigen Menschen, die damals mit den Skiern bis zum Gipfel gestiegen waren, um dann die Hänge des Hochkessels hinabzuwedeln, kannte Mare nahezu alle beim Namen, so wenige waren es, selten mehr als achtzehn pro Tag.

Das sollte sich ändern, Mare erlebte in ihrer Gaststube die hitzigsten Diskussionen. Bald würde sich ein Skizirkus über den gesamten Geigelstein erstrecken, rauf auf der einen Seite, rüber über den Gipfel, runter auf der anderen, auf Mares Seite. Der Berg sollte mit einem Liftnetz überzogen und mit Skinarrischen bevölkert werden: Gaudi auf den Almen, Musik, Getümmel, Hektik.

»Mare, da machst a ordentliches Pulver im Winter auf der Mitterkaser, werst di vor lauter Arbeit net rettn kenna«, sagten die Leute zur Sennerin. Skilifte waren für Mare jedoch nichts anderes als hässliche Monster, gruselige Gerippe, die nun alles zerstören würden, was ihr lieb und teuer war.

Aber sie vertraute auf die Eigenwilligkeit ihres Berges. Der Geigelstein konnte grollen und gefährlich werden, jährlich verursachte er Unfälle, bisweilen auch Tote. Er ließ Lawinen herabdonnern, Unwetter aufziehen, Stürme heftig blasen und die Sicht im Nebelmeer ersticken. Zudem machte er die Wege unbegehbar. Die Sennerin kannte ihren Berg.

»Werst sehn«, sagte sie schmunzelnd zum Berggeist, »nix werd's wern mit dene Lifte. Du und i wissn des.«

Und auch als man auf der anderen Seite des Gipfels bereits eine große Schneise in den Wald nach oben geschlagen hatte, um den Weg für eine Gondel zu errichten, blieb Mare gelassen, vertraute auf Gottes Willen und ihre Ahnung, dass der Allmächtige es stets gut mit ihr und der Heimat meinte.

Anfang der achtziger Jahre erhielt Mare die Nachricht, Diana sei gestorben. Sie hatte eine kurze schwere Grippe gehabt, bei der ihr Herz versagte. Eines Morgens lag die Bäuerin tot in ihren feuchten Laken. Mare begann am Abend, eine Fürbitte für ihre Schwester zu beten, ohne dass sie Trauer empfand, geschweige denn eine Träne vergoss. »Herr, nimm sie in dein Reich auf, lass mi trauern, wie es mein Herz befiehlt.« Sie bekreuzigte sich und legte die gefalteten Hände in den Schoß. »Sie is doch mei Schwester«, flüsterte sie Jesus am Kreuz zu, »aber nix rührt sich in mir. Die ganze Familie ist auseinandergfalln. Mei, wenn der Großvater des gwusst hätt.« Mare schüttelte sich und ging nach draußen in die Dunkelheit. Ihre Augen glitten den Sternenhimmel entlang. Wenn jetzt a Schnuppn käm, dachte sie, was tät i mir wünschn? A Familie? A langes Leben? An Mo? A Kind? Am besten nix, nur, dass Gott es guad mit einem meint.

Nach Dianas Tod betrieb deren Tochter Emmi den Schadhubhof, zusammen mit ihrem Vater Xaver, dessen Augen der Graue Star erfasst hatte. Die beiden wirtschafteten mehr schlecht als recht, sagten die Leute, und es sollte nicht mehr lange dauern, da waren Xavers einst so schöne Augen vollends erblindet, und der Schadhubbauer saß nur noch auf der Bank vor dem Haus oder in der Stube und starrte ins Nichts. Emmi, so hörte Mare die Menschen aus dem Tal reden, kaufte sich vom Erbe ihrer Mutter einen Ford Focus Cabrio und ein Heimsolarium. Die Großenkelin des alten Wiesbecks war inzwischen hübsch geraten, zumindest auffallend anzusehen, mit ihren engen Röcken und den hohen Schuhen, die sie gegen Latzhose und Gummistiefel tauschte, sobald sie den Stall verlassen hatte. Ihre Männer wechselte Emmi wie die Gezeiten, mal wurden Kerle aus der Stadt auf den Schadhubhof gespült, mal strandeten dort dubiose Typen von sonst woher. Ihnen allen war gemeinsam, dass sie weder wussten, wie man eine Mistgabel hält, geschweige denn wie man das Vieh zu behandeln hatte, und dass sie meist nur für kurze Zeit blieben. Emmi war eine launische Person, heute so, morgen so, oft ungerecht, stets unzufrieden mit dem, was sie hatte: einen alten Hof, eine noch ältere Alm, und, sah man von Onkel Franz, dem Saufheini, einmal ab, als einzig übrig gebliebene Verwandte eine alte Tante auf dem Geigelstein.

Kein Zweifel, der Schadhubhof litt unter der Lebens- und Liebeslust seiner Bewohnerin und der Ohnmacht des Erblindeten. Nach Dianas Tod begann er, schnell zu verwahrlosen. Zuerst wucherte das Unkraut im Gemüsegarten, bis dort nichts anderes mehr zu finden war als Brennnesseln, Giersch und Ackerwinde, die sich am Zaun entlangrankte.

Während der ersten beiden Sommer als Bäuerin war Emmi zusammen mit einer Magd auf der Oberkaser gewesen. Hin und wieder, wenn kein Mann an ihrer Seite war, tauchte Mares hübsche Nichte auch auf der Mitterkaser auf, die Lippen so rot wie Blut, das Top so eng, dass es jeden

Moment zu platzen drohte, und frech zu ihrer Tante war sie obendrein. Als Mare sie eines Abends, nachdem zwei Burschen wegen Emmi heftig aneinandergeraten waren, freundlich, aber bestimmt bat, sich mehr aufs Sennern als das Kopfverdrehen zu konzentrieren, gerieten die beiden Frauen in heftigen Streit.

»Bist a Bäuerin, denk dran«, schimpfte Mare.

»Bist ja nur neidisch, Tante Mare, so wia du ausschaugst«, entgegnete Emmi. »Nix als Viecher und Kräuter und Gott im Schädel. Ausschauen duast eh scho wia so a Berghex mit deiner Nasn. Und geh amal zum Zahnarzt, werd Zeit, sonst werst noch a ganz Schiache, die wo nur noch an Stumpn im Maul hat.«

»I woaß, wo i herkimm, und wia i mi zu benehmn hab«, gab Mare zurück, »du dagegen laufst hier herum wia im Fasching. Des ghört net her auf die Alm. Dann schleich di, geh lieber in die Stadt in so a Disko zur Negermusi tanzen. Außerdem werd's langsam Zeit, dass a gscheider Bauer aufn Schadhubhof kimmt. Emmi, jetzt bist scho fast vierzig Jahr alt.«

»Was geht di der Schadhubhof an?«, schrie Emmi. »Des is jetzt mei Hof, und i mach damit, was i will. Und mit derer bleden Hüttn da drobn auch. Die Oberkaser kimmt weg. I ko die oide Bruchbudn nimmer sehn. Da werd was Neies hergstellt, was Gscheids.«

So a Schmarrn, dachte Mare damals, doch als ein paar Monate später Baufahrzeuge die Straße hochkamen, wurde ihr schnell klar:

Das war's mit der alten Oberkaser. Ein für alle Mal.

Nichts im Leben ist von Dauer, alles, was man liebt, kann eines Tages vergehen. So oft schon hatte Mare dies erlebt. Die Schmerzen, wenn der Abschied kam, kannte Mare zur

Genüge, sie hatte sich an sie gewöhnt. Trauer verspürte sie keine mehr, wohl aber Wehmut, als sie ein paar Wochen später mit Ferdi vor den Trümmern ihres alten Kasers stand. Es is der Ort, der Boden, der mei Hoamat is, ned des, was auf eam erbaut is und worin i wohn, dachte sie. »Eines Tages werd i hier sterbn, egal in welchem Raum und in welchem Kaser. Aber hier, an dieser Stelle werd's sein. Der Großvater hat des bestimmt, und der Herrgott auch.« Mare nahm Ferdi an der Hand. »Bin froh, dass du bei mir bist«, sagte sie leise, nicht ahnend, dass ihr Freund und Vertrauter bereits ein Bahnticket in der Tasche trug. Fort vom Geigelstein, fort von Mare, fort für immer.

Die Greisin steht barfuß vor ihrer Hütte. Es könnt Sommer sein, denkt sie, so warm wie es is. Ihre Blumen wachsen und gedeihen, zart streicht sie über deren Blätter. Sie brennen auf der Haut, aber nur ein wenig. Jedes Jahr kommen mehr von ihnen, inzwischen ist schon der ganze Garten rund um die Oberkaser von ihnen überwuchert worden. »So schee«, sagt Mare und blinzelt ins helle Licht. Der Mann mit dem Pferdeschwanz ist schon ein paar Tage nicht mehr gekommen, niemand war da und hat Nahrung gebracht. Mare kann sich zumindest nicht mehr erinnern, wann sie zum letzten Mal gegessen hat. Sie hat ohnehin keinen Hunger, auch keinen Durst. Je weniger sie zu sich nimmt, desto weniger entlässt ihr Körper. Die alte Frau schafft den Weg auf die Toilette oft nicht mehr, oder sie vergisst ihn. Wenn sie im Bett liegt, kommt sie nicht schnell genug hoch, so dass allerlei Dreck auf dem Boden landet, mein Gott, dann ist es eben so. Die Nase, auch wenn sie immer noch wächst, verzeiht viel, seit langem schon tut sie ihren Dienst nicht mehr.

Mare rupft drei Blumen aus der Erde, wieder brennt es in ihren Händen. Die rosa Jogginghose ist nass, hängt schlaff an ihrem dürren, geschwächten Körper und beginnt zu rutschen, als die alte Frau den Zaun entlanggeht. Mit der linken Hand hält sie die Hose, mit der rechten Hand am Draht sich selbst.

Mare geht ein paar Meter und blickt angestrengt in die Weite. Die Greisin lässt den Zaun los, um ihre Augen mit einer Hand gegen das grelle Sonnenlicht zu schützen.

Lange schon war Mare nicht mehr draußen gewesen. Sie hatte das Bett hüten müssen, nachdem sie die Stufen in den Keller hinabgestürzt war, als sie etwas zu essen raufholen wollte.

Zwei Tage war sie unten auf dem Steinboden gelegen, im Dunklen, im Feuchten. Sie hatte den Berggeist verflucht, dass er so untätig umherflog, Zug und Kälte verbreitete. Als kein einziger Lichtstrahl mehr in den Keller drang, wusste Mare, es war Nacht geworden. Sie musste ein paar Stunden schlafen. Als sie aufwachte, fiel ein Sonnenstrahl oben durchs Fenster, bald würde sicher jemand an die verschlossene Türe klopfen und rufen: »Mare, aufmachen, i bin's.« Aber sie konnte nicht aufsperren. Ihr Fuß schmerzte, pochte, als würden Hämmer auf ihn herniederprasseln. Die schwache Frau versuchte, sich am Regal hochzuziehen, ein Hipp-Glas fiel herab, zerbrach direkt neben Mares Mund. Gottesgeschenk, oder eines vom Chef. Es war Kalb mit Kartoffeln und Rüben. Der guade Chef, dachte sie und erschrak. Sie hatte vergessen, Kräuter für ihn zu sammeln. Arnika, Spitzwegerich, Blätter vom Schwarzen Bilsenkraut. Der Chef war krank. Er hatte an Gewicht verloren und war blass im Gesicht. Mare begann, sich um ihn zu sorgen. »Kriegst Kräuter«, hatte sie dem lieben Chef versprochen, als er sie besuchte. Sie wollte ihn doch unbedingt heilen, stattdessen lag sie regungslos auf dem Kellerboden und leckte mit der Zunge den Brei auf, den der Chef für sie gebracht hatte. A guader Koch is er scho, dachte sie. Sie kannte all seine Gläschen: Früchte, Gemüse, Fleisch, pürierte Kindernahrung für die zahnlose Alte.

Wer würde sie wohl finden, hier so erbärmlich und hilflos liegen sehen? Mare zog die Füße an und robbte ein paar Zentimeter weiter Richtung Stiege, dann wich ihre letzte

Kraft. Sie sah nach oben, wo sich langsam das Licht aus der Stube schlich. Es wurde wieder finster, eine weitere Nacht begann, in der die Alte vergeblich auf Rettung wartete, Stunde um Stunde umhüllt von Dunkelheit und Kälte, eine hilflose Greisin, die bald mit sich selbst, bald mit dem Berggeist brabbelte.

Irgendwann hat man ihren Körper die Kellerstiege hochgezogen. Man hat sie ins Bett gelegt, die Decke über sie gebreitet. Man hat ihren Kopf angehoben und ihr etwas zu trinken gegeben. Später donnerte wieder so ein blöder Hubschrauber über der Oberkaseralm hinweg. Und wieder wollte man sie von hier wegholen, wollte sie zum Röntgen ins Krankenhaus fliegen. Ha, so viel Kraft hatte Mare noch, um diesem Unheil zu entkommen. Was war schon ein gebrochenes Fersenbein?

Die Sennerin steht immer noch am Zaun und denkt nach. Wie viele müssten es sein? Zwölf oder fünfzehn Stück Vieh?

Ihre Augen wandern von links nach rechts und wieder zurück. »Eins, zwei, drei, vier«, zählt sie langsam. Sie ist beileibe noch eine gute Sennerin, kümmert sich um ihre Tiere. Prachtvoll stehen sie auf den Weiden und grasen. Mare kann die Glocken hören. Es ist Frieden auf dem Berg.

Zwei, drei, vier, oder ist sie schon bei fünf angelangt? Mare beginnt von vorne.

In der Ferne sieht sie ein rotes Teil die Straße zu ihr hochfahren. Das Motorengeräusch hört sie erst, als der Wagen an der Oberkaser zum Stehen kommt. »Herrschaft, störst mi mit dem Krach«, flucht sie. »Mare, geh, was machst denn so allein da draußen?«, fragt der Mann durchs offene Fenster. »Tust schon wieder Kühe zählen?« Mare sieht ihn grinsen. Keine Ahnung von der Sennerarbeit haben und die Luft verpesten, aber dumme Fragen stellen. Außerdem, was will der Mann hier?

»Mare, komm, wir gehen den Kopf waschen und eine saubere Hosn anziehen, ist ganz dreckig, was da anhast«, sagt der Mann mit den langen Haaren.

»Hab no net fertig zählt«, erwidert Mare eigensinnig und beginnt von vorne. »Eins, zwei, drei.«

Der Mann steigt aus, nimmt sie behutsam am Arm. »Geh Mare, sind alle da, deine Kühe, komm, wie gehen rein.«

Als sie in die Hütte zurückgehen, fegt er mit einer kurzen Handbewegung Mares Blumen von der Hausbank. »Scheiß Brennnesseln«, flucht er, »die muss ich endlich mal abmähen.«

Vor der Haustür bleibt Mare stehen. »I geh net eini«, sagt sie, lässt sich mit einem Seufzer auf der Bank nieder, sammelt ihre Blumen wieder auf und leckt sich die Hände ab. »Wieso willst nicht rein? Wir müssen dich waschen und umziehen.«

»Es hat gregnet, i sag's dir, a echts Gwitter hat's drinnen gebn.«

»Ja, ja, Mare«, antwortet der Mann, während er sein Haar zum Pferdeschwanz bindet. Er öffnet die Tür und tritt ein.

»Verdammte Scheiße!«, hört Mare ihn rufen.

Maria Wiesbeck ist nicht mehr ganz dicht im Kopf. Sie spinnt.

So beginnt das Schreiben des Finsterwalderbauern.

Tagsüber steht sie vor ihrer Hütte, hat keine Schuhe an und zählt Kühe. Das macht sie schon seit Wochen. Obwohl sich kein Vieh auf den Almen befindet, weil noch Frühjahr ist. Mare zählt dunkle Flecken auf den Hängen, Felsen oder Steinhaufen. Selbständig kann sie kein Feuer mehr machen, wirft alles halbwegs Brennbare in den Herd, voran alle Anzünder, die sie finden kann, dann alle Streichhölzer, Papier, alles, was ihre Finger greifen können. Das Holz, das im Stall gelagert ist, hat sie vergessen. Der Ofen brennt nur für kurze Zeit, und kommt jemand vorbei und heizt mal richtig bei ihr ein, wird es für Mare anderweitig gefährlich. Sie legt ihre Hände auf die Herdplatte oder setzt sich mit dem Hintern auf die heruntergeklappte Backofentür. Auf diese Weise ist ihre Hose samt Sparbuch vor ein paar Wochen angekokelt, die Hitze hat eine tiefe Wunde in Mares Haut hinterlassen. Die ganze Stube hat nach verbranntem Fleisch gerochen. Den Stuhlgang kann Mare nicht mehr halten, mit anderen Worten, sie sch… überall hin. Genauso hat es mir mein Sohn Martin berichtet. Sie wollen sich das sicher nicht genauer vorstellen. Letzte Woche hat sie sich am Waschbecken festgehalten und es dabei aus der Wand gerissen. Der Rohrbruch hatte es in sich, glauben Sie mir. Mir ist zu Ohren gekommen, dass das Wasser zentimeterhoch in der Stube stand. Und alles ist drin rumgeschwommen, das haben wir wiederum von Carsten erfahren. Sie wissen schon, das ist der Mann, der sich angeblich um sie kümmert. Ein Wahnsinn ist das. Und was hat Mare dazu gesagt? Dass es in der Stube gewittert hat.

Das hintere Fenster im Gang zum Stall ist eingeschlagen, im Winter schneit es da rein. Es ist saukalt in der Hütte, auch wenn man inzwischen einen Gasofen darin installiert hat. Meistens steht Frau Wiesbeck an der kleinen Heizung, bewegt sich kaum mehr. Mein Sohn glaubt, ihr ist kalt.

Ich kann mich noch genau an die Zeit erinnern, als Sie Ihre Hütte neu gebaut haben, das ist jetzt fast dreißig Jahre her. Sie waren ja lange nicht mehr oben, haben Sie mir gesagt. Ich sage Ihnen, es ist besser, Sie gehen da auch nicht mehr rauf. Das Bad kann man schon lange nicht mehr betreten, die Seitenkammer auch nicht mehr, das obere Schlafzimmer sowieso nicht. Müll, alles voller Müll und Dreck. Tote Viecher: Mäuse, Vogelgerippe und so weiter liegen da rum.

Die arme Mare mittendrin, es ist nicht zum Anschauen. Können Sie das mit Ihrem Gewissen vereinbaren? Bitte denken Sie endlich darüber nach, Ihre Tante entmündigen zu lassen, damit man sie in ein ordentliches Altersheim bringen kann. Ich kümmere mich um den Rest, die Hütte und den Müll. Und dann reden wir weiter.

Im Übrigen scheint es, dass sich auf dem Geigelstein so allerhand Erbschleicher herumtreiben. Mare hat diesem Carsten, der sie betreut, angeblich Bankvollmachten erteilt. Und interessant ist auch, dass sie kein Bares mehr hat. Ihre Spardosen sind leer. Das ist mehr als ungewöhnlich. Sie wissen am besten, wie viel Geld Frau Wiesbeck hat, an Ihrer Stelle würde ich aufpassen, wo das Geld landet, das im Erbfall eigentlich Ihnen, als Mares einziger Verwandter, zusteht.

Also, ich habe Ihnen jetzt alles mitgeteilt. Sagen Sie später, wenn die alte Frau da oben verreckt und alles verloren ist, also bloß nicht, Sie hätten es nicht gewusst.

Adolf Finsterwalder liest sein Schreiben nochmals durch, es könnten ein paar Kommafehler drinnen sein, darin war er nie gut, sei's drum.

Oben in das Adressfeld tippt er Emmi Eckes Name ein. Er zögert einen kurzen Moment, schiebt die Maus auf *Senden* und schickt seine Mail los.

»So«, murmelt der Mann. »Das dürfte vorerst reichen.«

Nun gilt es, den zweiten Weg einzuschlagen, den des Gewissens und der Moral. Unter dem Deckmantel eines veritablen Appells an die Menschlichkeit lässt sich so manch Unmögliches bewerkstelligen, weiß Adolf. Alle sollen informiert werden: Gesundheitsbehörde, Sozialamt, Gemeinde, Bürgermeister, Presse und Emmi Ecke, damit der Druck auf sie wächst, endlich Bewegung in das Oberkaserdrama zu bringen. Und zwar Bewegung in Adolf Finsterwalders Richtung.

Der Bauer zeigt die Fotos herum, die sein Sohn Martin heimlich bei der Sennerin aufgenommen hat: Bilder einer zusammengekauerten Frau, die wie ein Häufchen Elend zwischen verschmutzten Laken liegt. Angeschimmeltes Essen, zerbrochene Schnapsgläser, gebrauchte Windeln, Fäkalien. Wer so etwas zulasse, mache sich schuldig, verbreitet er überall, in der Hoffnung, sein Gerede möge baldmöglichst Früchte tragen.

Immer mehr Menschen beginnen, Finsterwalder recht zu geben.

Es müsse etwas unternommen werden, um Mares derzeit würdeloses Dasein auf der Alm zu beenden und sie ins Tal zu bringen, sagen die einen. Die Greisin sei dement, orientierungslos und zu schwach, um die einfachsten Dinge im Haushalt zu erledigen. Erschwerend käme noch hinzu, dass die Oberkaseralm in der ausgedehnten schneereichen Zeit auf dem Geigelstein nur mit einem Quad, Schneeschuhen oder Tourenskiern zu erreichen wäre. Die Zeit dränge.

Die anderen wiederum meinen, es wäre Mares sicherer Tod, wenn man sie gegen ihren Willen aus ihrer Heimat reiße, und man solle Carsten mehr als dankbar dafür sein, dass seine Fürsorge Mares Bleiben dort ermögliche. Der Mann fahre bei jedem Wetter, bei Regen, Schnee und Sturm von weit her auf den Berg, um nach Mare zu sehen. Er räume auf, putze und wasche die Alte, versorge sie medizinisch, kümmere sich um regelmäßige Arztbesuche vor Ort und brächte die schmutzige Wäsche zusammen mit dem sich angesammelten Müll ins Tal. Doch warum tut er dies? Aus Mitleid, Liebe, oder steckt doch das Geld dahinter?

Noch, so vermuten manche, könnte Mare ein vorgefertigtes Testament unterschreiben und bestimmen, wer Erbe ihres Vermögens sein wird. Carsten könnte ihr einfach einen Zettel vor die Nase halten, einen Stift in die Hand drücken und sagen: »Kimm, Mare, unterschreib da, ist zu deinem Besten.« Und dann sind da noch all die anderen Geier, die darauf warten, dass sie den Zuschlag für die Hütte und das Weiderecht erhalten, allen voran Adolf Finsterwalder.

Auf dem Geigelstein brodeln die Gerüchte weiter und weiter. Was für eine Zwietracht sähen sie unter den Menschen.

Die neue Oberkaserhütte sollte etwas größer werden als die alte und zweifelsohne moderner, da ließ Emmi nicht mit sich geizen. Nun gab es ein kleines Bad, bestehend aus einer Dusche, einem Waschbecken und WC. Emmi hatte dafür gelbe Kacheln gewählt – hässliche, wie Mare befand. Die Stube wirkte klein aber fein, hatte einen Holzherd, ein Waschbecken, Tisch, Bank und Stuhl. Von ihr ging es in eine winzige Vorratskammer. Einen Keller mit einer steilen Stiege gab es auch und ganz oben einen kleinen Schlafraum, den man allerdings nur gebückt betreten konnte.

Emmi Ecke, so hieß sie jetzt, weil sie inzwischen geheiratet hatte, kam einmal wöchentlich mit ihrem Mann den Geigelstein hochgefahren, um die Fortschritte am Bau zu inspizieren. Die Arbeiter verdrehten stets die Augen, wenn die Bauherrin eintraf, denn das bedeutete meist Ärger. Hier sollte noch etwas geändert werden, dort hinzugefügt, woanders etwas entfernt werden. Emmi Ecke stand in ihrem engen Kleid da, zickig, launisch und erteilte Befehle. Ihr Mann, der Herr Ecke, war nichtssagend, eher duckmäuserisch, fand Mare, als die Nichte ihn ihr vorstellte. Nach dem Baustellenrundgang gingen die beiden Eckes stets hinunter zu Mares Mitterkaser, um dort noch etwas zu trinken und zu essen. Emmis Mann taugte für die Arbeit auf dem Hof ebenso wenig wie die Nichte, das sah Mare sofort. Seine Hände muteten nicht gerade wie die eines Arbeiters an, genauso wenig wie die Emmis, insofern passten die beiden gut zusammen. »Tante Mare, kimm mal auffi zur Oberkaser und schau, wia schee i des ois gmacht hab, endlich mal a gscheide Hüttn. Und schee einrichtn dua i die Hüttn a. Und sobald i mal nimmer auffikimm, kannst da wieder wohnen, is eh klar.«

Mare zuckte gelassen mit den Schultern. »Wer woaß, wia ois kemma werd.«

Ein paar Jahre lang erschien Emmi jeden Sommer auf der neu erbauten Oberkaser, Zeit genug, um sich mit allen Sennern und Sennerinnen des Gebiets heftig zu zerstreiten. Und als sich die Nichte auch noch querlegte und sich weigerte, einen Fahrweg zur abgelegenen Rossalm durch ihr Weidegebiet bauen zu lassen, hatte sie ihren schlechten Ruf entgültig weg. »Was kümmert's mi, wenn die Rossalmleit ihr Zeug aufn Buckl auffitragn müssn, wenn's denen net passt, nachhert sollens die Hüttn halt dichtmachn«, sagte das Mistvieh vom Geigelstein, wie man sie fortan nannte.

Irgendwann, verwunderlich war es für niemanden, zerbrach Emmis Ehe.

Verkracht, verschrien und verlassen, zog sich Emmi auf den Schadhubhof zurück und wollte niemals mehr zurück auf diese depperte Alm.

»Tante Mare«, sagte sie zum Abschied, »unser Vieh kriegst nächstes Jahr wieder, derfst mei Sennerin sei, i mog nimmer auffi auf den Geigelstein. Und wennst mogst, dann zieh in die Hütten eini und bleib da, bist stirbst, so wias der Urgroßvater verfügt hat.«

Die Oberkaser wartete auf Mare. Ihre Alm. Mare hatte immer gewusst, dass sie eines Tages wieder dorthin zurückkehren würde. Jetzt schien die Zeit gekommen zu sein. Wo sonst könnte sie schneller Trost wegen Ferdis Fortgang finden als dort, wo damals ihr neues Leben nach dem Schadhubhof begonnen hatte? Der Verlust des Freundes tat immer noch weh, mehr als sie sich eingestehen wollte. Die Sennerin war zuerst zornig gewesen, voller Unverständnis, und als Herzweh und Trübsinn sie ergriffen, packte sie ihre Sachen, verließ die Mitterkaser und trug alles den Berg hinauf.

Sie zog sich an jenen Ort zurück, wo vor vierundvierzig Jahren ihr Leben auf dem Berg begonnen hatte. Auch wenn die Hütte von außen gesehen eine andere war als damals, sollte sie innen doch annähernd wieder so werden wie einst. Mare stellte den Tisch an die gleiche Stelle, hängte das Kruzifix dorthin, wo es sich einst befunden hatte. Darunter plazierte sie Ferdis Radio. Sie legte Großvaters Brief in die Schublade des Tisches und stellte Mutters Bücher auf die Anrichte. Der Spiegel kam wieder links neben die Eingangstür, und im zwischenzeitlich neu errichteten oberen Stockwerk breitete die Sennerin ihre Decke auf dem Bett aus. Alles, was sie an Emmi erinnerte, warf Mare in den Müll. Ein paar Socken, einen Kamm, eine leere Parfumflasche und einen Plastikarmreifen. »Jetz samma wieder da«, sagte sie zum Berggeist, »i mach a Feuer für di, dann kannst wieder zischn.« Die Hennen mussten nicht mehr in den Stall, die Stube sollte auch ihr Zuhause sein, und so streute Mare ihnen Heu unter die Bank. Als das Feuer knisterte, die Kerzen brannten und Mare mit einer Flasche Bier am Tisch saß, blickte sie zu Jesus und sagte: »So war's immer, und so werd's bleibn. Basta.«

In dieser Zeit schlitterte ihr Leben ins sechste Jahrzehnt, die Zähne waren ihr inzwischen alle ausgefallen, die Lippen, ihres früheren Halts beraubt, klappten ihr nach innen in den Mund. Wenn Mare sprach oder lachte, hielt sie die

Hand davor, eine Bewegung, die im Lauf der Zeit typisch für sie wurde. Hand vor, Mund auf, und Hand erst wieder weg, wenn alles gesagt worden oder das Lachen verebbt war. Ihr Gesicht war mittlerweile markant gegerbt, die dichten Haare grau, Nase und Ohren immer noch am Wachsen.

Nur selten blickte Mare noch in den Spiegel, wozu auch, die Menschen spiegelten ihr wider, wie und wer sie war.

Jeder liebte sie auf dem Berg, Mare, die Sennerin vom Geigelstein, der Platzhirsch, die Frau, die überall ein- und ausgehen konnte, wenn sie wollte. Sie trug einen großen Schlüsselbund in ihrer blauen Latzhose, die sie seit Jahren zur Arbeit anhatte. Mit dem Bund wanderte sie täglich von der Hippalm zur Mitterkaser, die mittlerweile vom CSU-Politiker Peter Gauweiler gepachtet worden war, dann runter zur Niederkaser und wieder zurück. Claus Hipp und Matthias' Sohn Korbinian sowie Peter Gauweiler, alle hatten Mare ihre Gebäude anvertraut, hatten die Sennerin gebeten, dort nach dem Rechten zu sehen oder anzupacken, wo es gerade nötig war.

Mare war nicht nur Hüttenverwalterin und Sennerin von über dreißig Stück Vieh, sie war auch für die Instandhaltung von mehreren Hektar Weidefläche und hunderten von Metern Zaun verantwortlich. Zu all dem kam eine neue Aufgabe hinzu: die Schnapsbrennerei. Wie eine Zauberhexe stand Mare in ihrer Stube und setzte Arnikaschnaps an. Nach und nach sammelten sich in ihrer Hütte die großen Glasgallonen, wo die gelben Blüten im Alkohol schwammen. Tagelang durchstromerte die Sennerin zu diesem Zweck mit ihrem Rucksack den Geigelstein, bis nahezu jede Arnikapflanze ausgerissen war. Mares Schnaps fand seinen Weg vom Berg zu all jenen, die mit den Prominenten des Geigelsteins befreundet waren. »Schnaps von der Geigelsteinsennerin« war heilend, wertvoll und begehrt.

Dass die Pflanze unter strengem Naturschutz stand, irritierte all die Abnehmer und Mare selbst damals nicht. Bis eines Tages der Bürgermeister von Schleching bei Mare zu Besuch war und die Sennerin fragte, ob sie den Geigelstein komplett leerpflücken wolle, nur weil ein paar wichtige Herrschaften sie darum baten. »Nachhert lassn mia's halt«, versprach Mare und hielt sich daran.

Vier Sommer lang absolvierte die in die Jahre gekommene Mare ein Arbeitspensum, das allen Menschen Respekt einflößte. Auch wenn sich die Sennerarbeit zu wandeln begann. Die Bauern trieben keine Milchkühe mehr auf den Geigelstein, es lohnte sich nicht mehr. Nun standen dort nur noch Jungkühe auf den Weiden, die der reinen Fleischgewinnung dienten. Sie bekamen keine Kälbchen mehr, wurden nicht mehr gemolken. Sie waren lukrativer und pflegeleichter. Mare ging frühmorgens nicht mehr melken, und lange, sehr lange schon war die Zeit vorbei, in der sie aus Milch Butter oder gar Käse gemacht hatte.

Im Takt der Jahreszeiten wurde Mare Wiesbeck älter und älter, ihr Haar färbte sich weiß, der Gang wurde schleppender, die Glieder schwerer, Heben und Bücken waren anstrengender, und abends fühlte sich Mare so müde, dass ihr kaum mehr nach den Nachrichten aus aller Welt war. Die Sennerin erlebte ohnehin genug mit all ihrer Arbeit und den vielen Menschen auf dem Geigelstein. Das reichte, da wollte sie abends nichts mehr hören von einem Massaker auf dem Platz des Himmlischen Friedens, dem Hungerstreik von Mitgliedern der Roten Armee Fraktion oder dem Zweiten Golfkrieg.

Zudem überstürzten sich in diesen Zeiten die Nachrichten auf dem Geigelstein. Einer ihrer Chefs, Peter Gauweiler, wurde Staatsminister für Landesentwicklung und Umweltfragen, der andere, Korbinian, Vater eines kleinen Mädchens. Der Kampf um das Skigebiet war noch nicht beendet, schlecht sah es aus für die Natur, denn die Bewohner der beiden Täler links und rechts des Berges sprachen sich für den Tourismus aus. Der Skizirkus drohte nun doch noch über den Geigelstein zu kommen und Mares Heimat zu bedrohen.

Gleichzeitig beschleunigte sich das Leben auf dem Berg. Die Hubschrauber kreisten häufiger denn je in dem Hochkessel, Motorräder fetzten die Forststraße rauf und runter, allesamt Gäste der Prominenz. Und an den schönen Tagen pilgerten Heerscharen von Wanderern auf den Geigelstein, viele von ihnen auf Rädern. Schweißtriefend schleppten sich die Menschen in bunten Kleidungsstücken in die Höhe, quietschgelbe, grellorangene, schweinchenfarbene Flecken überall, wohin Mares Augen blickten. »Net schee«, murrte die alte Sennerin.

Eines Tages stand Korbinian mit einem Telefon in der Hand vor Mares Tür. Man ließ eine Leitung zur Oberkaser legen, und die alte Sennerin entdeckte zum ersten Mal die Vorzüge der Technik. Von nun an saß sie stundenlang am Tisch und hielt sich den Hörer ans Ohr. Denn Rosa telefonierte gerne und viel. Mares Freundin war nach einer langen Irrfahrt durch viele Länder vollkommen verarmt und verwirrt in Aschau gelandet. Dort lebte sie mit anderen Menschen zusammen, von denen man nicht so recht wusste, wovon und wie sie ihr Dasein alleine fristen konnten. »Einige von dene kennen net amal an eigenen Namen, aber i woaß ihn scho, Mare. I woaß, dass i die Rosa bin und du die Mare vom Schadhubhof. Woaßt no, wia du verliebt warst in den Xaver?« Jedes Mal erwähnte Rosa diesen Mann, begann dann zu kichern und hörte nicht mehr auf, bis Mare den Hörer auflegte.

Mare bekam vom Chef nicht nur ein grünes Telefon, sondern auch noch eine Gefriertruhe und ein Gebiss geschenkt. »Mare, schaust besser aus mit Zähnen«, hatte er ihr gesagt. So ließ sich die Sennerin zu einem Zahnarztbesuch überreden, wo man einen Abdruck machte. Ein paar Wochen darauf steckte sie das künstliche Gebiss in den Mund und betrachtete sich im Spiegel. Sie sah fremd aus mit den weißen Perlen im Mund, das Ding drückte und schmerzte, beim Sprechen spritzte Spucke und entschlüpften ihr eigenartige Zischlaute. Um Korbinian nicht zu enttäuschen, hatte sie die künstlichen Zähne in seiner Gegenwart brav im Mund. War Mare jedoch alleine, steckte sie sie in die Brusttasche ihrer Latzhose. Der Ärger mit den Dritten erledigte sich schnell von selbst. Mare war gerade dabei, im Stall nach ein paar Eiern für den Chef zu suchen. Die packte sie nacheinander zu den Zähnen in die Brusttasche. Bei einer unachtsamen Bewegung zerbrachen die Eier, das Gebiss schwamm im Eiweiß- und Eigelb-Schlodder. Mare ging zum Ofen, schaufelte den Inhalt der Brusttasche mit den Händen heraus und in den brennenden Ofen hinein. Mit beißendem Gestank schmolz das Gebiss in sich zusammen, und als Mare bemerkte, was sie da aus Versehen mit dem Glibber ins Feuer geworfen hatte, sagte sie schmunzelnd zum Berggeist: »Da, is für di, damit du nimmer so zischst.«

Das inmitten dieser ereignisreichen und turbulenten Zeit wohl schlimmste Erlebnis für Mare wurde von ihrer Nichte Emmi verursacht.

An einem schönen Sommertag fuhr ein Traktor mit großem Viehanhänger vor die Oberkaser. Mare staubte gerade den Herrgottswinkel ab, als sie Motorengeräusch und Männerstimmen vernahm. Sie eilte vors Haus, wo vier Männer ausstiegen, die Mare noch nie gesehen hatte. »Ihre Tante schickt uns«, sagte einer, »Sie sollen uns bitte dabei helfen, alle Kühe zusammenzutreiben, die zum Schadhubhof gehören.«

Mare sah ihn verwundert an. »Aber geh«, sagte sie, »des ko doch net sei, is doch noch Sommer und no lang koa Abtrieb net.« Der Mann zuckte mit den Achseln. »Auftrag ist Auftrag. Wir müssen die Viecher abholen. Fragen Sie Frau Ecke, wenn Sie Näheres wissen wollen.«

Mare hastete zum Telefon, um auf dem Schadhubhof anzurufen, doch es meldete sich nur der Anrufbeantworter. Die Sennerin versuchte, die Männer hinzuhalten, zuerst mit Abwarten, dann mit Beschwichtigung, später mit Trotz und Wut. Aber irgendwann stapfte sie doch mit den Kerlen los, um einen Teil ihres geliebten Viehs einzutreiben und den ersten Schwung Kühe in den Anhänger zu verladen.

»Die zweite Fuhre packen wir morgen an«, sagte der Fahrer und ratterte los.

Emmi war den ganzen Abend über nicht erreichbar, auch am folgenden Morgen nicht. Dafür tauchte Adolf Finsterwalder am nächsten Abend auf. Grinsend stand er vor Mare. »Jetzt geht's dahi mit dem Schadhubhof«, sagte er.

Zwei Tage später waren alle Tiere abtransportiert, der Stall verwaist, ein weiterer Abschied in Mares Leben, ein schwerer und schmerzvoller. Stundenlang saß sie im Stall auf dem alten Melkschemel, ihr Herz war leer, und im Kopf schwirrten die Sorgen. Was geschah mit dem geliebten Vieh? Mit Luis, dem kleinen frechen Ochsen, Trude, der

Jungkuh mit dem weißen Fleck auf der Stirn, und Horstl, der ein Abszess am Huf hatte und dringend weiterhin mit Mares Medizin versorgt werden musste? Was mit Wastl, der immer buckelnd über die Weide lief, sobald er aus dem Stall gelassen wurde, und mit Frieda, der sanften, stolzen Lady mit den großen Augen, was hatte Emmi mit ihnen vor?

Ausgerechnet von Adolf Finsterwalder musste sie die schreckliche Nachricht erfahren. »Servus alte Mare«, grüßte er sie, als er des Weges kam. »I hock mi bisserl her zu dir. Trinken wir zusammen a Schnapserl? Einen von dem Selbstgebrannten? Hast sicher no einen in der Kammer versteckt.« Scheinheilig freundlich legte er seinen Arm um Mares Schulter. »Und? Wia geht's dia so? Jetzt, wost koa Sennerin mehr bist?« Mare erhob sich schwerfällig, holte Schnaps und Gläser. »A Glaserl kriegst nur, wennst di dann schleichst. Mog heit net redn. Gibt auch nix zum Sagn«, antwortete Mare ruhig. Adolf prostete ihr zu und stürzte den Schnaps hinunter. »Enzian, sauguad, Mare, deinen Schnaps werd i vermissn.« Er sah sie von der Seite an. »Und? Was machst jetzt? Wia geht's weiter mit dir?«

»Der Herrgott werds mir weisn«, antwortete Mare und leerte ebenfalls ihr Glas. »So, Adolf, jetzt schau, dass'd weiterkimmst.«

Doch der Finsterwalder war noch nicht fertig mit der Sennerin. Er nahm die Flasche, schenkte sich großzügig ein und höhnte: »Irgendwohin werst ja wohl gehn müssn, was willst denn herobn, wennst koa Kuh mehr hast?« – »I hab a Vieh, is des Jahr nur früher in den Stall kemma«, erwiderte Mare grimmig. »Soso, aufm Schadhubhof ist des Vieh, moanst du.« Adolf schüttelte bedächtig den Kopf. »Oh je, Mare, woaßt es wirklich no net? Hast es net ghört? Aus is mit dem Sennern auf der Oberkaser, und aus is es mit dem Schadhubhof. Die Emmi hat die Küh no am gleichen Tag in die Rosenheimer Schlachterei bracht, jetzt sans alle tot, die Viecher. Und? Was sagst jetzt?« Der Bauer sah sie erwartungsvoll von der Seite an. »Bist ja scho a oide Frau, dir kann man des Vieh nimmer anvertraun, und deine Nichte war nia a gscheide Bäuerin. So schaut's aus.« Er gönnte sich noch ein Glas, rollte den Schnaps auf der Zunge und schluckte ihn dann mit einem geräuschvollen Glucksen hinunter. Mare nahm die Flasche an sich. »I mog mit dir nimmer redn, verschwind, Adolf«, sagte sie. »Wias'd moanst, Mare. Nachhert geh i halt. Aber oans mog i dir no sagn. Jetzt brauchst ja die Oberkaser nimmer, was moanst, wia schaut's aus? Tät bisserl was springn lassn für die Hüttn und für die Weiden sowieso.«

»Adolf«, entgegnete Mare ruhig, »warst nie a guader Mo, hast immer nur an di denkt, hast ois kriegt, was du hast habn wolln. Aber des versprech i dir, die Oberkaser werst net kriegn, da bleib i, bis i nimmer ko. Da bleib i, bis der Herrgott mi holt.« Adolf Finsterwalder erhob sich von der Bank. »Na, dann schaun mia mal, wann die Sennerin vom Geigelstein nimmer ko, so wia du beinand bist, werst no froh sein, wennst bald ins Tal kimmst, wo das Leben einfacher is. Mei, Mare, bist scho a stures Weib.«

Im kommenden Winter hatte Mares ihren siebzigsten Geburtstag und damit ein Alter erreicht, in dem die meisten Menschen schon lange nicht mehr arbeiten, sondern als Rentner oder Pensionäre ihr Leben genießen, Reisen machen, auf die Enkel aufpassen und sonstigen Beschäftigungen nachgehen, denen sie sich schon lange hatten widmen wollen.

Mare kümmerte sich noch einen Sommer lang um die Kühe von Claus Hipp, bis auch er der Sennerin erklärte, er würde nunmehr auf ihre Dienste verzichten und seine Kühe dem Senner Sepp anvertrauen. Selbstverständlich könne Mare diesem zur Hand gehen, wenn sie wolle. Mare, die Aushilfssennerin? Eine, die es alleine nicht mehr schaffte?

Mare haderte nicht lange mit ihrem Schicksal, es kam halt, wie es kommen musste. Und so half sie mit, soweit es ihre schwindenden Kräfte zuließen. Anfangs stach Mare noch Disteln aus und schnitt Latschen zurück. Als das Gehen unsicherer wurde, zählte sie nur noch von weitem die Kühe. Eins, zwei, drei, vier. Doch bald wollten auch die Augen der alten Frau nicht mehr richtig mitmachen. Mare war als Sennerin nicht mehr zu gebrauchen.

Eine Ära ging zu Ende. Die Sennerin vom Geigelstein war keine mehr.

Und so saß die Alte meist vor ihrer Hütte auf der Bank, kruschtelte in ihrer Stube herum oder telefonierte. Gelegentlich half sie in der Küche der Priener Hütte aus, bediente dort die Gäste oder wusch die Teller. Bis Korbinian sie fragte, ob sie für ihn auf der Niederkaser als Haushälterin tätig sein wollte. Denn da sei schließlich die kleine Sophie, die so jemanden wie Mare gut brauchen könne.

Als Mare das Baby zum ersten Mal in den Armen hielt, willigte sie ein.

Die Zeit für ein anderes Leben war gekommen.

Wann immer Korbinian mit seinen Freunden und seiner Familie in der Niederkaser weilte, war Mare dort. Sie machte Frühstück, kochte Kaffee, bereitete das Mittagessen vor und servierte das Abendbrot. Morgens räumte sie die leeren Gläser weg, putzte den Boden oder wusch die Wäsche. Zum ersten Mal in ihrem kargen Leben erlebte Mare hautnah, was Luxus bedeutete. Das Mobiliar in der Niederkaser war erlesen, Silbertabletts standen auf den kunstvoll geschnitzten Kommoden, die Vorhänge waren aus teurem Stoff, das Geschirr kostbar. Der Eisschrank war stets mit dem Allerfeinsten gefüllt. Gänseleberparfait, Käse aus Frankreich, Wurst aus Italien und Spanien, Tee aus Indien. In den Obstschüsseln versammelten sich die Früchte aus aller Welt: Ananas, Mango, Passionsfrüchte und wie diese Dinger alle hießen. Manchmal, wenn Mare in den Gästezimmern aufräumte, fischte sie auch Dessous an den merkwürdigsten Stellen hervor, eines aus Seide oder Spitze. Seltsame Welt.

Sobald Mare die kleine Sophie ins Bett gebracht hatte und das Baby schlief, saß sie beim geselligen Zusammensein unter all den illustren Gästen und unterhielt sich angeregt mit ihnen.

Eines Tages war ein Mann unter den Geladenen, der Mare freudig begrüßte. »Jessas, der Werner ist da. Mei, so lang ist's her, knapp vierzig Jahr, seitdem i di zuletzt gsehn hab als kleinen Bua«, sagte Mare freudig, nachdem sie ihn wiedererkannt hatte.

Werner Herzog war mit dem englischen Schriftsteller Bruce Chatwin gekommen. Von ihm, so erzählte Werner Mare, habe er kürzlich ein Buch verfilmt. *Cobra Verde*. Mare war fasziniert von dem schmalen Engländer. Er war ein schöner Mann mit melancholischen Augen. Am meisten war Mare aber von seinen Geschichten begeistert, auch wenn er sie nur auf Englisch erzählen konnte, aber Werner übersetzte. Chatwin beschrieb seine vielen Reisen, die nach Patagonien zum Beispiel, wo er nach den Überresten des

»Donnerechse« genannten Brontosaurus gesucht hatte. Chatwin erzählte auch von seinen Begegnungen mit den Ureinwohnern Australiens oder von der Sklavenküste Benins.

Was treibt den einen zum Reisen an? Und was lässt den anderen sein Leben lang an ein und demselben Ort verharren? Der rastlose Schriftsteller und die sesshafte Sennerin, unterschiedlicher konnten sie nicht sein. Was sie einte, war die Neugierde auf das ungewöhnliche Dasein des jeweils anderen. »Wie lebt es sich an einem einsamen Ort, den man nie verlässt?«, fragte Chatwin. Und Mare wollte von ihm wissen, was ihn von einem Ort zum anderen trieb. Warum nur herrschte in manchen Menschen diese unendliche Rastlosigkeit und Umtriebigkeit, diese ständige Suche nach Neuem, fragte sich die Sennerin, während sie Chatwin zuhörte. »Das Reisen, fremde Menschen und andere Kulturen dabei kennenzulernen, inspiriert«, erklärte Chatwin. Neugierde sei wie ein Jungbrunnen, sie würde die Menschen wach und regsam im Kopf halten. Ohne Menschen, die etwas entdecken wollten, gäbe es auch keine Bücher, zumindest nicht solche wie die seinen.

Sind diese Menschen denn net zfrieden mit dem, was sie in und an ihrer Heimat habn, gnügt sie eana net?, dachte Mare. Vielleicht konnten diese Leute aber auch einfach nicht anders. Vielleicht glaubten sie sonst gar, wie Mare jahrzehntelang in einem Hochkessel festzusitzen und täglich das Gleiche zu sehen? Felsen, Hänge, Wiesen, ein paar Hütten, Kühe oder Wanderer bedeuteten für sie möglicherweise nichts anderes als Langeweile, Eintönigkeit und ein Auf-der-Stelle-Treten. Menschen wie dieser englische Schriftsteller konnten vielleicht nicht nachvollziehen, was für einen Halt und eine Geborgenheit man durch die Vertrautheit der Heimat erfuhr. Auch wenn dieses Leben anstrengend und karg sein mochte, war es doch herrlich langsam, dieses Leben im Hier und Jetzt auf dem Geigelstein. Nichts eilte dort zu schnell davon, weder die Zeit noch die Gegenwart. Nur wenige Monate, nachdem Mare Bruce Chatwin begegnet war, starb der Schriftsteller an Aids.

»Schad um den Mo«, sagte Mare, nachdem Korbinian ihr von seinem Tod berichtet hatte. »A so a netter war er und so a gscheider. Hätt a paar Jahr hier in den Bergen bleiben müssen, hätt eam guad tan. I hab's eam gsagt. Bub, musst langsamer lebn.«

Mare arbeitete bei Korbinian knapp zwei Jahre. Sie wiegte den Säugling in ihren Armen, schlief mit ihm vor dem Kaminfeuer auf einem Fell ein, sie löffelte Brei in den kleinen Mund, wusch und wickelte das Baby. Sophie hatte mit der Sennerin ihre ersten Schritte getan und die ersten Wörter gesprochen. Mare war voller Hingabe, Liebe und Zärtlichkeit für die Kleine. Das Mädchen wuchs ihr ans Herz, als wäre es die eigene Tochter, und die Erinnerung an sie ist bis heute nicht erloschen.

Dennoch kam der Tag, an dem Mare ihre Arbeit auf der Niederkaser beendete, welche Gründe sie auch immer dafür gehabt haben mag, erfuhr kein Mensch. Möglicherweise tat sie es, weil Korbinian immer seltener auf den Geigelstein kam, und es allmählich ruhiger wurde auf dem Berg. Die Besuche von Stars, Sternchen und Politikprominenz blieben allmählich aus, und als Korbinian ein für alle Mal vom Berg verschwand, war die Ära der Großen, Reichen und Lauten beendet.

Um diese Zeit verabschiedete sich auch Peter Gauweiler vom Geigelstein, nachdem er zuvor noch durchgesetzt hatte, dass das Gebiet unter Naturschutz gestellt wurde. Damit war es vorbei mit den ehrgeizigen Plänen und jahrzehntelangen Kämpfen um den Skizirkus auf dem Geigelstein. Mare hatte geahnt, dass es so kommen würde, schließlich hatte der Politiker selbst eine Hütte auf diesem Berg gepachtet. »Der Chef, der werd des net wolln, dass die Skifahrer um sei Hüttn rumsausn«, hatte Mare stets geschmunzelt.

Die Zeit, so sagt man, verfliegt mit zunehmendem Alter immer eiliger. Im Kopf sitzt keine Uhr, die misst, wie schnell oder langsam sie vergeht. Blickt man deshalb zurück auf Erlebtes, verkürzt das Gehirn oftmals die Periode, die einem damals, als man sie tatsächlich erlebte, lange erschien. Weil nichts geschah. Und was in Wirklichkeit zwar von kurzer Dauer war, jedoch von starker Intensität und durchdrungen von viel Gefühl, dehnt sich weiter aus.

Mares junge Jahre nehmen in ihrer Erinnerung unendlich viel Raum ein. Ihre enttäuschte Liebe zu Xaver, der Zweite Weltkrieg, Tod des Großvaters, der Umzug auf den Geigelstein, die ersten Sennerjahre, körperlicher und seelischer Absturz des Bruders, Fortgang der Mutter, Rosas Verschwinden, ein Geschehnis hatte das andere gejagt. Es war eine gefühlt lange Zeit, weit länger als die der darauffolgenden Jahre, in denen es bei Mare in der Stube hoch herging mit all den Festen, Gästen, Burschen und Männern.

Nun, da Mares Haare schlohweiß geworden sind, ihre Augen sich tief in die Höhlen zurückgezogen haben, rasen die Wochen, Monate und Jahre nur so in Eile davon, getrieben von der Gleichförmigkeit und Unaufgeregtheit von Mares Leben. Mit den hastenden Jahren kam die Gleichgültigkeit. Die alte Frau, inzwischen weit über achtzig Lenze, hatte keine Lust mehr, in ihrer Stube Gemütlichkeit walten zu lassen. Die Vasen waren nicht mehr mit Blumen gefüllt, die Alpenrosen am Herrgottswinkel vertrockneten, die Kissen wurden von den Motten zerfressen und die Vorhänge verschmutzten. Um den Anschein zu wahren und nicht allzu sehr zu verkommen, versuchte die Greisin, ihre Stube halbwegs reinlich zu halten, was durch die Anwesenheit der Hennen, die man Mare gegen die Einsamkeit geschenkt hatte, und von Miez, die inzwischen ebenso altersschwach war wie ihre Herrin, erschwert wurde. Hin und wieder packte die Alte alles, was sie nicht brauchen konnte, und warf es in die Gefriertruhe, die nur kurze Zeit in Betrieb gewesen war. Der Strom, den die ebenfalls vom Chef spendierten Solarzellen auf dem Dach generierten, war zu launisch und schwach. Außerdem hatte sich Mare ohnehin stets gefragt, was dieses moderne Zeug auf ihrer Alm zu suchen hatte. Nachdem die Truhe mit Kleiderresten, Plastiktüten, leeren Dosen und Flaschen gefüllt war, klappte die alte Frau den Deckel zu und zog den Stecker aus der Wand. Damit diente ihr das Teil noch immer als Truhe, nur eben ohne Eis.

Schnell wurde danach das Schlafzimmer zur Müllhalde. Alles, was nicht mehr zu gebrauchen war, trug die Sennerin ins obere Stockwerk hinauf, und als das Bett zwischen all dem Müll kaum mehr hervorragte, schleppte sie das Schlafgestell einfach in die Stube und stellte es direkt neben den Herd. Irgendwann fand sich oben vor lauter Unrat kein Platz mehr, zudem begann es, fürchterlich zu stinken, weil dort allerlei Viehzeug verendet war: verirrte Vögel, Mäuse und Siebenschläfer. Das Chaos breitete sich nun auch im Gang zum Stall und in dem kleinen Nebenzimmer aus. Das Bad, von der Toilette gar nicht zu reden, war ebenfalls bald unbenutzbar. Aus dem Duschkopf floss kein Wasser mehr, weil sich Mare lieber in der warmen Stube direkt am Herd wusch, als sich bibbernd unter die Dusche zu stellen, aus der ohnehin nur kaltes Wasser tröpfelte. In der Duschwanne lagen inzwischen zwei kaputte Stühle, eine angekokelte Tischdecke und allerlei alte Schuhe.

In die nur so dahinrasenden Jahre fiel auch der Zeitpunkt, an dem Mare ganz aufhörte, ihre gelegentliche Hilfssennerei zu verrichten. Selten nur verließ sie jetzt noch ihre Alm, wanderte nicht mehr auf den Geigelstein, besuchte keine benachbarten Freunde mehr. Im Frühling tapste sie ein paar Meter die Wiese entlang und sah mit Freude, wie die zarten Pflanzen aus dem Boden spitzten. Und etwas später im Jahr, sobald sich der Almauftrieb näherte, stand sie stundenlang am Wegrand und blickte nach unten, lauschte, ob Traktorengeräusche zur ihr nach oben drangen. Im Sommer saß sie auf der alten Holzbank vor ihrer Hütte, fast schien es, als wäre sie dort festgewachsen, so still verharrte sie dort, wenn sie in die Ferne des blauen Himmels blickte. Sie pflegte ihre Blumen, die um die Hütte herum wucherten. Waren die Sommermonate heiß und regenarm, ging Mare mit einer Gießkanne umher und goss die Pflanzen. Es seien keine Blumen, sondern Brennnesseln, sagten die Leute zu Mare. Die habn doch alle koa Ahnung, dachte die alte Sennerin im Stillen. Im Herbst, wenn die Stürme kamen und der Nebel dem Hochkessel graue Tristesse verlieh, zog sich Mare in die Stube zurück und kroch erst wieder aus ihr hervor, wenn die Sonne golden über das Hochtal fiel. Noch lebte Mare mit der Gegenwart und ihrem Schicksal im Gleichklang. Es ging ihr halbwegs gut, die Erinnerung an die früheren Jahrzehnte beherrschten ihre Gedanken, noch aber verdrängten sie nicht, was hier und jetzt geschah. Die Alte hatte keine Sorgen, sah man von den Terroristen ab, die, glaubte man Rosas telefonischen Informationen, am Geigelstein gesichtet worden waren. Gefährliche Männer, vor denen sich Mare zu schützen hatte, arglistige Kerle, die ihr die Hütte nehmen wollten und all das Geld, das sie besaß. Anfangs hielt Mare ihre alte Freundin Rosa für verrückt, doch schleichend überfiel die Sennerin die Befürchtung, Rosa könnte recht haben, besonders nachts, wenn die Träume kamen und die Bösewichte Mare erschienen.

Wieder war Winter, ein besonders unerbittlicher. Die Wolken standen so dicht am Himmel, dass seit Tagen kein Blau mehr zu sehen gewesen war. Aus ihnen tanzten die Flocken, unendlich dicht, unendlich schwer. Mare kannte diese Winter, in denen alles im Weiß versank, zur Genüge. Sie konnte die Kälte nicht mehr leiden, seitdem sie so mager geworden war, dennoch liebte sie die Stille auf dem Berg, wenn der Schneeteppich jedwedes Geräusch verschluckte.

Als sich die alte Mare ins Bett legte, die Katze eng umschlungen, träumte ihr vom Krieg, während die Lawine sie unter sich begrub.

Die alte Sennerin ahnte nicht, was diese Nacht ins Rollen bringen würde. Es war die Nacht, die Mare weit über den Geigelstein hinaus bekannt machen sollte, als die Oberkasermare, die eine Lawine überlebt hatte. Nach dieser Nacht begannen die Leute zu sagen, die alte Sennerin könne hier nicht mehr alleine leben. Und Adolf Finsterwalder fing an, sein übles Spiel zu treiben, in der Hoffnung, endlich die Oberkaser nebst Weiden in Besitz nehmen zu können. Es war aber auch die Nacht, in der die Vergangenheit langsam in Mares Hirn kroch und die Gegenwart schleichend tötete. Sie träumte vom Krieg, hörte, wie die Bomben fielen. Und ihr war für kurze Zeit, als hole Gott sie in den Himmel.

Gut, dass danach die Jahre nur so dahineilten, das neunundachtzigste, neunzigste, einundneunzigste und auch das zweiundneunzigste.

Im Kopf ist Schwindel, wenn sich Mare von ihrem Bett erhebt. Mit kleinen Schritten schleppt sich die Greisin zur Tür, heute scheint die Sonne, Tropfen fallen vom Dach. Jetzt schmilzt der Schnee, Mare hat einen weiteren Winter überlebt. Vor der Tür geht sie in die Knie und kauert sich auf den Boden. Die Sonnenstrahlen wärmen, das gleißende Licht blendet die Augen. Ein paar Touristen ziehen vorbei, Mare erkennt sie an den leuchtenden Farben ihrer Kleidung. Sie winkt. Vielleicht kommt jemand zu ihr und spricht sie an? Reden will sie, einfach nur ein paar Worte sprechen, menschliche Stimmen hören. Dafür lässt sie sich sogar mit den vorbeispazierenden Wanderern vor ihrer Hütte fotografieren, die es toll finden, mit einer alten Sennerin zu posen, Arm in Arm. Mare hasst diese Berührungen, dieses geheuchelt Freundschaftliche, als kenne man sich schon ein ganzes Leben. Aber es sind halt Lebewesen, die in der Einsamkeit guttun.

Wo ist Rosa? Sie lässt nichts mehr von sich hören.

Mare zieht sich am Türrahmen hoch und hangelt sich die Wand entlang, zurück in die Stube zur Bank. Das Telefon ist tot, als sie den Hörer nimmt und sich ans Ohr hält. Sie starrt auf den kleinen Plastikchristbaum, der auf dem Tisch steht. Er hat winzige Kerzen und viel Lametta dran. Warum ruft Rosa nicht mehr an? Mare entwirrt das Telefonkabel, mustert den Stecker in ihrer Hand. Dann rollt sie das Kabel langsam wieder zusammen und legt alles ordentlich neben das Telefon. »Gestern Nacht war Party«, sagt sie zum Berggeist. »Und i hab net gnua Schnaps ghabt.« Sie schüttelt den Kopf. »Des is net guad, woaßt, wann die Sennerin koan Schnaps mehr hat.« Ihre Finger zittern über den Tisch, ergreifen ein kleines Glas. Mare führt es zum Mund und will trinken. Es ist leer. Die Sennerin schleudert es auf den Boden, wo es zerbricht. Sie könnte wieder in die Sonne gehen, sie könnte aber auch hier sitzen bleiben. Oder sie könnte sich ins Bett legen. Der Christbaum is schee, denkt sie.

Als die Sonne hinter dem Berg verschwindet, sitzt die alte Frau immer noch auf der Bank. Die nackte Lampe über ihr brennt schwach.

Mares Finger sind klamm geworden. Heit, denkt sie, heit kimmt neamand mehr zu mir.

Sophie, Korbinians Tochter, ist auch nicht mehr auf der Niederkaser. Fast dreißig Jahre ist es her, dass Mare das Baby im Arm gehalten, gefüttert, gewickelt und ins Bett gebracht hatte. Sophie war auch Mares Baby, so empfindet es die Sennerin, damals wie heute. »I bin mit dir im Arm immer vor dem Kamin eingschlafn, auf einem Fell«, hatte Mare Sophie erzählt, »woaßt du des nimmer?« »War doch zu klein, war doch erst ein paar Monate alt«, lächelte Sophie. »Dafür ko i mi erinnern, i vergiss des nie«, sagte die Greisin leise. Sophie war für ein paar Stunden zu Besuch bei der alten Sennerin gewesen, sie war plötzlich in der Stube gestanden und fragte, ob Mare Hilfe benötigte. Doch noch ein Mensch, der sich Sorgen um sie machte. Mare hatte den Kopf geschüttelt. »Mir geht's guad, fehlt an nix«, hat sie geantwortet. »Wia geht's am Chef, dem Korbinian?«, fragte Mare. Nicht besonders gut, er sei alt geworden und lebe inzwischen in einem Heim, hat Sophie geantwortet. »In a Heim, den Chef, zu de oide Leit, die gfüttert wern und dene die Spuck ausm Mund lauft, mei der arme

Chef.« Mare wiegte den Kopf langsam hin und her. »Der arme Chef.«

Jetzt ist Sophie wieder fort, weit weg, die Niederkaser steht meist leer, wie schon all die Jahre zuvor, seitdem sich der alte Korbinian nicht mehr in der Luxuswelt bewegen konnte, weil Kraft, Geist und Gesundheit nicht mehr mitspielten. Kaum jemand kommt mehr in das große, riesige Haus, das inzwischen noch viel größer geworden war. Denn man hatte die Alm ein zweites Mal abgerissen, weil Korbinian vor einiger Zeit noch Größeres, Moderneres wollte und eine Prachtvilla auf den Geigelstein stellte. Mare hat die neue Niederkaser niemals betreten wollen.

»Die Leit mit ihrem Geld, die wern irgendwann verrückt«, seufzt die alte Wiesbeck. Dann erhebt sie sich mühsam und geht zur Gasheizung, etwas Wärme tanken. Dort bleibt sie bewegungslos stehen, bis die Sterne über dem Geigelstein aufgehen, die Eule ihre Schwingen ausbreitet, die Füchse über den Schnee schnüren.

Mare weiß, wie sie heißt und in welchem Jahr sie lebt, was den Monat betrifft, ist sie sich nicht ganz sicher, dafür kennt sie die Jahreszeit. Es ist Frühling auf dem Geigelstein. Die alte Frau kann sich in etwa daran erinnern, wie alt sie ist, etwas über die neunzig dürfte sie sein, welche Rolle spielt das schon. Den Neunzigsten hat sie jedenfalls schon hinter sich gebracht, das weiß sie, denn da war der Bürgermeister bei ihr und hat gratuliert. Frau Merkel ist Bundeskanzlerin, und die Hütte nebenan gehört dem Chef Hipp. Mare weiß, dass sie das Recht hat, auf der Oberkaser zu bleiben, und sie weiß, dass sie nicht ins Altersheim will. Großvater Wiesbecks Brief befindet sich in der Schublade neben einem Kuhstriegel, unlesbar, die Schrift ist verblichen. Mares Geld liegt in Aschau auf einem Konto, die Nummer weiß sie nicht auswendig. Finanzsachen erledigt der Mann mit dem Pferdeschwanz für sie, seinen Namen hat sie vergessen. Ihre Verwandtschaft ist gestorben, ihre Mutter hieß Edith. Es gibt nur noch Emmi Ecke, die Nichte, die kürzlich hier auf der Oberkaser aufgetaucht war, um nachzusehen, wie es der alten Tante ging. Das ist Mare ebenfalls noch in Erinnerung.

Mare ahnt auch, dass sie den Menschen eine Last ist, weil sie dauernd nach ihr sehen müssen. Es wäre ihr ganz recht, wenn Gott sie endlich sterben lassen würde. Aber, so meint sie, darauf habe sie leider keinen Einfluss, wohl aber darauf, dass sie die letzte Zeit ihres Lebens dort verbringen darf, wo sie will. Hier auf der Oberkaser und nirgendwo anders.

Der Dreck in ihrer Stube? Am Dreck sei noch niemand gestorben, sagt die Sennerin. Hauptsache, die Gesundheit spiele mit, und das tut sie. Mare ist zwar ausgemergelt, leidet aber unter keiner nennenswerten Erkrankung. Die Beine sind schwach, das Gehen fällt ihr schwer, weswegen sie die meiste Zeit im Bett verbringt. Ihre Augen sind trüb, das Gesicht hohlwangig, und die Ohren haben auch schon einmal besser funktioniert. Aber was erwartet man schon von einer Greisin?

Im Kopf ist sie leicht verwirrt, aber als ausgesprochen dement kann man sie nicht bezeichnen. Maria Wiesbeck hat den Wunsch, bald zu sterben. Sie möchte keine offizielle Beerdigung im Tal. Ihre Asche, so sagt sie, solle man auf dem Geigelstein dem Wind überlassen, auf dass dieser sie weit über die Hänge trägt.

Eine Unterbringung gegen ihren Willen in einem Altersheim würde die Oberkasermare, so die allgemeine Einschätzung, nicht überleben.

Vor diesem Hintergrund wird dem Antrag, Frau Maria Wiesbeck zu entmündigen, nicht stattgegeben. Aktenzeichen 23/5635-7649.

Unter Mutters Decke ist es wohlig, warm, geborgen. Es träumt sich schön unter ihr. Die Greisin hat sich zusammengerollt, die Hände um die Knie geschlungen. Vom Kopf sieht man nur die Haare, sie sind gewachsen, doch nicht lange genug, um wieder mit der schwarzen, samtenen Schleife zusammengebunden zu werden.

Das Feuer im Ofen brennt schon seit Tagen nicht mehr. Mutter Edith steht mit dem Märchenbuch an der Türe und ruft: »Mare, warum hast abgsperrt? Mach auf!« Es klopft. »Sie schläft«, hört Mare ihren Bruder Franz sagen. Er ist aus dem Krieg zurückgekehrt, jetzt, da die Bomben nicht mehr fallen. Bleich ist sein Gesicht, traurig ist er und so schrecklich dünn. »Wia a Skelett«, murmelt Mare, »i mach dir an Schmarrn.« Der Großvater liegt auf der Bank, seine Pfeife brennt, er lächelt, weil alle da sind. Auch Diana, die schreckliche Schwester mit den schönen Augen und den vollen Lippen. Sie zieht an Mares Decke. »Mare, weil du net aufgsperrt hast, hab i die Tür aufbrechn müssn.«

Mutter Edith setzt sich ans Bett, Mare spürt unter der Decke ihre rauhe Hand. »Mein Kleines, geht's dia guad?«

»Ja, Mutter«, antwortet Mare leise. »I will net weg von hier. Bleib bei mir, geh net weg. Lass mi hier, und schick an Tod, Mutter.«

»Mein Kind«, sagt Edith sanft, »is noch net Zeit, noch bist auf derer Welt. Aber bald kimmst zu mir auffi, zum Großvater, zu Bruder und Schwester. Wir wartn auf di, Mare.«

Die Greisin lächelt. »Bald«, flüstert sie, »bald.«

Ein Windhauch zieht durch die Stube. Es ist der Berggeist.

»Zeit is, dass'd auffi fliegst in deine Höhle droben aufm Geigelstein«, murmelt die Alte.

Der Berggeist setzt sich ans Bett und streicht ihr zart über die Wange.

Dann steigt er leise auf und nimmt ihre Seele mit.

Anmerkung

Einige Teile des Inhalts sind fiktiv. Die Geschichte von Mares Verwandtschaft wurde aus persönlichkeitsrechtlichen Gründen umgewandelt. Die Namen der meisten Beteiligten sind anonymisiert oder frei erfunden. Etwaige Ähnlichkeiten sind rein zufällig und nicht beabsichtigt.

Ausgenommen davon sind: Dr. Claus Hipp, Werner Herzog, Dr. Peter Gauweiler, Bruce Chatwin und Almwirtin Conny sowie weitere Protagonisten, deren Klarnamen explizit genannt wurden.

Ihnen sowie den vielen Weggefährten von Mare sei mein Dank ausgesprochen. Sie haben mit ihren Erzählungen, ihrer Offenheit und ihrem Vertrauen zur Realisierung dieses Buches beigetragen.

Zuletzt danke ich Mare selbst dafür, dass sie mir erlaubt hat, über sie zu schreiben.

Mare, Du warst eine einzigartige, bewunderswerte Frau. Es ist anders geworden ohne Dich auf dem Geigelstein. Du fehlst uns.

Christiane Tramitz
Aschau, im Juni 2017